ししりばの家

角川ホラー文庫
22009

目次

序章　幽霊屋敷

あの家について考える時、最初に頭に浮かぶ景色はいつも同じだ。

昼休み、小学校の三年一組の教室。

僕は窓際に立っていた。夏の風が黄ばんだカーテンを揺らしていた。

「じゃあ、今日遊びに行っていい？」

席に座っている同級生の橋口拓人《はしぐちたくと》に、僕はそう訊《き》いた。特別仲が良かった記憶はないし、それまでの会話の流れは覚えていない。でもそう頼んだことは覚えている。

黒縁の眼鏡を押し上げて、橋口は「いいよ」と答えた。すぐに「ファミコンは一時間しかできないけど」と申し訳なさそうに付け足す。

僕は「それは大丈夫」と笑って答えた。

彼の家に行くのは初めてだった。それだけで嬉《うれ》しかったし、少しばかり緊張していた。

そんな子供らしい感情を抱いていたことも思い出せる。

橋口の後ろの席で、比嘉《ひが》さんがそれまで読んでいた本から顔を上げた。僕と目が合うなりサッと怯《おび》えたように俯《うつむ》く。長い前髪に隠れて表情が見えなくなる。

「比嘉さんも来る？」

僕は訊いた。間を空けずに「あ、ごめん、比嘉さんも一緒でいい？」と橋口に訊く。

彼の顔に戸惑いの表情が浮かんだ。

「いいけど……」

つぶやきながら比嘉さんに視線を向ける。

彼女は傍目《はため》にも分かるほど身体を硬くしていたが、やがて、

「……うん」

と消え入りそうな声で言った。その間一度も顔を上げなかった。

その時の僕は学級委員長だった。今は見る影もないが、少なくとも当時は先生の言うことを素直に聞く、絵に描いたような優等生だった。だから先生から言われたとおりのことをした。

比嘉さんと仲良くしてあげてね、という言いつけを守ろうとした。

陰気で挙動不審で、友達がいない比嘉琴子《ことこ》と。

終わりの会が済み、挨拶《あいさつ》して学校を出て、一旦《いったん》家に帰って近くの公園で待ち合わせた。

今の子供はこんな面倒なことはしないだろう。学校から携帯で親に連絡し、そのまま友

達の家に向かうに違いない。

　僕は母親に紙袋を持たされていた。中身はゼリーの詰め合わせだった。

　比嘉さんは手ぶらだった。待ち合わせ場所に現れた彼女は、僕の紙袋を見るなり気まずそうな顔をした。僕も橋口も気の利いたことは何も言えず、「じゃあ行こうか」「おお」と白々しいやり取りをして公園を出た。彼女の家はあまり裕福ではないらしい。両親の会話を盗み聞きして察していた。橋口も知っていたのだろう。

　実際、その日の彼女は擦り切れた水色のTシャツを着ていた。元々は青だったらしい。襟元の伸び具合からも僕はそう推測していた。

　橋口の家は僕の家のすぐ近くだった。家は新築の一戸建てで、玄関に入ると真新しい木のにおいがした。

　目の前の階段から、小さな白い犬が勢いよく下りて来た。ハッハッと荒い息ですがりつく犬を、橋口は慣れた様子であしらっていた。名前は聞いたはずだが覚えていない。ジョンだったかジュリーだったか、そんな名前だったと思う。

　橋口の母親は見とれてしまうほど美人で身綺麗《みぎれい》だった。「いらっしゃい、ありがとうね」とにこやかに紙袋を受け取った彼女に、僕は「きょうしゅくです」と意味も分からず答えた。それが大人の挨拶だと思っていたのだ。彼女は「あらまあ」と楽しそうに笑った。

　比嘉さんは教室にいる時以上にオドオドしていた。犬がキャンと鳴く度にビクリと肩を震わせるので、橋口が「静かに」と注意したほどだった。居間のテーブルでゼリーを食べている間も顔を上げず、橋口の母親に話しかけられても、うなずくか首を振るだけだった。

一度だけ、彼女が言葉で答えたのは覚えている。どういう質問を振られていたかは忘れたが、彼女はうかがうような視線を母親に向けて、

「……い、妹が、二人」

と言った。

「三人姉妹なのね」

台所で母親が微笑を浮かべた。僕の隣で橋口が「へえ」と軽い驚きを示す。僕も驚いていた。話の内容以前に、彼女が自分の話をするのを初めて聞いたからだ。

向かいの比嘉さんが小刻みに首を振った。思い詰めたような顔で、

「弟も……ふ、二人」

と囁《ささや》く。

「あらあ」母親は目を丸くして、「五人きょうだい？　一番上？　すごいねえお姉ちゃんだねえ」と言った。比嘉さんはまた何度も首を振った。

そういえば、と思い立って僕は橋口に訊いた。きょうだいはいるのかと。

「ううん、一人っ子」

橋口はカップに口を付けるとゼリーをつるっと直接吸った。犬がキャンと鳴き、比嘉

さんが椅子から飛び上がって身を縮めた。

食べ終わって母親としばらく話して、僕たちは居間を出た。その時だった。

ずううっ
上の方でかすかな足音がした。布を擦《こす》るような、ほとんど振動のような音だった。

廊下を回り込んで階段を見上げると、黒い小さな影がサッと二階へ隠れるのが見えた。

長い髪の生えた頭のように見えた。

ずううっ、ずううっ
同じ音が天井の上で二度続いて、聞こえなくなった。

橋口はまるで気にする様子もなく、犬を抱いて階段へ足を進める。

「誰かいるの？　上に」

僕は訊いた。三段ほど上がった彼が「え？」と振り返る。

「いや、誰かいるのかなと思って」

「いないけど」

橋口はごく普通に答えると、再びトントンと階段を上り始めた。彼の背中を眺めているると次第に脈が速くなり、二階が妙に遠く暗く感じられた。

比嘉さんは青ざめた顔で階段を見上げていた。乾いてささくれ立った唇が震えていた。

「大丈夫？」

小声で訊くと、彼女はかくかくとうなずいた。

「どうしたの」

橋口の声が上から響いた。不思議そうに僕たちを見下ろしていた。

いや別に、と明るく答えて、僕は階段に足を踏み出した。


二階の橋口の個室で、僕たちはファミコンで遊んだ。彼は結構な数のソフトを持っていて、思わず「いいなあ」と口にしたのを覚えている。一日に一時間しか遊べないわりにはとても上手《うま》かったのも覚えている。

比嘉さんは案の定、下手だった。操作中に身体ごと動かしてしまう、普段ファミコンで遊ばない人の典型だった。あまりに激しくコントローラーを振り回すので、僕は堪《こら》え切れずに吹き出してしまった。

彼女が悲しそうな目で僕を見た。テレビ画面ではマリオが背後からブーメランの直撃を受け、気の抜けたBGMとともに画面の下に消えた。

「笑うとこじゃないよ」

橋口がやんわりと言った。「最初は誰だって下手だし、上手くなる義務もないし」と続ける。正論だった。僕は「ごめんごめん」と軽い調子で謝ったが、内心は恥ずかしさで一杯だった。比嘉さんが何も言わなかったのも惨めな気持ちに拍車をかけた。気まずさに耐えられなくなって、僕はテレビ画面から視線を逸《そ》らした。

少しだけ開いていたドアが、スッと閉まった。

閉まりきる直前、隙間から顔が見えた。長い髪の毛も細く小さな手足も見えた。女の子だった。

三歳くらいの女の子が廊下に座り込んで、ドアの隙間から部屋を覗《のぞ》き込んでいた。僕に見られそうになって慌ててドアを閉めた。そうとしか思えなかった。

ずうっ、ずうっ、ずうっ、ずうっ

音がまた聞こえていた。遠ざかって小さくなって耳に届かなくなった。

「どうかした？」

橋口が不思議そうに訊《き》いた。比嘉さんが表情を硬くして僕を見つめていた。

「いや……あのさ」

僕は自分が目にしたものを正直に語った。改めて言葉にした途端、鼓動が高まった。身体がきゅっと絞られるような感覚に襲われた。

「実は、さ、さっきも」

廊下で聞いた音、階段で目にしたものも併せて伝える。比嘉さんが顔を伏せた。

橋口は相槌《あいづち》を打ちながら聞いていたが、僕が話し終わるとしばらく黙って、やがて「そっか」と溜息《ためいき》を吐いた。コントローラーを床にそっと置くと、よっこらしょ、と立ち上がる。

僕と比嘉さんは彼に先導されて、奥の部屋――和室に入った。犬がトトトと畳を走るのを見ながら、橋口は引き戸を閉めた。

六畳間だった。奥には大きな仏壇が置かれていた。小壁には黒い額に納まった白黒写真がいくつも並んで掛かっていた。無表情の老人たちがまっすぐこちらを見つめている。

橋口は仏壇の前に敷かれた座布団に正座すると、仏壇の中を手で示した。

小さなカラー写真が、これも黒い額に入って立てかけられていた。

写真には女の子が写っていた。公園かどこかで、オーバーオールを着た三歳くらいの女の子が、こちらにむかってぎこちないピースサインをしていた。まぶしそうに目を細めている。

ドアの隙間から一瞬見えた子にそっくりだった。

「え……これって」

「妹。亜佐美《あさみ》って名前」

橋口は無表情で言った。写真を見つめたまま、

「病気で死んだ。これ撮ったすぐ後」

淡々と続ける。

ずうっ

引き戸の向こうでまた音がした。きゅっ、と高い音が続く。肌がフローリングを擦る音だ。僕はそう思った。思った途端に想像してしまった。引き戸の向こうの光景を。

廊下に座って中の様子をうかがう、ぼんやりした女の子の姿を。

亜佐美の幽霊を。

悲しげに溜息を吐くと、橋口は鈴《りん》を鳴らした。頭を刺すような鈴の音が和室に響いて、長々と余韻を残して消えた。

橋口は仏壇に手を合わせ、目を閉じていた。

ずうっ、ずうっ、とまた廊下を擦る音がした。

比嘉さんが口を押さえて引き戸を凝視していた。

親族たちの遺影が僕たちを見下ろしている。あるはずのない視線までもが気になって、僕は動けなくなっていた。

犬は畳に寝そべって眠っていた。


その後遊んだ記憶はないから、おそらくすぐに帰ったのだろう。覚えているのは玄関まで見送りに来た母親の姿だ。「またいらっしゃい」と優しい声で言った、彼女の笑顔。

玄関ドアを閉めてすぐ、僕は声を潜めて比嘉さんに訊いた。

「見えてたの、比嘉さんも」

彼女はうつむいたまま小さくうなずく。

「音とか、あと気配とかも」

門を出たところでまた訊く。彼女はまたうなずくと、

「……あと、声が」

「声？」

思わずそう返す。僕はまったく聞いていない。

比嘉さんは僕を見上げて、

「ほ、本当の声じゃなくて……言葉が、頭に」

ゆっくりと歩きながら、

「い、一緒に……遊びたいって」

そう言って、ずず、と洟《はな》を啜《すす》り上げた。

彼女がいわゆる霊感体質だと知ったのは夏休み明け、二学期だっただろうか。窓の外をじっと見て震えている彼女を何度も目にした。気になって問い質《ただ》すと、彼女は泣きそうな顔で「知らないおじさんがいる」「男の子がベランダで泣いてる」などと答えた。

僕には見えなかったし聞こえなかった。

橋口が突然学校に来なくなったのは二学期の終わり頃だった。一家で夜逃げしたらしい、とクラスメイトから聞いた。情報源は親だろう。自分の両親もそんな話をしていた記憶があった。

彼の家の前まで行った記憶もある。玄関に並んだ鉢植えも自転車も、遊びに行った時と同じだった。カーテンが閉じられていて中は見えなかった。ポストには新聞が大量に突っ込まれていた。

翌年の春くらいからだろうか。鉢植えの植物が全て枯れ、自転車が錆《さ》び付き、表札が誰かに剝《は》がされてコンクリートが剝《む》き出しになり、駐車スペースに転がっていた緑のホースが土埃《つちぼこり》で茶色く染まった頃、学校でこんな噂が立った。

あの家には幽霊が出るらしい。

入ったら呪われて頭がおかしくなるらしい。

同じ頃に話題になっていた都市伝説や学校の怪談に比べるとまるでひねりのない噂だった。積極的に話していた同級生たちも本気で信じていたとは思えない僕も表向きは半笑いを装っていたけれど心の中では笑えずにいた。

あの家には亜佐美の幽霊がいた僕と比嘉さんは実際に見ていたし聞いてもいた。

同じ年の夏僕は思い知ることになるざざざ事実なのはざざざ頭がおかしくなるのも本当のことだったざざざざ今の僕ざざざざざざざ証拠だ。

僕はおかしいあの家に入ざざざああああてからずっとおかしいあの家から出ても出らざざざざ純もおかしくざざざざ功ざあああああ比嘉さんもおかしざざあああああああああ頭の中でざざざああああああああああ

第一章　円満家庭

洗濯して掃除してお昼を食べたらもうすることがなくなった。入念にメイクをして着替えたけれど、時計を見たらまだ一時だった。

家を出て野方《のがた》駅近くの小さなスーパーでゆっくり買い物をして帰っても、まだ一時半だった。炬燵《こたつ》に足を突っ込むと正面の壁のテレビが目に入った。

テレビを見る気にはなれなかった。ネットを見る気にもなれなかった。地元の友達とは誰とも繋《つな》がっていない。連絡したい相手も、連絡して大丈夫そうな相手もいない。

わたしは手元に視線を落とした。左手の薬指。ピンクゴールドの結婚指輪はくすんで見えた。

今日も勇大《ゆうだい》は「できるだけ早く帰る」と言っていた。ということは早くても終電だ。東京本社の仕事は神戸《こうべ》にいた時とは比べ物にならないほど忙しいらしい。それは分かっていた。そもそもSEの仕事が大変なのも分かっていた。

「俺、稼ぐからさ」

転勤が決まった時の勇大の声が甦《よみがえ》る。一緒に東京に来てくれ。仕事は辞めてくれないか。そして家を守ってほしい。

このご時世に難しい提案をされているのは分かっていた。勇大が相当な覚悟をしているのも。仕事で何度も倒れて救急車で運ばれたわたしを気遣っているのも。

「それに――」

彼は一瞬だけ笑みを浮かべると、

「母親は家におるのがええと思う。子供にとっては」

真面目な顔で言った。

わたしはうなずいた。勤めていた映像制作会社をすぐに辞めた。たった一人の同期、美紀《みき》ちゃんと別れるのは若干名残惜しかったけれど、プライベートで会うような間柄でもなかった。

去年――二〇〇九年の七月末。わたしと勇大は東京に引っ越した。西武新宿線《せいぶしんじゅくせん》野方駅から徒歩十分の、2DKのアパートだった。こんなに高いのかと呆《あき》れたのを覚えている。神戸なら同じ家賃で戸建てが借りられる。三宮《さんのみや》駅から徒歩圏内でも。

中野《なかの》にも新宿にも渋谷《しぶや》にも池袋《いけぶくろ》にも、浅草《あさくさ》にも上野《うえの》にも足を運んでみたけれど、すぐに行かなくなった。人が多すぎる。いつどこに行ってもイベントのような人だかりで、ただ歩くだけで疲れ果てた。

街歩きガイドもいつしか読まなくなっていた。習い事をする気にもならなかった。隣室の住人はどちらも留守がちで、どんな人かも分からない。

自分は人と積極的に関わる方ではない、と改めて気付いた。学校も職場も、自分で選ぼうと選ぶまいと「関わらなければならない集団」「いなければならない場所」だ。ほとんど義務みたいなものだ。

わたしはそんな義務の範囲内でしか関係を築けていなかった。生まれてから二十八年間ずっと。勇大と出会ったのも仕事で行ったパーティだった。

「果歩《かほ》はまだ慣れないの？」

十一月。久々に早めに帰って来た勇大が訊《き》いてきて、わたしはショックを受けた。訛《なま》りが取れかかっていたからだ。

言葉を返せずにいると、彼は悲しげに微笑んだ。

「悪いな、あんまり家いられなくて。今の案件が終わったら有給取れると思うから」

かすかに残る神戸訛りを拾いながら、わたしは、

「大丈夫」

そう嘘を吐いた。勇大も嘘を吐いている。有給なんて取れたとしてもずっと先だ。お互い様だ。そう自分に言い聞かせていた。

わたしたちはほとんど会話をしなくなっていた。深夜に帰宅した勇大はいつもぐったりしていたし、起き抜けも辛《つら》そうだった。ご飯を作って見送る。帰って来た彼におかえりと声をかける。それ以外はショートメールで事務的な連絡をして、たまに雑談めいたやり取りをする。そんな日々が続いた。

二〇一〇年の初詣《はつもうで》は近所の神社で済ませた。深夜だったのに、それも小さな神社なのに、既に大勢の人が詣《もう》でていた。わたしはげんなりしたけれど、それでも勇大と直接話をして、一緒に出かけるのは楽しかった。

帰り道で他愛のない話をするのも楽しかったし、狭いお風呂《ふろ》に身を寄せ合って入るのも幸せだった。同じタイミングでベッドに入るのも、布団をかぶって抱き合ってまた他愛のない話をして、肌の温《ぬく》もりを感じながら眠りに落ちるのも。おせちを食べるのも箱《はこ》根《ね》駅伝を観るのも、ハイヒールや円広志《まどかひろし》や海原《うなばら》やすよ・ともこのいない正月特番を一緒に観るのも。

勇大は一月四日から出社した。

わたしはそこで気付く。今はもう二月の頭だ。

夫との思い出が、三が日から少しも更新されていない。

一人の時間もまるで更新されていない。本は読んでいた。DVDも借りて観ていた。いつか勇大に振舞おうと、レシピ本を片手に料理をあれこれ試作した。思い切って高円《こうえん》寺《じ》の劇場に一人で舞台を観に行った。なのに何一つ心に残っていない。

わたしは狭いダイニングを見回した。日当たりも風通しも良くて選んだはずなのに、ひどく薄暗くて空気も淀《よど》んでいる気がした。

この家に越してから子供の話をしていないことも思い出した。

時計の針は一時三十五分を指していた。

二月十四日、午後一時半。わたしは新宿の伊勢丹《いせたん》にいた。

地下一階の食品エリアは人でごった返していた。バレンタインデーと日曜日が重なったせいだ。わたしは人ごみに潰《つぶ》されそうになりながら、勇大に渡すチョコレートを選んでいた。彼は仕事だったが何も思わないようにしていた。どんなのをあげたら喜ぶだろう、それだけを考えるようにしていた。

迷いに迷って買ったのは、その筋では有名なパティシエが特別に考案したという、伊勢丹限定と銘打たれた六個三千円の詰め合わせだった。

オレンジ色の小さな紙袋を店員から受け取って、わたしは新宿通りに出た。紙袋は何も入っていないのでは、と不安になるくらい軽かった。実際一度立ち止まって中身を確認してしまうほどだった。

西武新宿駅で改札を抜けようとして、パスケースがないことに気付いた。バッグの中には見当たらない。いつもケースを入れているポケットにも。普段は物を入れないポケットの中にも。

コートのポケットを探っても見つからず、わたしは改札の脇に避けて途方に暮れた。

どこかで落としたのかもしれない。

来た道を戻って探すか。伊勢丹の地下一階を思い出してうんざりしていると、通りすがりの男性と目が合った。男性はすぐに視線を逸《そ》らしたが、またわたしの顔を見た。ピタリとその場で足を止める。

ジーンズに濃紺のコートを着た、背の高い男性だった。精悍《せいかん》な顔に驚きの表情が浮かんでいた。閉じていた口が開く。

「果歩？」

男性はわたしの名前を呼んだ。すぐに「あ、いや吉崎《よしざき》さん、ですか？」と訂正する。関西訛《かんさいなま》りだった。

耳にした途端に記憶がパッと開けた。小中学生の思い出が頭に溢《あふ》れた。

「……敏《とし》くん？」

わたしは訊き返した。上手《うま》く声が出せない。勇大以外とまともに話すのは久しぶりだ、と頭の片隅で思った。

「そう！」

男性は声を張った。顔をくしゃくしゃにして、

「え？　なんでなんで？　なんで東京におんの？」

と訊く。目尻《めじり》の三本皺《じわ》はあの当時はなかった。背もこんなに高くなかった。でも表情や口調は同じだ。全体的には何となく当時の面影がある。

敏くん——平岩敏明《ひらいわとしあき》だ。小中の頃近所に住んでいた、いわゆる幼馴染《おさななじみ》だ。小五小六、中二の時は同じクラスだった。中学卒業と同時に彼が引っ越して以来だから、再会する

のは十三年ぶりだ。

なんでなん？　と繰り返す彼に、

「だ、旦那《だんな》の転勤」

わたしは答えた。「今は笹倉《ささくら》っていうねん。苗字《みょうじ》」

「うそ！」

敏くんは大袈裟《おおげさ》に驚いた。「それひょっとして、いっこ上の陸上部の人？　めっちゃワルかったけど足速くて、大学で箱根の山越えしとった……」

「その人とちゃうよ」

思わず笑い声が漏れる。陸上部の笹倉さんと勇大とは何の関係もない。わたしは勇大との出会いと結婚の経緯を簡単に説明した。敏くんは「ほお」「へえ」と楽しげに相槌《あいづち》を打っていた。わたしの説明が終わっても会話は続いた。次々に話題が飛び出して膨らんだ。

敏くんは高校入学から大学を出るまで、大阪の門真《かどま》に住んでいたという。卒業と当時に上京し就職、一度転職して今はスポーツメーカーに勤めている。

五年前に結婚し、二年前に東村山《ひがしむらやま》の中古物件を買った。今はそこに住んでいる。同じ西武新宿線だ。子供はまだいないらしい。

駅構内で立ちっ放しで話し込んでいた。そう気付いたのは四時半だった。二時間近くも敏くんと雑談していたことになる。

「あ、すまん」ホームの時計を見ていたわたしに、敏くんは、「旦那さん、待ってるもんな」と、チョコレートの紙袋を指した。

「ううん」

わたしは首を振った。「今日も仕事。ずっと忙しくて」

「そうなんや」

敏くんはばつの悪そうな顔で言った。

別れる流れになって連絡先を交換して、そこでパスケースを失くしたことを思い出した。念のためもう一度バッグを探ると、拍子抜けするほどあっさり見つかった。長財布に挟まっていたのだ。

「ようあるわ、そういうの」敏くんはからかうでもなくフォローした。

改札を抜けてホームに向かう。来たばかりの急行に敏くんは乗ろうとした。「じゃあ、また連絡するわ」と振り返って言った彼に、わたしは咄嗟《とっさ》に声をかけた。

「遊びに行っていい？　家に」

「おお」

笑顔で答えて、敏くんは手を振った。わたしは考えるより先に、

「こ、今度の日曜は？」

そう訊いてしまう。前のめりすぎると自分でも思った。でも訊かずにはいられなかった。勇大の帰りを待ちながら敏くんの誘いを待つ日々。想像するだけで耐えられなかっ

た。

敏くんは中途半端な笑みを浮かべたまま固まった。すぐに、

「ええよ」

「ほんまに？」

「うん」敏くんは少し考えて、「よかったら旦那さんも。せっかくやしご挨拶《あいさつ》しときたいから」と言った。

急行に乗り込むと、敏くんは一度振り向いてわたしに手を振った。手を振り返し、彼が座るのを確かめて、わたしはちょうど到着した各駅停車に足を向けた。

電車に揺られながら、わたしは小中の頃を思い返していた。集団登校で敏くんと毎朝一緒に学校に行っていたこと。低学年の時はよく家に遊びに行っていたこと。六年の時に二人の仲を勘繰られ、教室で会話しただけで同級生にヒューヒューと囃《はや》し立てられたこと。中学になってあまり話さなくなったこと——

勇大の寝室兼書斎。デスクにチョコレートを置き、昨日の残りで夕食を済ませると、わたしは炬燵《こたつ》に潜り込んだ。思い出を反芻《はんすう》しているうちに眠り込んでしまい、気付いたら朝だった。

勇大からショートメールが届いていた。

〈チョコありがとう。会社で食べます〉

わたしは〈どういたしまして〉と返す。

敏くんからも届いていた。

〈昨日はありがとう。久々すぎてびっくりしたわ（笑）日曜、午後からならいつでも大丈夫です。嫁も楽しみにしてるで。あと当日車出すから場所教えて〉

何度も文面を読み返して、わたしは、

〈こちらこそありがとう！　日曜めっちゃ楽しみです。また連絡するね〉

そう返した。


一週間は今まで以上にゆっくり過ぎた。ようやく日曜になって、午後二時になった。わたしは野方駅から少し歩いた、環状七号線沿いの歩道にいた。手には高円寺の洋菓子店で買った、焼き菓子の紙袋を持っていた。

通り過ぎるたくさんの車を眺めていると、一台の青い軽自動車がゆっくりと減速して、わたしの前を通り過ぎたところで停車した。運転席の敏くんがリアウインドウ越しに手を振った。

「旦那さん、忙しいねんな」

助手席のドアを閉めると、敏くんは残念そうに言った。勇大は今日も仕事だった。

「行きたがってたけど」わたしはシートベルトを締めながら、「やっぱり無理やった。ごめんね」

「まあしゃーない。また次の機会に是非って言うといて」敏くんはわたしがベルトを締め終わるのを確かめてから、ゆっくりと車を発進させた。

家へ向かう道中、話題は思い出話と近況報告だった。話はまるで尽きなかった。中二の時の担任の話。同級生の話。陸上部の笹倉さんの話にもなった。企業の陸上部に入ったけれど活躍できず、今はコーチになって後進の育成に努めているらしい。

敏くんのご両親は亡くなったらしい。どちらも優しかった。いつ家に行っても嫌な顔をしなかった。二人の顔を思い出して胸が痛む。

「まあしゃーない」敏くんはまた言った。「俺生まれんの遅かったからな。覚悟はしてたよ」

敏くんはわたしの親については訊《き》かなかった。察しているのだろう。当時から両親は喧嘩《けんか》ばかりしていて、わたしのことはほとんど構っていなかった。今はどちらとも疎遠だ。だから正月も帰らなかった。

「お祖母《ばあ》ちゃんは元気？」

わたしは訊いた。敏くんの家に行った時、よく遊んでくれた淑恵《としえ》さん。たしか彼の父方の祖母だったはずだ。彼女のことは自然と「お祖母ちゃん」と呼ぶようになっていた。

当時すでに結構な高齢だったはずだが、典型的な関西のオバちゃんだった。よく喋《しゃべ》ってよく笑う女性だった。面白い話、怖い話をたくさん知っていて、行くたびに聞かせてくれた。食べきれないくらいのお菓子を振舞ってくれた。一度などチーズケーキをホールで丸ごと出してくれたこともあった。半分くらいから苦しくなったけれど、頑張って平らげたのを覚えている。

「元気は元気やな」

敏くんの顔がわずかに曇った。まっすぐ前を見たまま。

「家におるよ」

赤信号で止まる。

「家ってご実家？　一人で？」

「ちゃうちゃう。俺の家や。これから行く家」

「そうなん？」

わたしは思わずそう返した。お祖母ちゃんにも会える。そう考えただけで嬉《うれ》しくなった。敏くんは曖昧《あいまい》な顔をして、ハンドルをコツコツと指で叩《たた》いていた。

乗ってから四十分ほどで、車は住宅街に入った。何度か左右に曲がって、一軒の家の前で止まった。「出とって。車入れるから」と半分だけ振り返って敏くんが言う。テキパキと降りて車から離れる。車は一旦《いったん》グッと前に進んでから、広い駐車スペースにゆっくりバックしていく。わたしは家を見上げた。

よくある二階建てだった。

白い壁、赤茶色の瓦《かわら》屋根。隣の家との間隔は広く取ってある。

キイキイ鳴りそうな銅製の門。そこから三段上ったところに、どこでも目にするテカテカした焦げ茶の玄関扉がある。

敏くんは鮮やかなハンドルさばきで車を止めた。遅れてエンジン音も止まる。

運転席のドアを開き、敏くんはさっそうと車から降りる。鍵束《かぎ》をチャラチャラと鳴らしながら、

「ようこそ平岩邸へ」

大袈裟《おおげさ》に言うと門に手をかけた。門は予想どおりキイキイと鳴った。金属プレートの表札には、一番上に横書きで「平岩敏明」、その下に「梓《あずさ》」「淑恵」と刻印されていた。

家の中は外とは打って変わって真新しかった。白い壁紙も、薄茶色のフローリングも眩《まぶ》しいほどだ。真新しい靴箱は鏡みたいにピカピカだった。

「中は綺麗《きれい》やろ」敏くんは嬉しそうに、「リフォームしてん」と背後で玄関ドアを閉めた。

玄関のすぐ前の壁にはドアがあった。靴を脱いでいると敏くんがドアに手をかけ、勿体《もったい》つけた動作で開く。狭い部屋だな、と思ったところで、トイレットペーパーのホルダーと、便器の先端が見えた。

「最新式や。入ったら勝手にフタ上がりよんで」

当然ウォシュレットやで――と、敏くんは空いた手で中を示した。見ていけということだろう。

わたしは苦笑しながらトイレを覗《のぞ》き込んだ。トイレにしては広く見えるのは単純に広

いだけでなく、タンクがないせいもある。ホルダーのカバーも、マットも、棚に載っている布製のカゴすらおしゃれに見える。うちのとは大違いだな、と思っていると、かすかな稼働音とともに便器のフタがゆっくり持ち上がった。

「……結構なお手前で」

わたしは自分でもよく分からないコメントをした。おまけに自分で吹き出してしまう。敏くんは「はは、なに訳分からんこと言うてんねん」と突っ込んだ。

「では次はこちらへ」

敏くんに案内されたのは、廊下を少し渡ったところにあるリビングダイニングだった。これまた白くて眩しい。天井も高い。レースのカーテンが引かれた大きな窓の向こうに、車の背面が見える。

左手はリビングだった。ふかふかの白いソファが、突き当たりの壁の前にドンと鎮座している。その向かい――玄関側の壁には巨大なテレビ。その下にはこれまた新品らしい薄茶色のキャビネット。緑色のカーペットの上には白いテーブル。

右手にはダイニング。大きな木製のテーブルの向こうに、広々としたカウンターキッチンが見えた。ＩＨだ、三口もあっていいな、と思ったところで、その向こうの暗がりにすらりとした女性が立っているのに気付く。

彼女は微笑を浮かべて、

「……はじめまして」

かすれた声で言うと、ゆっくりとキッチンから出てきた。生成りのロングスカートにグレーのセーター。長い髪を後ろで一つにまとめている。

目の下に隈《くま》ができていた。メイクで隠せないほど黒々とした隈が、細い顔に張り付いていた。敏くんが彼女を手で示して、

「嫁の梓です」

「梓です。よろしくどうぞ」

彼女は深々と礼をした。ひどく緩慢な動作だった。腰を曲げるだけでも辛《つら》い。そんな風に見えた。わたしは戸惑いを隠しながら自己紹介をし、焼き菓子の紙袋を手渡した。

キッチンに戻る彼女の足元に視線を向けた時、フローリングの床に目が留まった。

いくつもの足跡がついていた。足跡のないところは茶色く、細かい粒子が見えた。

わたしはハッとした。床を見渡すとあちこちに足跡が見えた。擦《こす》ったような筋も、床と壁の境に茶色いものが溜《た》まっているのも。

砂だった。

真新しい家の真新しいリビングの床に、うっすらと砂が積もっていた。

足の裏に違和感を覚えた。穿《は》いていた黒いタイツ。その足の裏が砂まみれになって汚れている。見えていなくても想像は付いた。

「お祖母ちゃんは？」

敏くんがキッチンに声をかけた。梓さんは顔を上げて、

「元気。さっきまで寝てたけど、今は起きてる」

事務的に伝える。

「おお、そっか」敏くんはわたしを見て、「先に会っとこか。二階や」とリビングのドアを開けた。すぐ前の階段へと足を進める。彼も梓さんも、床の砂に気を留めている様子はない。

足の裏を気にしながら、わたしは敏くんの後を追った。


階段の隅にも砂が積もっていた。見間違いではない。現に一度、積もった砂が目の前でぱらりと崩れ落ちた。これは現実の砂に違いない。そう思ったけれど触って確かめる勇気はなかった。

おーい、と敏くんが呼ぶ声がして、わたしは階段を上った。途中で曲がって二階へ辿《たど》り着く。一番手前の部屋のドアが開いていて、敏くんが顔を覗かせていた。

四畳半ほどの部屋だった。部屋の奥、窓際に巨大なベッドが置かれていた。大きな手すりが付いている。介護用ベッドだ。床板にも絨毯《じゅうたん》にも砂は落ちていなかった。

掛け布団がわずかに膨らんでいた。小さくて皺《しわ》くちゃな老婆の顔が、枕とタオルケットに埋まっていた。

老婆は垂れ下がった瞼《まぶた》の向こうから、黒い目でこちらを見ていた。わたしを見ているわけではない。ただぼんやりと視線を向けているだけだった。

わたしは言葉を失った。記憶の中のお祖母ちゃんとまるで別人だった。小さくなっている。萎《しぼ》んでいる。衰えている。枯れ果てている。失礼な言葉が次々と頭に浮かんで消える。

「……お祖母ちゃん」

中腰になって顔を近付けて、そう呼びかけていた。声が震えているのが分かった。

黒い目が二度瞬いた。すぼまった口が動く。

「ああ、マリちゃん、ひさしぶりぃ」

お祖母ちゃんはそう言った。声はしわがれていたけれど、口調は子供のようだった。

皺だらけの顔に無邪気な笑みが浮かんでいた。

彼女に何が起こっているか分かって、鼻の奥がツンと痺《しび》れた。

「誰のことも分からんみたいや」

背後で敏くんが静かに言った。わたしの隣に立つと、

「梓のこともマリちゃんて呼ぶし、俺のことはオニイチャンや。よう聞く話や。子供に戻ってんねやろ」

わたしの肩に手を置く。置かれて初めて自分が身体を縮め、両手を固く握り締めていたことに気付く。意図的に全身の力を抜いて、ほーっと息を吐き、

「ごめんね、ちょっとビックリして」

「ええよ」ポンポンと肩を叩くと、彼は、「調子ええ時は話もできるけど、今日はちょっとアレやな」と言った。

「マリちゃあん」

お祖母ちゃんがまた、知らない誰かの名前を呼んだ。続けざまにあうあう、と口走る。何を言っているのか分からない。

染みの浮いた手が布団の端から現れた。ガタガタと大きく震えている。わたしに向かって持ち上がる。一瞬躊躇《ちゅうちょ》して、わたしは彼女の手を両手で握り締めた。思っていた以上に湿っぽく温かかった。

お祖母ちゃんは力なくわたしの手を握り返した。嬉《うれ》しそうに何事か繰り返していたけれど、やっぱり一言も聞き取れなかった。

彼女が落ち着いたのを待って部屋を出ると、敏くんは殊更に明るい声で、「建物探訪でもする？」と訊《き》いた。答える前に斜め向かいの部屋のドアを押し開ける。わたしは力なく笑って彼の後に続いた。

絨毯張りの小さな部屋の中央に、ベビーベッドが置かれていた。その上には丸い暖簾《のれん》のような飾りが吊《つ》るされていた。蝶《ちょう》や星の形をしたプラスチックの板がぶら下がっている。ベビーメリーだ。たしかそんな名前だったはずだ。

簞笥《たんす》の上や壁際には、大きなぬいぐるみと幼児用の知育玩具《がんぐ》が並んでいた。

「……いつなん？　予定日」

細身の梓さんを思い出しながらわたしは訊く。

「いや、まだできてへんよ」敏くんは恥ずかしそうに、「ちょっと前倒しで進めてもうたわ。俺もあいつも子供欲しくてな」と頭を掻《か》いた。

「へえ」

わたしは作り笑いを浮かべてそう返した。自分と勇大のことを考えそうになるのを抑える。ベビーベッドの柵《さく》に手を触れ、何の気なしに中を覗き込む。

クリーム色のタオルケット。皺になって窪《くぼ》んで溝になったところに、茶色い砂粒が溜まっていた。えっ、と口から出そうになったその時、

「名前も決めてんねん、これも前倒しすぎるけど」

向かいから敏くんが言った。柵に腕を置き、体重を預けると、

「男の子やったらサクヤ、女の子はミズキ。とりあえず音だけ。字は検討中や」

ベビーベッドを見つめながら楽しそうに言う。視線はタオルケットに注がれている。砂を気にしている様子は少しもうかがえない。

変だ。おかしい。どう考えても。

敏くんはベビーメリーを手で回すと、「では次は我々の愛の巣に」とおどけた調子でドアに向かった。どうしよう。訊くべきだろうか。

敏くんが子供部屋を出た瞬間、わたしは気付いた。

この部屋に一人になってしまう。

首筋に寒気が走った。わたしは慌てて敏くんの後を追った。

二人の寝室にはキングサイズの白いベッドがあった。それ以外はベッドサイドテーブルとスタンドがあるだけの、文字どおりの寝室だった。窓から注ぎ込む日の光が、色味のない室内を明るく照らしていた。

床板は廊下やリビングと違って濃い茶色だった。そのせいで――

うっすら積もる砂粒は白く見えた。

敏くんはここでも平然としていた。床の砂はまるで目に入っていない。そうとしか思えなかった。

奮発していいベッドを買った、寝心地は最高だ、と熱く語る敏くんに相槌《あいづち》を打ちながら、わたしは次第に別の不安を覚えるようになっていた。

砂なんて本当は存在しないのではないか。わたしにしか見えていないのではないか。

おかしいのはこの家ではなく自分の方ではないか。

つまり幻覚だ。足元が覚束《おぼつか》なくなるのをごまかして、わたしは冗談めかした動作で大きなベッドに腰を下ろした。彼の説明どおりベッドは絶妙に柔らかかった。

リビングに戻ると、テーブルには焼き菓子と空のティーカップが三人分用意されていた。梓さんが薬缶《やかん》のお湯をティーポットに注いでいる。

わたしは敏くんに勧められるまま、上座の椅子に座った。椅子を引いた時に確認したけれど、座面に砂は見当たらなかった。

梓さんが紅茶を注いで、敏くんの隣に座った。雑談が始まる。

敏くんは今までと同じ調子で喋《しゃべ》っていた。彼に答えるうちに、ざわついていた心は次第に落ち着いていた。紅茶も気付けば普通に飲んでいた。

思い出話は尽きない。当時の同級生の話題だけで盛り上がる。こんなに人と話すのは久しぶりだ。いつしかわたしは自然と三人での会話を楽しんでいた。

梓さんはどこか上の空のように見えた。

「晩飯どうする？　よかったら食べてってや」

敏くんが訊いた。時計は五時を示していた。部屋が薄暗くなっていることに今更気付く。梓さんが立ち上がって壁のスイッチを押し、リビングとダイニングの電気を点《つ》けた。

「え、でも悪いわそんなん」

「構へんよ。せっかく来てくれたんやし。なあ？」

敏くんは梓さんに訊く。彼女は「えっ……ああ、うん」と慌てた様子で答えた。

「作るの面倒臭かったら鍋《なべ》にしよっか。食材あるやろ」

「うん」梓さんはうなずいて、「あ、でも白菜が」

「俺買いに行くわ。駅前のスーパーでええ？」

敏くんは席を立つ。テキパキとコートを羽織り、「女子会楽しんでや」とふざけた調子で言って部屋を出て行った。玄関ドアが開いて閉じる音が、遠くから聞こえた。

「……あの、すいません」

わたしは梓さんに詫《わ》びた。「準備とか手伝いますし、よかったらその」

梓さんは黙って席に着いた。思い詰めた表情で机を見つめている。気まずい空気が漂っていた。わたしはおそるおそる、

「ご、ご迷惑やったら帰りますけど」そう言った。「今すぐにでも。敏くんに伝えといてくれはったら――」

「いえ」

梓さんは首を振った。

「迷惑だなんて全然。むしろ安心です。いてくださって」

顔を上げる。不安げな表情でわたしを見つめながら、

「わたしたちこそ、果歩さんにご迷惑をおかけすると思います。申し訳ないと思っています」

「え？」

「巻き込んでしまうかもしれない」

彼女は嗄《か》れた声で言った。薄い唇は引き攣《つ》り、細い手は固く握り締められていた。

考える前にわたしは思い当たった。途端に足の裏が痒《かゆ》くなる。床から足を浮かせてしまう。話に夢中ですっかり忘れていた。幻覚かもしれないと自分のせいにしてもいた。

砂のことだ。絶対にそうだ。梓さんにも見えていて、おかしいと思っているのだ。彼女の様子がおかしいのもきっとそのせいに違いない。

「あの」

確かめようと声をかけた瞬間、梓さんの目が不意に見開かれた。ハッと息を呑《の》む。

さあああああああ

流れるような音がリビングに響いた。途端に鼻がむず痒くなった。かすかなにおいが鼻腔《びこう》に籠《こも》る。頭に浮かんだのは運動会のイメージだった。まぶしい日差しと熱気。そして運動場の――砂のにおい。

声が聞こえたのはその直後だった。

……う、ううう、うう……

女の人の泣き声だった。そうとしか思えなかった。ぐすぐす、と洟《はな》を啜《すす》る音まで聞こえていた。

……ぐすっ、はああ、あ、こんな、い、いえ……

運動会の光景は頭から掻き消えていた。代わりに浮かんだのは、長い黒髪の女性の姿だった。うずくまって泣いている。顔が濡《ぬ》れている。目も鼻も真っ赤にして、唇を歪《ゆが》めて歯を剝《む》き出しにして、頰から顎《あご》に伝った涙がポタポタと——

……いれて……よ……ううう……

バンッ、と叩《たた》きつけるような音が玄関から聞こえて、わたしは「ふあっ」と変な声を漏らして椅子から飛び上がった。

泣き声は止んでいた。流れるような音も聞こえなくなっていた。聞こえるのはエアコンの唸《うな》る音と、梓さんの爪がカタカタとテーブルを鳴らす音だけだった。

梓さんは震えていた。開き切った目が潤んで光っていた。

「……聞こえましたか」

彼女は上ずった声で訊《き》いた。わたしは黙ってうなずく。

「バンッて音が、あと泣き声と、あと」

「ええ」梓さんは薄い唇を震わせて、「幻聴じゃなくてよかった」と大きく息を吐いた。

何も言えずにいると、彼女は目元を拭《ぬぐ》って、

「暗くなると聞こえます。半年くらい前から、ほとんど毎日」

「えっと」わたしは慎重に、「と、敏くんも、これ」

「いいえ」

沈んだ声で彼女は答える。

「何も聞こえない。見えないし感じもしない、と。自分には霊感がないからと笑っていました。わたしには見えるのに――」

頭の中で辻褄《つじつま》が合っていく。敏くんには砂が見えていないようだった。逆に梓さんには見えているのだ。床や階段の砂が。

「――たまに、ま、窓の外に」

「え？」

「ごめんなさい」

彼女は不意に言った。涙が頬を伝う。

「お招きしない方がいいのは分かっていました。こんな変なことに巻き込むのは駄目だと。で、でも敏明……平岩には分からないみたいだし、お、お祖母《ばあ》ちゃんも」

顔を伏せる。目から落ちた雫《しずく》がポタリとテーブルを打つ。

「ひ、一人ではもう――耐えられなくて」

ごめんなさい、と梓さんは再び詫びの言葉を口にした。

遠くできゃっきゃとはしゃぐ声がした。上からだ。お祖母ちゃんだとすぐに気付いた。

よかったねえ、ありがとう、と甲高い声がする。

歯のない口を開けて笑う、彼女の顔が頭に浮かんだ。

「ありがとねししりばあばあうあいうふふふ……」

言葉が聞き取れなくなったところで、梓さんがゆっくり席を立った。

「すみません」彼女は思い詰めた視線をわたしに向けて、「お祖母ちゃんのところに、一緒に」

「ええ」

わたしは立ち上がった。いつの間にか固まっていた全身の筋肉を無理矢理動かして、彼女の後を付いていった。

階段は真ん中だけを踏んで上った。隅っこの砂が視界に入らないようにした。


お祖母ちゃんはけらけらと楽しそうに笑っていた。弱々しく手を打ち鳴らしてもいた。ベッドから落ちることはなさそうだったけれど、梓さんもわたしも彼女の意味不明な言葉に相槌《あいづち》を打って、落ち着くのを見守っていた。

彼女がすうすうと寝息を立て始めた頃、敏くんが帰って来た。

三人で鍋を突《つつ》いた。食欲はまるでなかったけれど無理して食べた。敏くんは楽しそうに話し続け、梓さんは作り笑顔で話を合わせていた。

八時になる少し前。敏くんが「ごめん、これ毎週観てんねん」とテレビを点けたタイミングで、わたしは平岩邸を後にした。車での見送りはやんわりと辞退した。

玄関で敏くんは、

「楽しかったわ。またいつでも来てや」

と手を振った。傍らで梓さんが申し訳なさそうにわたしを見つめていた。リビングからはサザエさんの声が聞こえていた。サザエさんは依頼人の住まいの窮状を、ドラマチックに説明していた。

急行で鷺《さぎ》ノ宮《みや》駅まで向かい、各駅停車に乗り換えて野方駅で降りる。周りを見ないようにしながら道を進み、アパートの階段を上り部屋に辿《たど》り着く。電気を点けるとコートのまま炬燵《こたつ》に潜り込む。

テレビを点ける。依頼人がリフォームされた家を見て涙を流している。白っぽいフローリングの床。巨大なベッド。

ついさっきまでいた平岩邸を思い出して、わたしはチャンネルを替えた。

泣き声が頭に甦《よみがえ》った。流れるような音も。ベビーベッドの砂も。リビングのフローリングに散っていた砂も。

わたしは炬燵から足を引っ張り出して、こわごわ足の裏を見た。

白い糸くずが踵《かかと》のところに二つ。それ以外は何も付いていなかった。茶色く煤《すす》けてもいない。玄関で靴を手にしてひっくり返し、何度も振ってみたけれど、砂の一粒も落ちては来なかった。

あの砂は何だったのか。

あの啜り泣きは、ドアを叩くような音は。

テレビから女性の声が聞こえていた。ヒステリックに何事か喚《わめ》いている。甲高い悲鳴が続く。ドラマだろうか。報道だろうか。

そこで今更のように気付いた。

わたしは今――この家に独りでいる、と。

あわてて炬燵に引き返し、テレビを消した。途端に静寂が耳に響いた。冷蔵庫の音すら聞こえない。エアコンが風を送り出す音も今この瞬間はひどく遠い。

明るい音楽を鳴らそうとバッグから携帯音楽プレイヤーを引っ張り出すと、充電が切れていた。

またテレビを点けて適当な番組に合わせて、わたしは部屋の隅でクッションを抱えた。思い切って勇大に〈何時頃になりそう？〉とショートメールを送ったけれど、いつまで経っても返事は来なかった。

上の階からドスンと重い音が響いて、それだけで心臓が縮み上がった。外で男性の怒鳴り声がしても、酔っ払いだとすぐには思えなかった。

カタカタとベランダで音が鳴っていた。あれは仕舞い忘れたハンガーに決まっている。勇大の寝室でパタンと音がした。きっと本が倒れただけに決まっている。玄関の方で軋《きし》むような音がしたのは気のせいに決まっている。浴室でパンッと音がしたのは湿度の微妙な変化か何かの影響で、ドアにわずかな歪みができたせいだ。科学的なことは分からないけれど絶対にそうだ。そうに決まっている。

意識をテレビ画面に集中し、身体を丸めて、わたしは勇大の帰りを待った。

腹が立つほど時間はのろのろと過ぎた。

勇大が帰って来たのは午前一時だった。

ただいまの挨拶《あいさつ》もそこそこにお風呂《ふろ》にも入らずスウェットに着替え、倒れ込むようにベッドに寝転がる彼の隣で、わたしはホーッ、と漫画のような溜息《ためいき》を吐いていた。


翌日からなるべく外出するようにした。勇大を送り出し家事を済ませ、着替えてメイクしてとりあえず家を出た。行き先は前日に決めることもあったし、決めずに適当に出かけることもあった。とにかく独りで家にいたくなかった。

駅前のチェーンの喫茶店や、歩いて行ける公園のベンチで雑誌を読んで時間を潰《つぶ》した。なるべく出費は抑えたかった。都心の人ごみにはやはり慣れなかった。

有名な哲学堂《てつがくどう》公園にも足を運んでみたけれど、門の前ですぐに引き返した。幽霊の像があったからだ。見た瞬間にあの泣き声を思い出してしまった。そして梓さんのことも。あの家でお祖母ちゃんを介護している彼女を。怯《おび》えている彼女の姿を。

梓さんの不安や心細さは痛いほど分かったけれど、どうしようもないと自分に言い聞かせた。一緒にいてどうなるものでもない。二人でいれば怖くないという話でもない。少なくともわたしは怖かった。梓さんやお祖母ちゃんが一緒でも、あの家にはいたくなかった。

梓さんから連絡があったのは、家を訪ねてから十日後のことだった。

お昼過ぎ。石神井《しゃくじい》公園のベンチに座って文庫本を読んでいると、バッグの中で携帯が震えた。知らない固定電話からで少し迷ったけれど、思い切って「通話」ボタンを押す。

「……これから来てもらうことって、できますか」

挨拶を済ませるなり梓さんは訊《き》いた。緊張して硬い声だった。

「何かあったんですか」

声が変に裏返る。あの家に行って以来、わたしはほとんど誰とも話していなかった。勇大とさえも。

「はい。それと」彼女は言い難《にく》そうに、「ご相談したいことがあって」

「あの、電話やと厳しいですか」

わたしはできるだけ優しい口調で訊《たず》ねた。罪悪感と申し訳なさが湧き起こる。理性的な自分が高いところから「薄情だ」となじる。

しばらくの沈黙の後、

「お願いします」

梓さんは一言で答えた。電話の向こうの彼女が頭に浮かんだ。唇を嚙《か》んでいる、受話器を握り締めた指が白くなっている。そんな細かいところまで想像してしまっていた。

「……分かりました」

わたしはそう答えていた。断りたくて仕方なかったけれど、どうしても突っ撥《ぱ》ねることができなかった。


門柱の呼び鈴を鳴らすと、「はい」とザラついた梓さんの声がした。

「どうぞ。開いてます」

名乗ると彼女はそう答えた。わたしは一度大きく深呼吸してから門を開けた。

玄関に入ると無意識に床を見てしまう。壁との境を埋めるように、茶色い砂が低く積もっていた。ついまじまじと見つめていると、廊下から暗い顔の梓さんが現れた。

「本当にすみません。助かります」

彼女はそう言うと、靴箱の陰にあったラックからスリッパを引き抜いた。わたしはほんの少しだけ安心して靴を脱いだ。これで砂を踏まずに済む。

前回と同じくダイニングテーブルの上座の席を勧められる。梓さんが紅茶を注ぎ終わるのを待って、わたしは、

「あの、どうされたんですか」

と訊いた。

梓さんは席に着いて黙り込んだ。ティーカップから立ち上る湯気の向こうで、彼女は何度も口を開きかけては閉じた。

「……平岩は」

目を合わせず、眉間《みけん》に皺《しわ》を寄せて、彼女は、

「わたしと結婚する直前まで、他にも交際していた女性がいたようです。会社で」

と言った。

想像もしていなかった言葉に驚いたのと同時に、わたしは自分でも驚くほど落胆していた。よく聞く話だ、そんな男性はいくらでもいると考えながらも、あの敏くんもそうなのかと失望してもいた。

「信じてもらえないかもしれませんが」

梓さんはここでわたしに視線を向けると、

「この家で起こるおかしなことは、その女性の――生霊のせい、みたいです」

たどたどしい口調で言った。目は真剣そのものだった。

何言うてはるんですか？　と出かかるのを押し止《とど》めて、わたしは、

「ど、どういうことですか」

と訊いた。口角が上がりそうになるのを堪《こら》える。これは笑うところではない。冗談だとは思えない。生霊なんてとは思うけれど、とりあえず最後まで聞いた方がいい。

梓さんはまたしばらく黙った。息苦しさを覚えた頃、

「裏に小さな庭があります。今朝見たら、土の中からビニール袋が出ていました」

そこまで言うと、彼女は隣の椅子に視線を向けた。冷たい目で椅子の座面を見下ろし

ている。歯を食いしばるのが頰の動きで分かった。

「掘って引っ張り出して、中を見て——全部分かりました」

彼女は隣の椅子に手を伸ばした。持ち上げて机の上に置いたのは、膨らんだ真新しいビニール袋だった。土に埋まっていたのでは、と疑問に思ってすぐ気付く。袋ごと別のビニール袋に入れて、ここまで持って来たらしい。

「……中身を、見ていただけませんか」

「え、でも」

「全部わたしの勘違いかも知れない。早とちりかも。だから」

聞いているだけで彼女の不安が手に取るように分かった。期待、というより「祈り」のような気持ちも伝わる。わたしに打ち消して欲しい。夫は浮気なんかしていなかったと否定して欲しい。そんな祈りが。

梓さんはすがるような目でわたしを見つめていた。

わたしは「はい」と小声で答えて、袋の口を摘《つま》んだ。中には一回り小さい、茶色く汚れたビニール袋があった。これが庭に、と思いながら指先でその口を開く。

白い封筒が見えた。その下にある黒いグシャグシャしたものは——

わたしは反射的に袋から手を離した。さっきまでただのビニール袋だったものが、今は触るのも嫌な禍々《まがまが》しいモノに変わっていた。目にするのも嫌だった。

中に入っていたものを言葉にするのも躊躇《ためら》われた。

「髪の毛、ですよね」

梓さんが静かに言った。わたしは一度だけうなずいて応《こた》える。彼女はまた隣の椅子に手を伸ばすと、今度は折りたたまれた紙を机に置いた。

便箋《びんせん》だった。

両手で摑《つか》むと、梓さんは便箋をそっと開いた。のたくった茶色い文字がビッシリと白い便箋を埋め尽くしていた。

平岩敏明様

これが最後通告です。貴方《あなた》は私の身体を弄《もてあそ》び本命が決まったら塵《ちり》のように捨てましたね。新人教育係という立場を利用した卑劣なやり口は未来永劫《みらいえいごう》地獄の業火で焼かれて当然の所業であると思い知るべきです。二〇〇四年八月二十七日午後七時三十五分から四十分の間新宿のホテルイスパニオラで交わした約束は嘘だったのですね。貴方が私に言った言葉した行為全て奥様に打ち明けることも考えましたが止めにします。代わりに私の生霊を飛ばします。ありがたく思いなさい。

追伸　この文字は私の歯茎から出る血で認《したた》めました。呪殺《じゅさつ》経典に書かれていたので先生をお慕い申し上げる私は実践したまでです。殺

わたしは便箋から目を逸《そ》らした。梓さんは便箋を裏返して椅子を引いた。キッチンへ

向かい、乱暴に手を洗う。泣きそうな顔で何度も何度も手を擦《こす》り合わせていた。

水を止めると、彼女はシンクの縁に両手を突いてうなだれた。何と声をかけたらいいか分からず黙っていると、

「どう思いますか」

梓さんは呻《うめ》くような声で訊いた。「か、果歩さんは、これを見て」

「……やっぱり、う」わたしは言葉に詰まりながらも、「浮気相手が、送り付けたやつやと思います」

正直にそう言った。梓さんはゆっくりとその場にうずくまった。

カウンターを回り込むと、彼女は声を殺して泣いていた。わたしは傍らにしゃがんで、梓さんの肩を抱いていた。考える前にそうしていた。

腹の奥が沸々と煮えたぎっていた。


敏くんが帰ってきたのは四時半だった。梓さんと相談してわたしが電話を掛けた。すぐに帰るように言って「庭からいろいろ出てきた」と告げただけで、彼は「分かった」と答えた。

リビングのドアを勢いよく開け、梓さんの姿を認めるなり、敏くんは彼女の前で土下座した。すまん、悪かった、と何度も謝っていた。

椅子に座った梓さんはまた泣き出した。

敏くんの言い訳がましい話を要約すると「梓さんの思ったとおりだった」の一言で済んだ。枝葉は耳にするだけでうんざりしたし、敏くんが長々と説明するほど大事なことだとは思えなかった。

社内不倫のお相手は芝野麻衣《しばのまい》という名前だった。別れ話がこじれて何度も嫌がらせのメールを送り付けてきたという。

敏くんが結婚した直後に、彼女は会社を辞めた。半年前にあの手紙と髪の毛が届いて以来、嫌がらせは止んだ。敏くんはそれらを庭に埋めて隠した。

状況を整理するとこういうことらしかった。

呆《あき》れ果てたのは、敏くんがこんなことを口にしたからだった。

「ほんまは聞こえとったんや、泣き声。誰の声かもすぐ分かった。すまん、でもそこ認めたら全部バレてまうから……」

「それで奥さん放置しとったん？」

自分が口を出すことではない、と頭では分かっていながら、わたしはそう言わずにはいられなかった。口にしてから後悔もした。これは梓さんの権利だ。

梓さんは何も言わなかった。泣き腫《は》らした顔で敏くんを見下ろしていた。長い沈黙の後、彼女は、

「生霊とか呪いってあるんだね」

と、囁《ささや》き声で言った。

「敏明も聞いたんだよね？　じゃあ、ここにいる全員が聞いてる。原因も分かった」

淡々と続ける。

「わたしの気のせいじゃない。家にずっといておかしくなったんじゃない。それが分かったのは――」

よかったと思う。

そう言うと、彼女は唇を歪《ゆが》めた。

わたしは気持ちが顔に出ないようにして考えていた。

同意できる部分もあった。家にずっと独りでいるとおかしくなる。そこは分かる。でも、そうじゃないと分かってよかったとは思えなかった。敏くんはずっと梓さんを裏切り続けていたのだ。大事なのは何よりもその点だ。生霊だとか呪いだとかの話はそのずっと後でいい。

「あ、あずさ」

「わたしたち二人のことは時間が要る」

梓さんは一言一言、ゆっくり丁寧に、

「時間をかけて解決したい。そうしないといけないと思う」

机のビニール袋と便箋に視線を向けて、

「今はこれを何とかしましょう」

不快そうなニュアンスをわずかに込めて言った。自分の考えを見透かされ、訂正されたような気がした。そして恥ずかしく思った。梓さんはこんな修羅場で落ち着いている。ちゃんと考えて話している。わたしとは全然違う。

同時に彼女のことを怖いとも思っていた。なぜなら――

敏くんは深刻な顔で聞いていた。「分かった、すまん」と言って、また床に頭を擦り付けた。顔を上げてそっと立ち上がる。赤くなった額にはいくつもの砂粒が張り付いていた。

伝わってはいるらしい。梓さんの言葉の意味を汲《く》み取ってはいるらしい。

彼女は敏くんを許したわけではない。問題を保留したわけでもない。

一生かけて償えと言っているのだ。時間をかけるとはそういう意味だ。わたしが彼女を怖いと思ったのはまさにこの点だった。夫を試すように言葉を選んでいるのも。

本当に駄目な男なら、ここで勘違いして「ありがとう」とでも答えただろう。

敏くんに駄目男の烙印《らくいん》を押さずに済んで、わたしは心の隅でホッとしていた。

電気を点《つ》けると、敏くんは便箋と袋を摘《つ》まみ上げた。

「捨ててくるわ。それか近所のお寺で、く、供養するか」

「よろしくね」梓さんは答えた。敏くんは顔をしかめて、

「すまん、ビビッてもうて今までできんかった」

「いいの。そこは分かるから。それより」

梓さんは敏くんを見上げると、

「その人はどこにいるの？　今」と訊《き》いた。

敏くんは首を振る。

「分からん。急やったし、引継ぎも全然――」

「調べたの？」

「……いや」気まずそうに敏くんは答える。梓さんは何の表情も浮かんでいない顔で、

「会って謝ってきて。今すぐ。きちんと終わらせて」

と言った。

「え――」

「さっきわたしに謝ったみたいにすれば、伝わると思う。生霊とかは関係なしに、そこはちゃんとした方がいい」

「いや、それは分からんで。あいつは」

「一緒に行こうか？」梓さんは冷たい目で、「わたしも行って謝ってもいいよ」と言った。静かだけれど有無を言わせない口調だった。

「いや、俺だけでやるわ」

敏くんはそう答えた。

誰かに一度電話すると、敏くんは袋と便箋《びんせん》を持って家を出た。車が駐車場から出て行くのが窓越しに見えた。わたしと梓さんは二階へ行って、二人でお祖母《ばあ》ちゃんの世話をした。

お祖母ちゃんは前に訪ねた時と同じく「マリちゃんマリちゃん」と笑っていた。おむつを替えて汗ばんだ服を脱がせ、身体を拭《ふ》いて服を着せ終えても、梓さんは下に戻ろうとはしなかった。わたしも戻りたくはなかった。

外は暗くなっている。また泣き声が聞こえるかもしれない。ドアを叩《たた》くような音がするかもしれない。髪の毛と便箋が——生霊とやらを飛ばす道具が遠くにあると分かっていても、少しも安心できなかった。梓さんもきっとそうなのだろう。

敏くんが麻衣とかいう人に謝ったら生霊はいなくなるのか。道具を捨てたりお祓《はら》いをしたら解決するのか。確かなことは何も分からないままだった。とりあえずやった方がよさそうなことをやっているに過ぎなかった。

食事は二人で簡単なものを作って、お祖母ちゃんの部屋で済ませた。お祖母ちゃんの食事はお粥《かゆ》だった。彼女は雛鳥《ひなどり》のように口を開け、梓さんがスプーンを差し出すのを待ち構えていた。真っ暗な口の中を見ていると、何も起こっていないのに不安な気持ちになった。

それでもここで三人でいる方がよかった。下に行くよりは。

この流れで誰もいない家に帰って、独りで過ごすよりは。

念のため「ご迷惑じゃないですか、いても」と訊くと、梓さんはかすかに笑って首を振った。

「むしろわたしの方がご迷惑をおかけしました。泣いたりして」

「いえ」わたしは首を振って、「正直ビックリしましたけど」と本音を打ち明ける。

「浮気もそうやし、生霊とか。信じられへんことが連続で起こって」

「わたしもです」

梓さんはお祖母ちゃんの様子を見ながら、

「でも、途中から冷静になれました。一人じゃ無理だったと思います」

と言った。お祖母ちゃんがまた暗い口を開ける。スプーンでお粥を含ませて、梓さんはわたしに目を合わせた。

「ありがとうございます」

「いいえ、そんなん全然——」

うふふ、とお祖母ちゃんが笑った。「どういたしましてえ」と続ける。お粥が口から零《こぼ》れ出る。

梓さんがお祖母ちゃんの口元を拭いている間、わたしは余計なことを考えてしまっていた。自分は梓さんに本当はどう思われているのだろう、と。お礼は言われた。自分のお陰で何とかなったと感謝もされた。でも本音ではどうだろう。

「あの……もう来ない方がいいですか」

わたしは思い切って訊いた。

梓さんが首をかしげる。わたしは慎重に言葉を選んで、

「敏くんとは幼馴染《おさななじみ》ですけど、奥さん的にはその、いい気分はせんかなって」

「大丈夫です」

きっぱりと彼女は言った。「勘繰ったりはしません。それに――もう敏明も他の人に変な気は起こさないから」と当たり前のように続ける。

真顔だった。皮肉や冗談ではなさそうだった。わたしに魅力がないという意味か、と一瞬思ったけれど違うらしい。「他の人に」というのは梓さん以外の全員を指している。

敏くんは浮気しないと言っているのだ。

あんなことがあったのに。今も不安は拭《ぬぐ》えないでいるのに。

どうしたのだろう。目の前にいる梓さんのことが分からなくなって、視線を逸《そ》らそうにも逸らせなくなって、わたしは「そう、ですか」と何の意味もない言葉を返した。

「そうです」彼女は大きくうなずくと、「もう、こんなことにはなりません。家族だから」と再び微笑を浮かべた。

お祖母ちゃんが「ならないよねえ」と笑った。

敏くんから〈これから会ってくる〉と梓さんに連絡があったのは、午後九時を回った頃だった。梓さんは唇を固く結んで、「許してくれたらいいけど」とつぶやいた。

うとうとしていたお祖母ちゃんが、わずかに目を開けた。梓さんが顔を近付けて、

「ごめんなさい。起こしちゃったみたいで」
「だいじょうぶ」
お祖母ちゃんはかすかな声で「寝てない。起きてた」と答えた。今日この部屋に来てから、会話がそれなりに成立している。調子に波があるのだろう。敏くんもそんなことを言っていた。
「もう少し、ここにいていい？」
梓さんは訊く。
「いいよ」お祖母ちゃんは笑いながら、「みんなでいようね」と言った。知らない間にわたしの口元にも笑みが浮かんでいた。
とんっ
遠くで音がした。わたしの背後──ドアの向こうから聞こえていた。気のせいか、と思ったところで、
とん、とん、とん
音が続いた。だんだん大きくなっている。
誰かが階段を上っている。
梓さんと目が合った。細い顔が強張《こわば》っている。瞼《まぶた》がぴくぴくと痙攣《けいれん》している。
とん、とん、とん──とん
階段の曲がり角を曲がった。音の聞こえ具合からそう考えていた。考えてしまってい

た。
わたしは一歩でドアに辿《たど》り着くと鍵《かぎ》を掛けた。カチンと音がした直後、
……やる
息のような音が聞こえたと思った瞬間、
……こんないえ、こわしてやる
搾り出すような女性の声が聞こえた。梓さんが小さく叫んで口を押さえる。わたしは彼女の細い肩を摑《つか》んで身体を寄せる。咄嗟《とっさ》だった。考える前に動いていた。
「だ、誰？」
わたしは裏返った声で訊《き》いた。返事はない。ころす、ころすと囁《ささや》き声が、同時に足音が近付いて来る。
さあああああああ
ドアの向こうから、あの流れる音がした。すぐに、
……う、ううあ、あ、うう、う、ぐすっ……

聞き覚えのある泣き声がした。前回聞いた時よりずっと大きな声だった。

生霊だ。麻衣とかいう人の。敏くんの浮気相手の生霊が、家の中に入ってきたのだ。

梓さんの指がわたしの二の腕に食い込んだ。胸に顔を埋《うず》めて震えている。


……ああ、あ、あああ、い、い……


ドンッ、とドアが激しく鳴った。振動がはっきりと目に見えた。わたしは「うああっ」と変な叫び声を上げた。梓さんがくぅうと苦しげに呻《うめ》く。

流れる音が次第に大きくなっていた。

さあああああああああああああ
ドアと床との隙間から、もやもやと茶色いものが流れ込んでいた。最初は何だか分からなかった。もやもやが這《は》った床板に、茶色い粒が張り付いていく。

砂だ――砂埃《すなぼこり》が舞っているのだ。

この部屋に入り込もうとしているのだ。さあさあ流れる音は砂の鳴る音だったのだ。

わたしは身を引いた。中腰になってベッドに足をぶつけてしまう。思わず振り向くと、お祖母《ばあ》ちゃんが穏やかな表情でわたしを見上げていた。

……い、いや、いやあああ、う、うううぐぐ……

ドア越しの声がますます激しくなっている。苦しそうに辛《つら》そうに呻いている。

「だいじょうぶ」

お祖母ちゃんがニッコリしてそう言った。

「だいじょうぶだいじょうぶ。だから泣かないで」

震える手がわずかに持ち上がり、わたしの顔を示す。頬を拭って初めて、わたしは自分が泣いていることに気付いた。

「泣かないでマリちゃん」

お祖母ちゃんは子供をあやすように、泣かないでだいじょうぶと繰り返していた。梓さんが泣き濡《ぬ》れた顔で、お祖母ちゃんの顔を穴の開くほど見つめていた。

かりかり
ドアを引っ掻《か》く音がした。砂の音、そして泣き声とともに、ぎっ、と爪を立てる音が続く。

かりかり、ぎっ、かりかり、ぎいいっ
……うぐ、あ、ああ、あああああああああ……

女の声が大きく高くなった。引っ掻く音が激しくなる。髪を振り乱した女の姿が頭に浮かんだ。がりがりと両手でドアを掻き毟《むし》る姿を想像していた。

次に浮かんだのは勇大だった。正月に一緒に炬燵《こたつ》に入って、テレビを観ていた彼の横顔だった。

「敏明……！」

梓さんが小さく叫んだ。

運動場のにおいが鼻を襲った次の瞬間、

どすん、と何かが落ちたような音が、ドア越しに響いた。途端に女の声が途絶えた。爪の音も止んでいた。さらさらと砂の音だけがかすかに聞こえていた。

わたしは息を殺してドアをうかがっていた。梓さんは口を押さえて床に視線を落としている。砂粒は消え失《う》せていた。においもしなくなっていた。

「ありがとうね」

お祖母ちゃんが嬉《うれ》しそうに言った。ありがとう本当にありがとう。虚空を見つめながら彼女は何度も呼びかけていた。

廊下からは何も聞こえなくなっていた。さすがにもう大丈夫だろうと思えるだけ待ってから、わたしと梓さんはそっと身体を離した。手がじっとりと汗ばんでいた。

摺《す》り足でドアに辿り着くと、わたしはドアノブに手を掛けた。鍵を開ける。隙間から廊下をうかがいながら、ゆっくりと開いていく。

電気が点《つ》いているのに、廊下はひどく薄暗く見えた。誰もいない。耳を澄ませても何も聞こえない。気配も感じない。においもしない。

床にも何も落ちていない。そう思ったところでわたしは気付いた。

階段のすぐ手前に落ちていた。

何本かの、もつれて絡まり合った、黒くて長い髪の毛が。

背後でピルルルと着信音が響いて心臓が縮み上がる。梓さんがぎくしゃくと携帯を摑み上げて耳に当てる。

携帯から男の人の声がするのが、かすかに聞こえていた。梓さんが「えっ」と絶句してわたしを見る。「……今さっき？」「それでどうなったの？」と質問を重ねる。

彼女の声を聞きながら、わたしは廊下の髪を見ないようにしてドアを閉めた。


翌週の日曜。午後六時。

わたしは西武新宿線に揺られて東村山駅に向かっていた。平岩夫妻に夕食に招かれていた。

不安がないと言えば嘘になるけれど、彼らによると何の問題もないらしい。電話の向こうで梓さんはすっきりした声で「もう何もないです」と言っていた。途中で代わった敏くんは「迷惑かけたな」と改めて詫《わ》びの言葉を口にしてから、「是非来て欲しい。もっかいちゃんとおもてなししたいねん」と言った。

紙袋を抱き車窓を眺めながら、わたしは思い出していた。あの家で何が起こっていたか。二人から聞いた話も思い返していた。

あの日。敏くんは会社の人に訊いて、麻衣という人の消息を追った。彼女は転職と退職を短期間で繰り返していたらしく、あちこちに連絡したり走り回ったりする羽目になったという。

散々探し回って辿り着いたのは八王子《はちおうじ》の総合病院だった。彼女は自殺未遂の果てに植物状態になり、半年前から入院していた。梓さんが泣き声を聞くようになった時期と一致する。

偶然にも見舞いに来ていた彼女の両親に正直に伝えて、敏くんは彼女と面会した。ベッドの脇に跪《ひざまず》き、土下座もして、敏くんは何十回も謝った。

しばらく無反応だった彼女が、不意に目を開いた。小さく何事か囁くと涙を流した。再び目を閉じると、ふっと呼吸が止まった。

彼女は敏くん、そして両親の目の前で亡くなった。

ちょうどわたしたちの家で、生霊の声がしなくなった頃だった。正確な時刻までは分からないけれど、それでも関連付けてしまう。因果関係を導き出してしまう。

敏くんが謝った。彼女はそれを受け入れて死んだ。あるいは敏くんへの恨み辛みだけで今まで生きていたのかもしれない。敏くんを許した途端に心臓が止まったのかも。そんなことまで考えてしまう。

　そして彼女の生霊も消えた。平岩邸から消えて無くなった。

　生霊は髪の毛を媒介にして家に潜り込んだ。そう考えるのが一番筋道が通る。二階の髪の毛はどこかのタイミングで、袋から零《こぼ》れ落ちたものだろう。ではなぜ二階にあったのか。霊的な力で動いた。あるいはわたしか梓さんの服に付いて、あそこで床に落ちた。どちらかだろうけれど、今となっては確かめようがない。

　便箋《びんせん》と髪の毛は、近くの有名なお寺でお祓《はら》いをしてもらったという。現れた若いお坊さんはビニール袋を見るなり「ああ、それはもう大丈夫ですよ」と言ったらしい。

「OSがアンインストールされているしバッテリーも切れている、と説明すればご理解いただけますでしょうか。つまり燃やせるゴミの日に出せばいい」

　軽い調子で言うお坊さんに、二人は「気持ちの問題ですので」とお願いして、所定のお祓いを執り行ってもらった。

　念仏を唱えるお坊さんが、途中で一度、不自然なほど長く間を空けた。

　お金を納めて帰ろうとすると、お坊さんが奇妙なことを口にした。

「アンインストールという表現は不適当でした」

　どういうことか、と訊《き》く敏くんたちに、彼は「喩《たと》えが変なのはお許しいただきたいですが……」と首をひねりながら、

「物理破損、と言った方が近いです。まあ、どっちにしろ問題はありませんが」

そう言ったという。

気にはなった。でも実際のところ、いま現在の平岩邸には何も起こっていないらしい。終わったと思っていいらしい。芝野麻衣の生霊は平岩邸にはもういない、そう考えても。

「いらっしゃい」

玄関ドアを開けると敏くんが立っていた。大真面目な顔で、

「今回はほんまごめん。申し訳ない」

わたしの心に怒り、軽蔑《けいべつ》、呆《あき》れ、諦《あきら》め、いろんな感情が同時に湧き上がった。膨らむ手前で抑える。敏くんは最低なことをいくつもした。今後の付き合いはどうしようかと考えてもいた。最後の最後でちゃんとやり遂げた、わたしたちを助けてくれたのは理解していても。

梓さんが笑顔でやって来て、ごく普通に敏くんに寄り添った。彼は恐縮した様子で、彼女の腰に手を回した。

「もう二度とせんわ。当たり前やけど。だからその」

「うん」わたしはうなずくと、紙袋を差し出した。「羊羹《ようかん》。これやったらお祖母ちゃんも食べられるんちゃうかな」

敏くんは神妙な顔で「あ……ありがとう」と搾り出すように言うと、両手で紙袋を受け取った。

スリッパを履き、彼らの後に続いて廊下を歩く。何の気なしに視線を落として、わた

しは自分の目を疑った。見えているものがすぐには信じられなかった。

壁際に砂がびっしりと溜《た》まっていた。

梓さんがリビングのドアを開けて待っていた。床には前回よりさらに砂が積もってい
て、足跡が縦横斜めにたくさん付いているのが見えた。ソファの前の緑色のカーペット
も茶色く煤《すす》けていた。

「……え？」

わたしは声を上げていた。まじまじと梓さんを見ていた。彼女は「どうぞ」と空いた
手でリビングを示す。敏くんは砂を踏みながらテーブルへと歩いて行く。

「あの――あ、あず、梓さん」

自分でも酷《ひど》すぎると思うほど言葉に詰まりながら、わたしは、

「まだ砂が、あ、ありますけど」

「え？」

彼女は笑顔のまま小首をかしげる。

「だからその、砂です」わたしは声が裏返らないように、「床とかカーペットにまだ残
ってますよね？　てことはあの――生霊が、まだ」

「え？」梓さんはまた言った。浮かべる笑みが硬くなっていた。「どういうことです
か？」と逆に訊いてくる。

「どないしたん？」

キッチンから敏くんの声がした。冷蔵庫を開け閉めする音が続く。

「……言いましたよね」

梓さんが硬い口調で、

「もう何もないって。実際ほら、何もないじゃないですか」

浮かべた笑みは呆れ笑いに変わっていた。

「せ……せやから砂です」

声が大きくなるのを抑えながら、わたしはドアの向こうの床を指差した。

「床に積もってますよね？　失礼な言い方ですけどあの――見えてへんのですか？　そこ、廊下の隅っこにも、いっぱい溜まっ」

「それがどうかしたんですか？」

梓さんは真顔で訊いた。苛立《いらだ》たしげにドアの取っ手を摑《つか》みなおす。

「砂が何か問題でも？」

わたしは絶句した。

彼女の言葉で頭の中が激しく混乱していた。

見えていないのではない。梓さんの言葉を信じるなら、彼女は砂がはっきり見えている。でも――

何とも思っていないのだ。

家の中に砂があることを異常だと考えていないのだ。

だったら――

この家で見たこと聞いたこと、経験したことが頭の中で組み替えられ、別の意味を持ち始めていた。梓さんは砂が変だと思っていない。

だったら。

敏くんも同じなのではないか。階段とベビーベッドと寝室の砂も、敏くんにとっては当たり前のことだったのではないか。だから平然と振舞っていたのではないか。

だったら。

生霊と砂は何の関係もない。そういうことになる。この家は生霊がいようといまいと、最初から砂が散っていたことになる。

「んー？」

敏くんが戻ってきた。不審げな表情で、

「どしたん？　何かあった？」

そう訊く。梓さんが小さく溜息《ためいき》を吐いた。

「あ、あの敏くん」わたしは意を決して、「この……砂は何なん？」と問いかける。

「へ？」

敏くんの顔が半笑いになった。「いきなりやな」と困ったように言う。

「答えて」

わたしは訊く。「この砂はどういう……」

ない。

「そう、普通だった。自然だった。わたしを騙《だま》している様子はない。冗談を言っている様子もたくさん用意したのでご遠慮なく」と言う。

敏くんは親指で肩越しにダイニングを指す。梓さんは笑顔を作りなおすと、「ええから飯にしようや。蟹《かに》買ってきてん。蟹しゃぶ」

ははは、と笑った。

「普通やん、そんなん答えようがないわ」

彼は頭を搔《か》くと、

「砂は砂やからな」

二人にとっては日常なのだ。今のこの家が。この状況が。

わたしは想像してしまう。テーブルの上に載った鍋《なべ》。湯気を立てている出汁《だし》。その底に溜まっている茶色い砂。

大皿に載せられた野菜も蟹も砂にまみれている。

前に鍋を食べた時は大丈夫だった。紅茶も普通だった。でもそう考えずにはいられなかった。

口の中がザラザラしていた。足の裏とタイツの間に異物感を覚えていた。

敏くんと梓さんを見ながらわたしは思っていた。

二人はおかしい。生霊だの呪いだのとは関係なく――

この家は、そもそもおかしい。

第二章　廃屋探訪

布団から飛び起きると反射的に身体のあちこちを叩《たた》いていた。存在しない砂粒を払い落とそうと必死になっている。頭の半分が夢から抜け出せていない。もう半分が自分の滑稽《こっけい》な振る舞いを観察している。

ようやく完全に目が覚めて、僕は溜息を吐いた。布団に寝そべって記憶を辿《たど》っているうちに、いつの間にか眠り込んでいたらしい。そして砂に起こされたらしい。

僕の頭の中にある砂に。

今この瞬間も頭の中で鳴っている砂に。ザリザリと音を立てて脳細胞を削り、神経を傷付けている無数の砂粒に。

自分の頭のX線写真を妄想する。真っ暗な背景にぼんやり浮かび上がる髑髏《どくろ》。頭蓋骨《ずがいこつ》の内側、大脳は半分ほどに磨り減っている。もう半分は砂で満たされている。

僕の頭の中には、あの日からずっと砂が詰まっている。

枕元の双眼鏡をつかみ、布団から立ち上がって窓に手をかけた。

開けたら終わりだ。昨日と変わらない一日が始まってしまう。一昨日《おととい》とも、その前の日とも変わらない一日が。

そう思っていても手はクレセントを回してしまった。窓をガラガラと引き開けてしまった。そして双眼鏡で見てしまった。連なった家々の向こうに覗《のぞ》く屋根と窓を。幽霊屋敷を。現在は平岩邸で、かつては橋口邸だったあの家を。

僕の頭がおかしくなっているからだ。壊れているからだ。砂が僕を壊してしまったからだ。もう二十年近く、僕は壊され続けている。

働くこともできないほどに、人と関わることもできないほどに。家から出ることすら億劫《おっくう》になるほどに。

双眼鏡越しに見える景色は今までと変わらない。何か不思議なものが見えるわけでも、何かが聞こえるわけでもない。ただ屋根と、二階の正面の窓が見えるだけ。僕は双眼鏡を下ろして窓を閉めた。いつもと同じ動作だった。時計は一時十五分を指している。これもいつもと同じだった。

畳敷きの六畳間。布団。茶色い壁には中学時代に流行《はや》ったアニメのポスター。小学生の頃から使っている学習机。その上にはPCのモニタ。足元には本体。去年から使っていない。今はスマホで足りるからだ。

寝巻きにしているジャージを脱いで、普段着にしているジャージに着替える。布団に胡坐《あぐら》をかくとスマホからSNSをいくつも巡回し、ポータルサイトに飛んでめぼしいニュースをチェックする。その次は他愛もない世界の動物ニュース。

ひとしきり閲覧すると、僕は口に両方の人差し指と中指を突っ込み、ドアに向かって
ピュイイ、と指笛を吹いた。
とんとんとんとん、と緩やかな足音が、階段を上がってくるのが聞こえた。荒い息遣
いがドアの向こうに迫り、ガリガリと爪を立てる音が数度響いてノブが廻《まわ》る。ドアがわ
ずかに開く。
銀《ぎん》が隙間から鼻を突っ込んで胴体を差し入れ、ゆっくりと部屋に入ってきた。両手で
受け止め、頭、首、胴体と順に撫《な》でてやる。昔はふかふかしていたはずの茶色い体毛は、
今では随分と薄くなっているのが分かる。毛の奥の身体も骨ばっていて、摑むと折れて
しまいそうだ。
前に飼っていたリキが死んで半年後、親戚《しんせき》から銀を譲り受けた日のことを思い出す。
雑種だと聞いていたけれど見た目は柴犬《しばいぬ》とあまり変わらない、丸っこい小さな仔犬《こいぬ》だっ
た。名前は漫画から付けた。
あれから十五年が経つ。もう老犬も老犬だ。濡《ぬ》れた目の周りには目ヤニがいっぱい付
いているし、鳴き声も久しく聞いていない。黒い唇も弛《たる》んでいる。二階に上がるのも本
当は辛《つら》いだろう。無理させているだろう。そう分かってはいても、僕はこの習慣を止め
られないでいた。
体重を預けてくる銀を抱いていると、開いたドアの隙間のはるか向こうから声がした。
おはよう、ご飯よ。

僕は銀を優しくどかして立ち上がった。気持ちが淀《よど》んでいくのが分かった。

一階に下りればお袋がいる。食事の用意はできている。僕が食べている間にお袋はパートに出る。行ってきます、洗い物よろしくね、と声をかけて。

食べ終わった僕は再びここに戻りスマホでネットを巡回する。それが終わると銀に餌をやって散歩に連れて行く。帰ってまたネットを巡回して、六時前にまた銀と散歩に出かける。戻ってきてまた二階で時間を潰《つぶ》す。

六時半にお袋は戻ってきて、晩ご飯を作るだろう。そして今みたいに僕を呼び、僕は素直に下りていって二人で食卓を囲むだろう。お袋はパート先のスーパーで見聞きしたことについて話すだろう。僕はそれを聞いて適当に相槌《あいづち》を打つだろう。自分から話を振りさえするだろう。

何の問題もないかのように。ごく普通の生活をしているかのように。

頭蓋骨の内側で砂が鳴る。

思ったり考えたりするのを止めて部屋を出ると、僕は銀を抱きかかえて急な階段を下りた。

想像したとおりの一日が過ぎて、気付けば夜になっていた。僕は布団に仰《あお》向けに転がる。天井を見上げた途端、教室の景色が頭に浮かぶ。

「じゃあ、今日遊びに行っていい？」

小学生の僕は座っている橋口拓人にそう問いかける。昨日と同じように、あの家の記憶を最初から思い出していた。

昨日と違うのは眠らなかったこと、今も回想を続けていることだった。あの家に幽霊が出る。頭がおかしくなる。噂を聞いて嘘だと切り捨てられずにいた僕は——

その年の夏休み、再びあの家を訪れることになった。


当時の僕はクラスメイトと朝から遊んで、昼ごはんを食べに帰宅し、リキを散歩させて午後からまた遊ぶ、そんな日々を送っていた。健全すぎて笑えるほどだ。今の僕とはまるで違う。

八月十一日。僕はその日もリキの散歩を済ませると、すぐに待ち合わせ場所に向かった。

朝から遊んでいた友達二人——吉永《よしなが》純《じゅん》と相馬《そうま》功《いさお》が先に来ていた。そして一人増えていた。

比嘉琴子だった。

彼女はほとんど真下を向いて、二人から離れたところに佇《たたず》んでいた。

僕は怪《け》訝《げん》な顔をしていたのだろう。口に出す前に功が、

「先生に頼まれた」

と、面倒臭そうに言った。当時一番親しい友達だった。

ここに来る途中、彼は比嘉さんを連れた担任に出くわしたという。何かの相談事で会っていたのかもしれない。そこで彼は担任に「比嘉さんと遊んであげて」と頼まれたそうだ。

説明する間、功は明らかに不満そうだった。純はキャップをせわしなく脱いだり被《かぶ》ったりしながら口を尖《とが》らせていた。

かといって先生の命令を無視することなど考えもせず、僕たちはそれなりに知恵を絞って「何をして遊ぶか」を相談した。大人しいを通り越して暗い女子と遊ぶにはどうしたらいいだろうと。

ファミコンは却下された。純のは兄が占有していたし、功は連日やりすぎて親に禁止されている。僕のは故障していて修理に出していた。

比嘉さんの家に行く、という選択肢は思いつかなかった。

仕方なく公園に行ってみたが、グラウンドは中学生たちに占領されていた。遊具の側には不良がたむろしていた。

困っていると、純が不意に顔を輝かせ、「幽霊屋敷は？」と言った。あの家はいつの間にかそう呼ばれるようになっていた。先生さえ雑談か何かでそう言っていた記憶がある。

橋口が住んでいた家、などと呼ぶ生徒は、少なくとも僕の周りには一人もいなかった。

「行ってどうすんの」功がうんざりした顔で、「外から見て終わりじゃん」とつぶやく。

確かに、と同意すると、純がニヤリと不敵な笑みを浮かべた。

「入ってみようぜ」

純が言った。功が呆《あき》れて「入れるわけないって」と溜息《ためいき》を吐く。

「鍵《かぎ》かかってたら終わりだろ」

「実は秘密兵器がある」

純はおどけた調子で、半ズボンのポケットをまさぐった。布製の小さなキーケースを取り出す。中には折れ曲がった針金が入っていた。

「兄貴からパクった。カザマさんとかいうものすごい先輩からもらったって」

「カザマさんから？」

恐れと感嘆の入り混じった声で、功が言った。近隣で有名な不良の名前だった。

「普通の家なら余裕だってさ」

純は誇らしげに針金をかざしてみせた。功が笑顔でうなずく。二人が同時にこっちを向いた。

「いいけど」咄嗟《とっさ》にそう答えると、「比嘉さんはどう？」

彼女は真っ青な顔で立ちすくんだ。一度きゅっと唇を結んでから、

「行くの？」

消え入りそうな声で訊《き》いた。それだけで泣きそうになっていた。

「平気なの？　い……五十嵐《いがらし》くんは」

震える唇でまた訊く。不揃いな前髪の間から、潤んだ目でこっちを見上げている。

「もちろん」

僕は嘘を吐いた。純と功の前で怖がっていると気付かれるのは絶対避けたい。そう思っていた。必死だったと言ってもいい。

「確かめに行くだけだ」

純が言った。ニヤニヤしながら比嘉さんを見ていた。功は憐《あわ》れむような目で彼女を見ていたが、すぐに「そうそう」と話を合わせる。

「まさか、怖いとか？」

心の中で詫《わ》びながら、僕は比嘉さんに訊《たず》ねていた。これで確実に安全圏にいられる。そんな計算をしていた。きっと笑っていたに違いない。

「普段から見えるんじゃないの、霊とか」

そうも口にしていた。彼女が霊感体質なのはその頃クラス中に知れ渡っていた。いま比嘉さんに会えるなら、一連の振る舞いについて全面的に謝りたい。本気でそう思うほど幼稚な振る舞いだった。

「平気平気」と純。

「そうだな。ちょっと行ってちょっと入るだけで、全然怖くない」と功。

「うん」僕は二人に続いて、彼女の反応をうかがった。比嘉さんは肩を強張《こわば》らせて、「ちょっとだけ？」と、すがるような目で訊いた。僕たちは一斉にうなずく。

彼女はしばらく黙って、「いいよ」と言った。

幽霊屋敷が視界に入った時点で、辺りが暗くなった気がした。単に太陽が雲に隠れただけだ、と心の中で言い聞かせながら、僕は前を行く純と功に続いた。比嘉さんは僕の後をおずおずと付いて来た。

「何で学校行ってたの」と訊いた記憶がある。彼女が何と答えたかは忘れた。ただ、その後でこんな会話をしたのは覚えている。

「宿題やってる？」

「……うん」

「どんくらい？」

「ぜ、全部終わった」

「ほんとに？」

思わず大きな声を上げると、前の二人が振り向いた。慌てて説明すると、純が「マジで？」と驚く。

「ドリルも？　自由研究も？」

「うん」

「自由研究、何にした？」

「……向日葵《ひまわり》の観察日記。に、庭にあるから」

「すごいな」

功が感心した様子で、「頭良いんだね」と言った。比嘉さんはぶるぶると頭を振ると、「全然全然」と蚊の鳴くような声で繰り返した。それでも嬉《うれ》しがっているのは分かった。口元にほんの少しだけ、照れ笑いが浮かんでいた。

家の前に立った。以前見たのと変わらなかった。鉢植えもプランターも。埃《ほこり》まみれの自転車も。駐車スペースの隅にはホースがとぐろを巻いていた。

門の横の壁にはドアホンが備え付けられていた。その横にはかつて表札が埋め込まれていた四角い窪《くぼ》み。

廃屋だ。当時覚えたばかりの言葉を頭の中に思い浮かべていた。

純がいきなりドアホンを押した。次の瞬間には猛然と走り出す。僕たちは慌ててその後を追い、近くの角を曲がったところで立ち止まった。

「何してんのマジで」と功。純は「確認だよ確認」と笑うと、角からそっと顔を出す。僕のすぐ側で比嘉さんが息を切らしていた。

しばらく角から覗《のぞ》いていたが、誰も出てこなかった。ドアホンのスピーカーからも声はしなかった。当たり前だ。橋口家はとっくに家を出ている。でもその時の僕は疑問に思わなかった。

純が最初に歩き出した。辺りを確認しながら、そっと門に手を掛ける。取っ手を少し回しただけで「ギイッ」と大きな音がして飛び退《の》く。僕たちは一斉に周囲を見回した。比嘉さんまでもが一緒になってキョロキョロしていた。

誰も来ないことを確かめて、純はヘラヘラしながら、ゆっくりと取っ手を回した。今度はかすかにキイと鳴るだけだった。門を開けると、純は殊更な忍び足で、そろそろと階段を上る。功、僕、そして比嘉さんの順で後に続く。

古ぼけた玄関ドアの前で、純は針金を手にすると、そっと鍵穴《かぎあな》に差した。回そうとした途端に表情が曇る。動かないらしい。カチカチと小さな音だけが、針金を突っ込んだ鍵穴から響いた。

「純」と功が囁《ささや》き声で呼びかける。振り返った純が「うるせえ。ちょっと待ってろ」と歯を剥《む》いて答えると、

「順番が違う。まず開いてるか確かめて」

功が冷静に言った。確かにそうだ、と僕も思った。純はぽかんと口を開けていたが、すぐ「分かってる」と針金を引き抜いた。

とんとん、と肩を叩《たた》かれた。

思わず声を上げそうになって僕はとっさに口を押さえた。冷や汗がどっと背中に溢《あふ》れる。手が弱々しく何度も肩を押し下げて、その感触と方向で僕は気付いた。比嘉さんだ。分かった瞬間に背後から「人、人、人。しゃがんで」と、彼女のかすかな、でも切実な声がした。僕はしゃがみながら前の二人に声をかけ、門の壁に身を隠す。功、純が続

く。身体を縮めて耳をそばだてていると、僕たちが来た方向から足音が近付いてきた。足音は家の前、僕たちの壁越しに迫る。僕は息を止め、口と鼻を押さえた。

足音はそのまま遠ざかっていった。功は壁に背中をくっつけて天を仰ぎ、純はキャップを鼻まで下げて丸くなっていた。比嘉さんは見て分かるほど全身を震わせていた。

「通行人か」

最初に口を開いたのは純だった。馬鹿にしたような目で僕らを見ると、「何？　怖かったのお前ら？」と笑う。功は「まさか」と無表情で返す。僕と比嘉さんは答えなかった。

純は中腰で前の道を眺め、玄関ドアの取っ手を摑《つか》もうとして止める。湾曲した取っ手は埃をかぶっていた。息を吹きかけると埃がパッと舞う。純は舌打ちしながら首を振って避《よ》けると、そっと取っ手を摑んで引いた。

カチン、と音がした。ゆっくり、音もなく、わずかにドアが開く。純が取っ手を摑んだまま振り返る。笑っているような怒っているような、複雑な表情をしていた。功と僕、比嘉さんはしゃがんだまま目を見張った。

純は更にドアを引いた。きっ、と一瞬だけ音がした。むわっと生温かい空気が顔に当たり、真っ暗な玄関が徐々に目の前に広がる。埃の渦の向こうに靴箱が見えた。両開きの扉は閉じていて、そこかしこにアニメのシールが貼られていた。

おおお、と純が感嘆の声を漏らした。すぐに口を閉じると、僕らをちらりと確認してから、玄関へ足を踏み入れた。功がドアを手で支え、僕へとリレーする。目で示すと、比嘉さんはかすかにうなずいて、全身を縮めながらドアをくぐった。後に続き、後ろ手でそっと扉を閉めて、僕はすぐに後悔した。

中は蒸し暑く、そして暗かった。ぎりぎりまでドアを開けておけばよかったのだ。でも再び開ける勇気はなかった。外を誰かが通りかかったら、と考えてしまうと、腕に力が入らなかった。

「おい」

純が囁く声がした。真っ黒な影にしか見えなかった。徐々に目が慣れてくると、彼が険しい顔で僕を見ているのが分かった。怒っているのか。身体を硬くすると、彼はフンと鼻を鳴らして、

「お前、先行けよ」

「え？」

「何だよビビってんのかよ」

そう小声で言うと、純は引き攣《つ》り笑いを浮かべた。今なら「お前がビビってんだろ」と反論できる。からかってけしかけて、先頭を押し付け返すこともできる。

だがその時の僕はできなかった。単純にバカにされたくなかったのもあるが、比嘉さんがいたから、というのもあった。ここで怖がったら彼女に呆《あき》れられるだろう、と。

僕は家の中に視線を向けた。すぐ目の前には階段があった。かなりの勾配《こうばい》だ。ここに

も埃が積もっている。そう思いながらうっかり顔を上げてしまう。

階段の上で長方形の暗闇が僕を見下ろしていた。奥から巨大な目がじっと、などと余計なことを想像しそうになって、すぐに顔を背けた。

「早く」

純に肩を小突かれ、よろけて功とぶつかる。僕たちは玄関で身を寄せ合っていた。意を決して足を踏み出す。靴のままでいいのだろうか、という迷いは瞬時に消えていた。

板張りの廊下にも埃がうっすら積もっていた。

僕は廊下に足を踏み出した。ぎい、と床板が軋《きし》む音が廃屋に響いた。

階段を見上げないようにして、僕は廊下を歩いた。三人がついてくるのを目の端だけで確認する。純は青ざめた顔をして僕のすぐ後ろに、功と比嘉さんはその後ろに横並びで。彼女は両手を口元で握り締め、亀のように身体を丸くしていた。

爪先《つまさき》歩きは音がするので、すぐに足の裏全体で床を踏みしめるようにして歩いた。

誰も住んでいない。それだけで橋口と遊んだ時とはまるで違って見えた。初めて入った家のような気がしていた。

細い廊下。左の手前にある引き戸には、デコボコした小さな窓ガラスが嵌《はま》っていた。トイレだろう。中に誰か、とまたしても余計なことを考えそうになって、僕は廊下の先を見た。

左手の奥にはガラス格子のスライドドアがあった。半分ほど開いている。そこからわずかに光が入っていて、廊下全体が見えた。右手には質素で大きな扉。

廊下は壁に突き当たって左右に分かれていた。

誰かに指示されるわけでもなく、僕は廊下を前へと進んだ。背後で三人の足音が続く。息遣いも聞こえる。開いているドアの前に差し掛かって、僕は歩調をさらに緩め、遠目で中の様子をうかがった。

居間だった。奥には分厚い花柄のカーテンが掛かっていた。窓との隙間から日が差し込み、カーテン全体を四角く浮かび上がらせていた。

その手前には布張りのソファが廊下と垂直に置かれ、居間をちょうど半分に仕切っていた。ソファの前には古びた茶色いテーブルがあった。床には灰色のカーペットが敷かれていた。橋口家は家具を持たずに夜逃げしたわけだ。

「入ろうぜ」

純が言った。僕はうなずき、身体をひねってドアをくぐる。ドアに手をかけるのは躊躇《ため》われた。身体に触れてもいけないと思った。理由は分からない。ただ、家にあるものを触ること、手にすることには抵抗があった。

玄関側の壁にはキャビネットが置かれ、その上にはテレビ、下にはビデオデッキとオーディオ機器。隣にある腰くらいの棚には、ビデオテープがぎっしり並んでいた。

不意に純がソファを回り込み、スタスタとテレビの前まで歩いて振り返る。不敵な笑みを浮かべて、「何固まってんの、お前ら」と、今までより大きな声で言った。

「何にもねーじゃん。こんな家にビビってんの？」

僕と功と比嘉さんは密着寸前まで身を寄せ合っていた。気付いて一斉にパッと離れる。功が背後にあった椅子にぶつかり、ガタンと大きな音が鳴った。僕はとっさにソファの前にしゃがみ込んだ。純はテーブルの陰に隠れ、比嘉さんと功がスライドドアの陰に並んで身を潜める。

示し合わせた訳でもないのに、僕たちは息を潜めてドアの向こう、廊下の様子をうかがっていた。万が一誰かがいたとしたら、少なくともこの居間にはいない。廊下の奥か二階からやって来るだろう。僕はそう判断していたし、みんなも同じことを考えたのだろう。

何の音も聞こえてこなかった。気配も感じなかった。僕はわずかに腰を浮かせて、功がぶつかった椅子のある辺りに目を向けた。

薄く質素なダイニングテーブル。その周りに椅子が三脚、取り囲むように置かれていた。奥には台所があり、タイルの壁には鍋《なべ》やおたま、トングが吊《つ》られていた。ゼリーを食べた場所だった。橋口と比嘉さんと僕の三人で。台所に立つ母親と会話しながら。

首筋が汗でぬるぬるしているのを感じて、僕はそっと手の甲で拭《ぬぐ》った。

「……驚かすなよな」

純の声がした。立ち上がる気配がする。虚勢を張っているのは明らかだった。でもそれは今だから言えることだ。功が申し訳なさそうに身体を縮め、腰を上げる。関節が鳴る音が聞こえた。

その隣で比嘉さんが震えていた。しゃがんだままガタガタ音が聞こえそうなほど激しく、両手を顔の前で握り締めて。前髪の奥から覗《のぞ》く目は真っ赤だった。

「大丈夫？」功が不安そうな顔で声をかけた。

比嘉さんは小刻みに首を振った。おかっぱ頭が揺れる。純がゆっくりと僕の側に来て、

「これだから女子は……」

言い終わらないうちに比嘉さんがサッと顔を上げた。歯を剝《む》いた口の真ん中に人差し指を当てる。身振りの意味はすぐ分かった。

比嘉さんは青ざめた唇を無理矢理動かすようにして、

「お……おと」

と囁《ささや》いた。緊張が走る。同時に僕の耳が音を捉《とら》えた。天井の上、二階からかすかに、奇妙な音が聞こえていた。

正確には音というより振動だった。ほんのわずかな空気の揺れ。

「……テレビ？」

純がつぶやいた。こんな時に何を、と思って僕は気付く。奇妙な音は純が言ったとお

り、テレビのノイズに似ていた。映らないチャンネルの、それこそ——
砂嵐のような音に。
さあああああああああああああ
音ははっきり聞こえるようになっていた。僕は動くことも何か言うこともできず、半端な姿勢のまま天井を見上げていた。

二階で何かが起こっている。二階に何かがいる。

そう考えた瞬間、僕は橋口と遊んだ日のことを思い出した。廊下を這《は》うような音を。ドアの隙間に一瞬だけ見えた女の子の姿を。そして仏壇の写真を。橋口の言葉を。病気で死んだ妹、亜佐美のことを。

「テレビが点《つ》いてんのか？」

純が言った。途端にファミコンで遊んだ記憶が甦《よみがえ》った。確かに橋口の個室にはテレビがあった。今もあるに違いない。でもさっきまで音は聞こえなかった。

僕たちがこの家に入ってから、誰かがテレビを点けたのだ。その誰かとは多分——

記憶と状況が勝手に結びついていた。起こっていることを読み解いていた。読み解けば読み解くほど膝《ひざ》が笑い、息が荒くなっていた。

「違うでしょ」

答えたのは功だった。声を潜め、僕と純をしっかり見据えて、

「電気なんか来てないって普通」

きっぱりと言う。壁のスイッチをカチカチと何度も押す。どこの電気も点かなかった。

「ほら」

「分かってるよ」

純がムキになって言い返した。僕たちは一斉に「しーっ」と指を口に当てた。示し合わせたかのように三人揃っていた。

二階の音はいつの間にか止んでいた。聞こえるのは僕たちの息遣いだけだった。

純と顔を見合わせると、彼は天井を指差して口を動かした。「い」「う」、そして首をかしげる。行く？　と訊《き》いているのだ。僕は考えるより先に首を捻《ひね》った。

功は渋い顔で僕たちを見つめていた。その傍らで比嘉さんが丸くなっていた。頰に髪の毛が張り付いている。心配そうな顔で虚空を眺めている。

純は忍び足で比嘉さんに歩み寄ると、膝に両手を突いて、「なあ」と囁いた。

「何か分かるか。レイカンで」

大真面目に訊く。比嘉さんは呆然《ぼうぜん》と彼を見上げていたが、やがて、

「……分からない」

震える声でそう答えた。純は「はあ？」と言いたげな顔をした。僕は三人の近くにソロソロと近付く。

「見えたりしねーのか」

比嘉さんはぶんぶんと首を振った。目がみるみるうちに潤む。

「さっきの音は」

今度の問いかけには、比嘉さんはすぐには反応しなかった。ただ濡《ぬ》れた目で純を見上げていた。鼻水が青い唇へと伝う。

ややあって、彼女はまた首を振った。純はかすかに舌打ちして身体を起こした。天井を見上げる。僕たち三人は黙って彼の様子をうかがっていた。彼の判断を仰ごうとしていた。

「行こう」

純が言った。

「帰ってもいいぞ。怖い奴は」

殺し文句だった。ここで帰った奴は怖がり、ビビリの烙印《らくいん》を押す。彼はそう言っているのだ。僕は「行く」と小声で同意した。功がうなずく。

比嘉さんはうずくまったまま動かなかった。涙目で僕たち三人を見上げていた。顔から表情が少しずつ消えていった。きゅっと唇を噛《か》むと、彼女はぎこちない動きで立ち上がった。

純は僕たちに目配せすると、開いたドアから廊下へ出た。僕はその後に続く。わずかに振り向くと、比嘉さんがうつむきながら僕の後ろを歩いていた。最後尾は功だった。

彼女のすぐ後ろに付いて、おかっぱ頭を心配そうに見つめながら歩いている。

功の背後には誰もいない。当たり前だが僕はつい確認していた。前方に向き直ってトイレの前を通り過ぎ、曲がろうとしたところで、キュッと床が鳴った。

階段のすぐ前で純が立ち止まっていた。腰が引けている。あんぐりと口を開いて二階を見上げている。視線が何度も階段を上下していた。

彼に近付きながら階段の方を見て、僕も思わず足を止めていた。後ずさってさえいた。ミシッと床板が鳴り、比嘉さんと功が立ち止まる。

来た時とは明らかに違っていた。

階段にはたくさんの砂が撒《ま》かれていた。

正確には――流れ落ちていた。下から数えて五段目から四段目、四段目から三段目に、砂がさらさらと落ちているのが幾筋も見えた。

純の足元にも砂粒が散っていた。

僕はここで初めて気付いた。また記憶と状況が結び付いていた。居間の天井から聞こえたのは砂の音だったのだ。そして――

誰かが二階から砂を落としたのだ。これだけの量の砂を。

間違いなく上には誰かがいる。そうでなければ――何かが。

「純」

功が小声で呼んだ。

「帰ろう。これはマズい」

純は答えなかった。口元がピクピクと痙攣《けいれん》していた。

「……マズくねーよ」

無理に笑みを作ると、純は階段を上り始めた。じゃり、と音を立てて一段目に足を乗せる。続けて二段目。三段目。彼が踏み出すごとに、ざっ、ざっ、ざっ、と砂が鳴る。

「砂は砂だろ」

立ち止まると、僕たちを見下ろして言った。すぐに上へ向き直る。暗闇を見上げ身構えている。余裕なふりをしていても二階を警戒しているのは明らかだった。だからといって指摘したり、ましてやからかったりなどできるわけがなかった。

心の中で「今だ、行け」と自分を叱咤《しった》して、僕は階段に足を踏み出した。じゃりじゃりと砂を踏みながら、一歩一歩ゆっくり純の後を追う。

背後でボソボソと囁き声がした。功が比嘉さんの耳元で何か言っている。彼女はこくんとうなずいて、おそるおそる一段目に足を乗せた。功が彼女を見守りながら続く。

上を見ると、純が階段を上りきるところだった。暗闇に紛れて上半身はほとんど見えない。右足が持ち上がり、スッと黒い長方形の中に吸い込まれる。

気が付くと僕は壁に手を這わせていた。離そうかと思ったがどうにも足元が覚束《おぼつか》ない。砂はそこまで積もっていないのに、踏み込むだけでずぶずぶ沈んで、力が奪われていく気がした。

せいぜい十数段しかないはずの階段が、ひどく長く感じられた。すぐ前の暗闇にいつまで経っても辿《たど》り着けない気がした。じりじり鳴る足音が永遠に続きそうな気がした。

二階に純はいない、そんな妄想をしていた。

知らない間に呼吸が荒くなっていた。

首筋からまた汗が吹き出した。

暗闇が目の前に迫った。

最後の一段を上る。

「おせーよ」

耳元で純の囁《ささや》き声がして、僕は飛び上がりそうになった。

暗がりの中、彼の顔が次第に浮かび上がった。両方の頬が汗に濡れ、金属のような光沢を放っていた。僕は彼の背後、二階の廊下に目を向ける。

一階よりずっと暗かった。遠くの窓は小さく、おまけにカーテンがかかっていた。ほとんど光が入っていない。カーテンの周囲がぼんやり光っているだけだった。

比嘉さんが手すりを両手で摑《つか》んで、ふらふらしながら上ってきた。僕はスペースを空けようと横に動いた。

ざっ、と想定外の音がして、僕は足元を見てしまう。

床には砂が積もっていた。階段よりもずっと高く、床一面をびっしりと埋めていた。

床板はほとんど見えない。顔を上げると、廊下全体が砂で覆われているのが分かった。暗い中、窓からのわずかな光に照らされて、いくつもの隆起が見えた。まるで夜の砂場のように。

階段を上り切った比嘉さんが口を押さえていた。息を殺して廊下を凝視している。功がそのすぐ側で呆然としていた。

「じゃあ、まずは」

純は顔の汗を拭《ぬぐ》うと、「一番手前の部屋から――」

はっ、と息を呑《の》む音がした。比嘉さんが身体をピンと硬直させていた。握り締める両手が激しく震えている。

「え？」

手の間から声が漏れた。

「な、なに？」

また言った。疑問だ。それか訊き返している。

「どうしたの」

功が訊いた。比嘉さんは彼を見上げ、続いて僕と純の方を向く。肩が激しく上下している。

「……聞こえないの？」

彼女は僕たちにそう言った。

僕は耳を澄ました。何も聞こえない。比嘉さんの荒い呼吸以外は何も。

純が大きく舌打ちした。

「んだよ……ただのビビリか」

嘲《あざけ》るように言うと、大きく一歩踏み出した。ぼす、ぼす、と砂を踏みしめながら、彼は一番近くにあったドアのノブに手をかけた。

ドアに耳を近付けると、彼はゆっくりとノブを回す。回し切ってそっとドアを押す。隙間から覗《のぞ》き込みながら、徐々にドアを開けていく。

僕は彼の背後にそっと近付いて、部屋の中を覗き込んだ。

たくさんの段ボール箱と家具が詰め込まれていた。倉庫だ。

純は中に足を踏み入れた。とん、と木の床が鳴る。この部屋には砂が積もっていない。

彼はドアノブから手を離すと、スローモーションのような動きで倉庫へと入っていく。

僕はドアを避けながら、砂から木の床へと――

「うん」

背後から声がして、僕はビクッと身体を震わせた。声はごく普通のトーンだった。

比嘉さんがまっすぐ立って、廊下の奥を見つめていた。

表情が変わっていた。すっきりした顔。口元には笑みが浮かんでいた。「うん」ともう一度言うと、力強くうなずく。おかっぱの髪が揺れる。

彼女の側で功が啞然《あぜん》としていた。口を開いて彼女を見つめていた。

「いない」

今度は首を振った。さく、さく、と軽やかな音を立てて廊下を歩き出す。窓の方を見つめながら、彼女は、

「ううん、違う」

と言った。

おかしくなっている。比嘉さんの頭がおかしくなっている。

噂を思い出すと同時に、身体中に一気に鳥肌が立った。

「おい」純がドアに取って返して、「どうしたんだよ」と呼びかける。

比嘉さんは答えず、また大きくうなずいた。その直後だった。

功が「うっ」と口を押さえると、その場に膝《ひざ》を突いた。うぐぐ、と苦しげに身をよじる。げえぇっ、と音を立てて彼は嘔吐《おうと》した。茶色い吐物が砂に勢いよく垂れ落ちる。

思わず駆け寄ろうとしたところで、「おいテツ」と純が僕を呼び止めた。振り返ると、彼は不機嫌そうに「止めとけよ」と言った。

「で、でも」

「いいって」

純は鼻を鳴らすと、

「だから止めとけって言ったろ、明日《あした》のプールは中止だから風呂《ふろ》入れって何回も何回も」

と、一気に言った。「ああもう勘弁しろよ」とキャップを乱暴に脱ぐ。見開かれた目が爛々《らんらん》と光っていた。

「……え？」

僕の口から勝手に言葉が漏れていた。

「だからさあ」

純は声を荒らげた。

「スーファミくれっつってんの俺は。クリスマス」

そう吐き捨てるなり、どんっ、と足を踏み鳴らす。僕は「ふわっ」と間抜けな声を上げて飛び上がった。純の背後で段ボール箱がずずず、と音を立てて、どすんと床に落ちた。

純もおかしくなっていた。

血走った目で睨《にら》みつける彼から離れようと、僕はじりじりと後ずさった。

「テツロウおじさん」

唐突に純が言った。倉庫から廊下へと足を踏み出す。

「は？」僕は思わずそう返した。

「テツロウ、おじさん。ミチコオバちゃんの旦那《だんな》の。ユーくんはその子供」

「ゆ、ユーくん？」

「競馬狂いの息子だからどうせどうせ、どうせどうせって」

純の汗ばんだ顔が歪《ゆが》んでいた。怒っているか泣いているか分からなかったが、真剣なのは分かった。自分の言葉に興奮しているのも分かった。キャップを握り締める手は真っ白になっていた。

げえげえと功が嘔吐する音が、背後から聞こえていた。

「うん」

すぐ後ろで比嘉さんの声がした。咄嗟《とっさ》に振り向くと、彼女はくすくすと笑い声を上げていた。

僕の全身から汗が流れていた。冷たい汗が後から後からあふれ出していた。

「ユーくんは可哀想とか言ってやんなよ、そえ、あ、らから」

純の言葉が分からなくなっていた。へろへろれろれろとしか聞こえなくなっていた。

純は僕をじっと見つめながら何事か言っていたが、不意にゲップのような音を立ててその場に崩れ落ちた。ぼすっと音を立てて砂の上に転がる。

寝そべった純は目を開いたまま、あうあう、と繰り返していた。開いた口から舌が零《こぼ》れ落ちた。

ううう、と功が呻《うめ》いていた。

比嘉さんは僕のすぐ後ろに佇《たたず》んで、ふらふらと頭を揺らしていた。

おかしくなっている。比嘉さんも純も。そして功は吐き続けている。次は間違いなく僕だ。そう直感した。

足が竦《すく》む。逃げ出そうとして躊躇《ためら》う。砂に足を取られてバランスを崩し、僕はあっけなく廊下の砂に突っ込んだ。全身をザラザラした不快感が襲う。服の隙間から砂が入り込む。

僕は首筋を手で払いながら上半身を起こした。すぐ目の前には比嘉さんの細い脚が見えた。その向こうには砂の積もった廊下が見えた。

廊下の突き当たり、窓のすぐ下で、砂が音もなく窪《くぼ》んだ。砂埃《すなぼこり》が舞い上がって散らばって消える。

とす、と今度は音を立てて、さっきより手前の砂が窪む。

とすっ、と更に手前が。また更に手前が。

砂埃が次々に舞い上がり、視界を煙らせていた。

楕円《だえん》形の窪みが次第に僕たちに迫っていた。

僕はまた直感した。

これは足跡だ。

見えない誰かが——いや、何かが砂の上を歩いている。みんなをおかしくした何かが、一歩ずつ近付いている。

とすん、と比嘉さんのすぐ目の前の砂が窪んだ。彼女はゆっくりと上を向く。ほとんど真上まで顔を上げる。

比嘉さんの顔の向きから考えてしまった。

背の高い何かが、彼女のすぐ前に立っている。

砂煙の向こうから比嘉さんを見下ろしている。

がり、と砂を噛《か》む音が口の中に響いた。途端に悪寒が全身を走り抜ける。全身に張り付いた砂の感触が耐えがたくなる。首、顎《あご》の下、耳の後ろ、腕、肘《ひじ》の裏側、膝の裏側。ふくらはぎ——

あまりの気持ち悪さに目眩《めまい》がした。砂のにおいが鼻を襲う。鼻腔《びこう》を通って身体の中へと砂が入り込むのが分かる。何十何百もの砂粒が全身へ。

不快感の中で僕は確信していた。

僕の番が来たのだ。遂《つい》におかしくなる。みんなと同じように。

「……だめ」

囁《ささや》き声がした。「やめ、て」と続く。

比嘉さんの声だった。砂煙を見上げながら、彼女はおかっぱ頭を振る。

肩を震わせ、身体を縮めると、比嘉さんは、

「いや！」

と叫んだ。

次の瞬間、僕ははっきりと見た。

砂煙の中に立つ細長い影。そして——

天井のすぐ近くで光る、大きな二つの目を。

あの家の記憶はそこで途切れている。

どうやってあの家を出たのか。どうやって帰ったのか。まるで記憶にない。思い出そうと何度頑張っても断片すら浮かばなかった。

思い出せるのは新学期以降のことだけだった。

二学期が始まっても、純は学校に来なかった。一度彼の家に行ってみたところ、母親に「会える状態じゃないの」と悲しげな顔で言われ、すごすごと引き返した。彼は卒業するまで一度も学校に来なかった。六年になった頃に引っ越したという話をクラスメイトから聞いたような気もするが、確かめた記憶もない。どっちにしろあの日以来、純とは顔を合わせていない。

功は人と話さなくなった。机にすがりつくようにして、時折ぶつぶつと何事かつぶやく。そうでなければ黙っている。友達に話しかけられても先生に当てられても、まともに答えなくなった。放課後や日曜に近所をふらふらと、虚《うつ》ろな目で徘徊《はいかい》しているのを何度か見たことがあった。

中学に入学しても彼はそのままだった。そして二年に上がる直前、彼は車に轢《ひ》かれて死んだ。夜中に外を歩き回り、大通りに不意に立ち入ったらしい、と母親から聞いた。通夜に行ったのを覚えている。

そして僕はこうなってしまった。

人と話せなくなった。自分のことに身が入らなくなった。受験も就職も失敗して、アルバイトを短期で辞めるのを何度か繰り返して、家からほとんど出られなくなった。

誰かと話すだけで混乱した。頭の中で砂が鳴って相手の言っていることが耳に入らない。どうにか意味を理解して答えようとすると、今度は口の中に砂の味が広がり全身が痒《かゆ》くなった。

関わることができるのはお袋と銀だけになっていた。

それでも中学を出るまでは、何とかまともに生活できていた。人と話すこともできていた。比嘉さんともかろうじて。

そうだ、比嘉さんもあれ以来、人が変わったようになった。ただし「おかしくなった」とは言い切れない。

陰気な雰囲気は消え失《う》せ、伏し目がちだったのがまっすぐ前を向くようになっていた。怯《おび》えた様子は微塵《みじん》もなく、堂々とした風格すら漂わせていた。霊が見えると言い出すことも、授業中に泣き出すこともなくなった。

彼女の変わりように担任も驚きを隠さなかった。

明るくなったわけではない。むしろ逆だった。いつも仏頂面で感情を見せなくなっていた。冷淡と言ってもいいだろう。クラスメイトは以前とは別の理由で、彼女から距離を置くようになった。女子の一部は怖がりさえしていた。

彼女がいかがわしいアルバイトをしている、という噂が流れたのは、確か小五か小六だったか。孤立している生徒、目立つ生徒に妙な噂が立つのはよくある話だ。具体的に何をしていたのかは誰も知らなかった。でも比嘉さんの場合は信憑性《しんぴょうせい》があった。学校も休みがちになっていたし、家が貧乏だったせいもある。そして学校——同級生にも授業にも、何の興味もなさそうな態度のせいもあった。

遠いところへ行ってしまった、という表現が最も適切だろうか。

回想が終盤に差し掛かっている。天井から吊《つ》った電灯をぼんやりと眺めながら、僕は中学生の頃を思い出していた。

私立受験に失敗し、僕は市立の三《み》ッ角《かど》中学に通っていた。比嘉さんと同じ中学だった。中二で彼女と同じクラスになった。ある日の放課後、僕は思い切って彼女に訊《たず》ねた。二階で何を見たのか。何を聞いたのか。今もその影響が残っているのか。

帰り支度をしながら比嘉さんは冷たい目で僕を見上げていた。怪我でもしたのか両手に白い包帯を巻いていた。

質問を全部言い終わった途端、

「最初の質問には『分からない』としか」

比嘉さんはそっけなく答えた。突き放されたような気がして僕はうなだれる。頭の中の砂がまたザリザリと音を立てていた。

「真ん中の質問には答えられる。部分的には、だけど」

わずかに口調を和らげて彼女は言った。僕は顔を上げる。

比嘉さんは鞄《かばん》に教科書を突っ込みながら、

「二階に上がったら声がした。男か女かも分からない声が。だから余計に混乱したの。あの家にいたのは橋口くんの妹の幽霊だったはず」

「そ、そうだよ。そうだった」

僕はカクカクと何度もうなずいた。

あの家に何かがいるとすれば、亜佐美の幽霊のはずだ。それなのに。

「疑問に思ってたら、声はこう答えた。自分は――」

比嘉さんは手を止め、声を潜めて、

「――しいしりば、だって」

と言った。表情がわずかに強張《こわば》っていた。血の気が引いているようにも見えた。

「そ、それって」

「分からない。これも結局のところは」

彼女はしばらくの間、深刻な顔で黙り込んでいたが、

「分かったら教える」

そう言うと席を立った。

「あ、あの」

「最後の質問の答えは」

彼女は僕を見上げると、

『今も残ってる』。おかげで現実を見るようになった」

謎めいたことを口にして教室を出て行った。

以来、僕たちは一言も話すこともないまま、中学を卒業した。

僕は高校受験にも失敗して遠くの底辺校に進学した。彼女はたしか都立に進んだはずだ。それからの行方は知らない。そして現在に至る。

時計を見ると午前一時だった。遠くから救急車のサイレンの音が聞こえている。

今日は一向に眠くならない。ネットでも見ようか、それともまた最初から思い出してみようか。

サイレンの音が次第に大きくなる。この住宅街に向かっている。

窓に赤い光が差した。僕は枕元の双眼鏡を摑《つか》むと立ち上がって窓を開けた。

夜の住宅街を救急車のランプがぐるぐると照らしていた。

あの家――平岩邸の近くだ。赤い光とまぶしいヘッドライトの位置から、僕はそう判断していた。

慌しい音が家の方から聞こえていた。ばん、と後部ドアが閉まる音がした。再びけたたましいサイレンを鳴らして、赤い光とヘッドライトが動き出し、住宅街の外へと消えた。

平岩邸で何かあったのだろうか。今までは何もなかったのに。

そうだ。今まで何も起こっていない。調べた範囲ではそうだったし、噂でも聞いていない。近所づきあいをそれなりにしているお袋からも何も知らされていない。

廃屋になった翌年。あの家に新しい家族——青柳《あおやぎ》家が越してきた。そして去年引っ越すまで何事もなく過ごしていた。ガラの悪そうなヤンキー風の夫婦と、その息子二人。四人ともしょっちゅう近所とトラブルを起こしていた。お袋も怒っていた。銀やリキを散歩させている最中、息子の一人が連れ歩いていた土佐《とさ》犬に吠《ほ》えられ、嚙《か》み付かれそうになったという。

橋口家には少女の幽霊がいた。廃屋になってからはあの化け物——比嘉さんの言う「ししりば」が棲《す》んでいた。一方で青柳家には何も起こっていない。

バラバラで何も結びつかない。

僕は双眼鏡を覗《のぞ》き込んだ。屋根の一部を見ながら考えていた。

平岩邸はどうなのだろうか、と。

第三章　崩壊家庭

午前一時。玄関の方で気配がしてすぐ、鍵《かぎ》が開く音がした。わたしは口を押さえていたタオルを炬燵《こたつ》に置くと、立ち上がってダイニングを抜ける。ぐったりした顔で靴を脱ぐ勇大に「おかえり」と声をかける。彼は「んああ」と疲れた様子で答え、すぐに「ただいま」と言い直す。

お風呂《ふろ》から出てジャージを着た勇大に、わたしは「ちょっと話してもいい？」と言った。彼は「何？」とテーブルの向かいに腰を下ろす。

迷いが生じる前にわたしは言った。

「働きたい」

「え？」

勇大が半笑いで答えた。目は笑っていない。瞳《ひとみ》はどんよりと曇っている。疲れて眠いのを我慢して付き合ってくれている。申し訳ない気持ちが込み上げるのを感じながら、

「映像の仕事やなくてもいい。近所のパートでもアルバイトでもええから。あ、もちろんパートとかが簡単やいう意味ちゃうよ。とりあえず」

「それって財政難？」

背もたれに預けていた身体を起こすと、彼は、

「俺の稼ぎだけじゃ足りないの？　それならそうと」

「ううん」わたしは首を振って、事前に考えていたことを話す。家事はすぐに終わってしまう。他にすることがない。だったら外で働くのが生産的ではないか。お金があるに越したことはない。わたしが働くことはメリットがある。時間を有効に使える。

勇大は腕を組むと、

「理屈ではそうなるけど」

と唸《うな》った。明らかに不機嫌になっていた。口をへの字にして、視線をテーブルに向けたまま、

「納得いかんな」

と言った。話し方には訛《なま》りが出ていたが、わたしはまるで安心できなかった。もう一度説明しようとすると、彼は「いや」と首を振って、

「疑うつもりはないけど、なんか隠し事されてる気がして」

そう言ってわたしを見た。目を逸《そ》らしそうになるのを堪《こら》える。それでも自然と俯《うつむ》いてしまう。勇大の指摘は図星だった。わたしは肝心なことを言わずにいた。

あの家に行きたくなかった。敏くんたちとは二度と関わりたくなかった。誘われた時に断る理由が欲しかった。仕事で忙しいからと。

八時までいた平岩邸のことを思い出していた。

すっきりした表情で楽しげに語らう敏くんと梓さんを前に、わたしはほとんど何も話さずにいた。蟹《かに》しゃぶにもほとんど手を付けなかった。不自然に思われないように野菜を少し、蟹を少し食べただけだ。二人に悟られないようにしっかりと目で確認して。

半透明の蟹の身をそっと口に含み、大丈夫だと思ったその時だった。

じゃり、と奥歯が硬いものを噛んだ。

血の気が引いた。吐きそうになった。唾液《だえき》すら耐えがたいほど不快に感じた。なんとか意識を保つと、わたしは二人に見えないように、蟹の身を手の中に吐き出した。実際に何を噛んだかは確かめる気にもならなかった。

帰り道はずっと悔やんでいた。どうしてあの家に行ったのか。どうして敏くんと仲良くしようと思ったのか。梓さんの相談に乗って、深く関わろうと思ったのか。

嫌なら嫌と突っ撥《ば》ねられないのか。

家に一人でいるのが辛《つら》かろうと、情が移ろうと何だろうと、おかしいと気付いたら関係を絶てばいい。着信を拒否してお終《しま》いにすればいい。

立ち止まって携帯を取り出した時、お祖母《ばあ》ちゃんのことが頭に浮かんだ。

わたしは再び携帯をバッグに戻して、アパートに足を向けた。がらんとした家に着いて改めて思った。

働きたい。平岩家と関わらないためだけでなく、もう一つ――

「通帳見せて」

勇大の言葉でわたしは我に返った。充血した半開きの目がわたしを射貫《いぬ》く。言葉の意味が遅れて頭に届いた。

「そんなんちゃうよ。浪費とかは全然——」

「確認したら一発だろ。見せて」

苛立《いらだ》ちを隠しもせず、勇大はテーブルにどんと片手を載せた。疑われていることにショックを覚えていたけれど、話がこじれるのは避けたかった。

バッグから通帳を引っ張り出してテーブルに置く。彼はカルタでも取るようにパンと机を鳴らし、通帳を自分のもとへ引き寄せた。

「……すまんな」

しばらく通帳を眺めてから、勇大はそう言った。大きな溜息《ためいき》を吐く。暖房から暖気は届いているはずなのに、足先がひどく冷えていた。

勇大は急に訊《き》いた。

「じゃあ、計画は延期ってこと？」

「え？」

質問の意味が分からなかった。彼は椅子を鳴らすと、

「働いたらすぐには辞められないでしょ。果歩が落ち着いてからってことになるよね、子供は」

腕を組んでわたしを見下ろすようにして、

「何年後になるかな」

と言った。

「……計画って何なん？」

わたしは震える口を動かして訊いた。

「ほとんど家おらんやん。それで何の計画を実行してるつもりなん？」

「いや」勇大は苦笑して、「それは仕方ないだろ、仕事がかさんで――」

「計画延期してんの勇大とちゃうの？」

思わずそう言うと、彼はむっとした顔で黙り込んだ。テーブルの上の拳《こぶし》を握り締めて、

「結果的にそうなってるだけだろ、俺の場合は」

苦しい言い訳なのは分かっているのだろう。彼はわたしから目を逸らした。ふうう、と息を漏らすと、「好きにしたらいいよ」と席を立とうとする。

「待って」わたしは中腰になって、「そんなん全然まとまってへんから……」

「じゃあまた今度。早く帰ってきた時に話し合おう」

勇大は立ち上がった。寝室へと足を向ける。

「いつになんの、それ」

「なるべく早いうちに」

「だからいつ？」

　勇大は黙ってわたしに背を向けていた。頭を掻《か》き毟《むし》ってまた溜息を吐く。ややあって彼は、

「……何か隠してるよね、果歩」

　横目でわたしを見ながら言った。「分かるよ。右の瞼《まぶた》が痙攣《けいれん》してる。嘘吐いてるか何か隠してる時の癖だ」

　わたしは反射的に瞼に手を当てていた。指先にかすかな振動が伝わる。確かに痙攣している。

「今ここで聞くから」勇大は椅子に座りなおすと、「正直に言って」と言った。

　わたしは敏くんと梓さん、そしてお祖母ちゃんのことを話した。何度か家に遊びに行ったこと、平岩家がおかしいことを伝えた。生霊のくだりは省略した。

　話し終わると、勇大は呆《あき》れたように、

「そんなの切れば終いだろ」

　と言った。「自分が悪者になりたくないってだけだ。八方美人なんだよ、果歩は」

「そうかもしれんけど、でも」

「切って。ここの住所は教えてないんだろ？　じゃあ着信拒否したらいい。嫌なら俺がやる」

　手を差し出した彼にわたしは首を振った。勇大は「携帯」と眠そうな声で口にする。

　また首を振ると、彼は硬い顔で、

「これが正しい解決策だよ」

口調を和らげ、言い聞かせるように、

「果歩が平岩さんに悩まされることもなくなる。また元に戻るんだ。今までどおりこの家を」

「それも嫌」

わたしは三度《みたび》首を振った。

「どうして？」

勇大が訊く。「越す前に言ったよな。稼ぐのは俺がやるから、果歩は家を守っ――」

「何を守るの？」

「は？」

「わたししかおらん家で何を守ることがあんの？　通帳？」

皮肉めいた言葉が口を衝《つ》いて出ていた。

「子供も実際作ってへんやん。結果的かなんか知らんけど、どっちみちずっと先の話やん。それで何をどう守るん？」

「いや、だからさ」

「ただ家におったらええの？　家を守るってそういう意味なん？」

勇大は憤然とわたしを睨《にら》み付けた。何か言おうとして黙る。わたしは込み上げてくる怒りを必死で抑えながら、

「……もう嫌。この家に一人でいたくない」

と言った。外で働きたいもう一つの理由だった。

勇大は黙って自分の部屋に向かった。ドアが閉まる音、電気を消す音が聞こえた。どさりとベッドに転がる音が続く。全身から力が抜けていく。

わたしはゆっくりとテーブルに突っ伏した。途端に肺に痛みが広がり、みるみる喉《のど》へとせり上がった。

「う……ごほっ」わたしは咳《せ》き込んで身をよじる。止まらない。勇大が帰って来る前に治まって、もう大丈夫だろうと思っていたのに。

激しい咳《せき》はいつまで経っても治まらず、わたしはタオルで口を押さえながら部屋に戻った。肺が痛む。喉が焼ける。呼吸ができなくて頭がぼんやりする。布団に包《くる》まって必死で呼吸を整えながら、わたしは勇大のことを思っていた。

勇大は来なかった。ドアが開く音もしなかった。わたしを呼ぶ声も聞こえなかった。


翌日から頭痛がした。咳はほとんど出なくなっていたけれど、たまに出ると喉が千切れそうなほど痛んだ。体温は平熱だった。鼻水も出ないし嘔吐《おうと》もしなかった。

とりあえず頭痛薬、念のため風邪薬を飲んで、わたしはずっと家に籠《こも》った。起きていると頭痛に苦しめられ、眠ると今度は悪夢にうなされた。

久しぶりに勇大と食事をしている夢だった。大皿に載った唐揚げの山に、彼は目を丸くして驚いた。漫画のような舌なめずりをすると、彼は、

（じゃあ特製のスパイスを）

そう言って、目の粗い麻袋をテーブルにドンと置いた。両手を突っ込む。中からすくい上げたのは茶色い砂だった。

（美味《おい》しそうやね）

わたしはそう答えていた。彼は大げさな身振りと満面の笑みで唐揚げに砂を注いだ。テーブルで向き合って、わたしたちは手づかみで砂まみれの唐揚げを頬張った。じゃりじゃりと口の中で音がした。夢の中のわたしは平然とそれを噛《か》んで味わって飲み込んでいた。油と砂にまみれた鶏肉《とり》が喉をずるずると伝い、胃袋を満たしていく。夢だと気付いた瞬間に飛び起きると、口の中に苦い味が広がっていた。唾液《だえき》がひどく熱く、頬の裏側で粘り着いていた。ティッシュに吐き出して恐々見てみたけれど、無色透明の唾液が光っているだけだった。

全身が汗だくになっていることに気付いて、わたしは着替えてまた床に就いた。またうなされてまた飛び起きた。最低限の家事をどうにかこなし、近所のコンビニで食べられそうな食事を買って済ませ、また眠り、また飛び起きる。そんな日が何日も続いた。

勇大はいつの間にか帰宅して、いつの間にか出社していた。枕元で何か話しかけていたような気がするが覚えていない。

咳と頭痛が完全に治まった頃には一週間が経っていた。

起きて一人で朝食を摂《と》り、洗濯機を回している間に家中を念入りに掃除した。ついでに炬燵《こたつ》も片付ける。洗濯物を抱えてベランダに出ると雨が降っていたので、仕方なく部屋干しで済ませる。

濡《ぬ》れた服があちこちに吊《つ》るされた、湿っぽく薄暗いダイニング。その真ん中でわたしは一人佇《たたず》んでいた。日曜、午前十一時。勇大は今日も家にいない。帰るのはどうせ深夜だろう。もう何の疑問も抱かなくなっていた。

当たり前のような気さえしていた。普通のことだと受け入れそうになっていた。

（普通やん、そんなん答えようがないわ）

敏くんの言葉、そして苦笑いを思い出していた。

遠くでブーブーと携帯が震える音がしていた。電話だ。わたしの部屋から聞こえている。洗濯物を避《よ》けて部屋に入り、枕元の携帯を摑《つか》んだ。

液晶画面には〈平岩梓〉と表示されていた。

四角いベッドを見つめながらわたしは躊躇《ためら》った。出たくない。出たらまた関わってしまう。無視するのがいい。気付かなかったふりをすればいい。そしてこの家で過ごせばいい。

今までどおり一人で。一人っきりで。

「……もしもし」

「平岩梓です。先日はどうも」

梓さんの声がした。最初に会った時とはまるで違う、朗らかで楽しそうな声。

ベッドに座りながら、こちらこそ、と返す。段取りのようなやり取りが続いて、

「今日お時間ありましたら是非。旦那《だんな》様も」

「あの、今日も仕事です」

「えっ」

驚く声、続いて「そうなんですか……」と憐《あわ》れむような声。わたしは懸命に聞き流そうと努める。それでも考えてしまう。この家と彼女の家を比べてしまう。

「じゃあ果歩さん一人でも全然」

梓さんが誘う。わたしは適当に言葉を繋《つな》ぐ。頭の中は激しく動いていた。迷っていた。

「お祖母《ばあ》ちゃんも会いたがってますよ。マリちゃんは来ないのかって」

「――じゃあ、お言葉に甘えて」

喜ぶ梓さんに時間を伝えて、わたしは通話を切った。顔を洗いメイクをする。

迷いがないと言えば嘘になる。あの家はおかしい。どう考えても変だ。

でもあの家にはお祖母ちゃんがいる。子供の頃のわたしを大事にしてくれたお祖母ちゃんがいる。

この家には誰もいない。

午後二時。傘を打つ雨の音を聞きながら住宅街を歩く。いくつか角を曲がると平岩邸が見え、消えかかっていた迷いが再び膨れ上がる。家から目を逸《そ》らしたところで、前の道に人が立っているのに気付いた。

ビニール傘を差した男性が平岩邸を見上げていた。擦り切れた紺色のジャージを着た、ずんぐりした体格の男性だった。弛《たる》んだ白い顔は少年のようにも中年のようにも見えた。傍らでは蛍光グリーンのレインコートを着た柴犬が、家来のようにお座りしていた。男性をそれとなくうかがいながら足を進めると、かつ、と靴が鳴った。男性はゆっくりと顔を下ろして、わたしを見た。

虚《うつ》ろな目。半開きの口。頬は雨で濡れていた。

先に目を逸らしたのは男性だった。顔を伏せてハーネスを引く。犬が立ち上がったのを確認すると、彼はわたしに背を向けて歩き出した。犬がヨタヨタと後に続く。

男性と犬が角を曲がって見えなくなった。

迷いは更に大きく膨らんでいた。男性はこの家の――平岩邸のことを知っているのだろうか。砂の散る家のことを。

不意に傘の向こうが気になった。

頭上から――平岩邸の二階の窓から、誰かがわたしを見下ろしている。そんな想像をしてしまう。

完全に気のせいだ。あの部屋は位置から考えてお祖母ちゃんの部屋で、彼女はベッドから起き上がれない。起き上がって実際に見ていたとしたら、むしろ何の問題もない。笑って手を振ることもできる。また来たよと声をかけることも。

それでも家を見上げて確かめる気にはなれなかった。

わたしは傘で身を隠すようにして、平岩邸のドアホンを押した。

「はあい」と梓さんの明るい声が聞こえた。

平岩夫妻は先週と少しも変わらなかった。仲睦《なかむつ》まじく寄り添い、語らい、笑い合っていた。状況が違えば羨《うらや》ましいと感じていただろう。自分たちもこうであればいいと。

そう思えないのは砂があるからだった。

雨が降っているせいか、床の砂は先週より重く硬く見えた。スリッパ越しでもはっきり質感が分かるような気がした。

出された紅茶にはほとんど口を付けなかった。

テーブルでの雑談が一段落すると、わたしはお祖母ちゃんに会いたいと率直に言った。起きているなら話したい、寝ていたとしても顔を見たいと。梓さんは「ええ。今は起きてると思う」と席を立った。

階段の隅は見ないようにした。

介護用ベッドの上。掛け布団から頭と右手だけ出していたお祖母ちゃんは、わたしを認めるなり「マリちゃん」と声を上げた。わずかに不安が薄れる。枕元にしゃがんで「こんにちは」と声をかけると、彼女は皺《しわ》くちゃの顔をほころばせた。つられて笑い返すとまた少し不安が消える。思わず彼女の右手を取って握り締める。

後ろに立っていた梓さんが「何かあったら呼んでください」と部屋を出た。ドアが閉まる。わたしはそのまま無言でお祖母ちゃんの顔を見つめていた。お祖母ちゃんはぱちぱち瞬《まばた》きして、不思議そうにわたしを見返していた。

子供の頃を思い出していた。ちょうど今みたいな雨の日だった。

「帰りたくない」

お祖母ちゃんの部屋でわたしは無意識にそうつぶやいていた。既に外は暗くなっていて、部屋には蛍光灯が灯《とも》っていた。敏くんは居間で何人かの男友達と、テレビゲームに興じていた。カーテンの向こうでくぐもった雨の音がしていた。

「あかんよ」とお祖母ちゃんは優しく言った。「子供は暗くなったら帰らんと」

わたしは首を振る。母親は朝から家を出ていた。仕事かどうかも分からない。父親ともどもいつ帰ってくるのかも分からない。夕食は冷蔵庫にある何かで、いつ食べようと構わないし何も言われない。食べなくても。

それまでは名残惜しいのを振り切って帰っていたけれど、その日は違った。耐えきれないほど苦しくなったわけではなく、決定的な出来事があったわけでもない。それでもわたしは口にしていた。帰りたくない、と。

お祖母ちゃんの子供になりたい、とはさすがに言えなかった。安いドラマみたいだと子供心にも思っていた。

「嫌なんか、家が」

穏やかな声で訊《き》かれてわたしはうなずく。

「何かされたんか、お父ちゃんお母ちゃんに」

わたしは首を振る。

「誰か嫌な人がおんのか」

また首を振る。彼女はしばらく黙っていたが、やがてそっと手を伸ばすと、

「せやったら帰り」

と、わたしの頭を撫《な》でた。わたしは戸惑った。言葉の意味を測りかねていた。雨音が一際大きく耳に響いた。

お祖母ちゃんはゆっくりと丁寧に、

「帰ってどこが嫌なんかよう見とき。観察すんねや。家の研究いうてもええわ。ほんまに嫌なもんと、そこまで嫌やないもんをちゃんと分けんねん。好きなとこが見つかったら儲《もう》けもんや。そんでよう覚えとき」

優しく、でも真剣に、

「大人になったら役に立つで。ええ旦那さん見つけられるしな」

と言った。わたしはうなずいて挨拶《あいさつ》して家に帰った。両親はやっぱり帰っておらず、一人でご飯を食べながら、「これは嫌なもん」とカウントした。

激しい雨が窓を叩《たた》いていた。

「お祖母ちゃん」

わたしはベッドに横たわる彼女に呼びかけた。さっきまで思い出していたことを、かいつまんで語って聞かせる。彼女は何度もうなずいていた。

「ええ旦那さん見つけたよ」

お祖母ちゃんの手に頬を寄せると、わたしは、「真面目やし基本優しいし。怒鳴ったりもせんし。お金もちゃんとしてるし。そこは役に立った」と語りかけた。

「……そっから先は大変やわ。東京来てから特に」

気付くと愚痴が出ていた。「ごめんね、変なこと言うて」と謝ると、お祖母ちゃんはかすかに首を振った。濡《ぬ》れた目でじっとわたしを見つめている。

「どないしたん？」

訊くと彼女は「あ、あ」と声を漏らしてから、

「……だいじょうぶ」

と言った。だいじょうぶだいじょうぶ、と何度も繰り返す。

わたしは思い出していた。彼女はあの時も同じことを言っていた。階段を上る足音がして、生霊の声がして、ドアの向こうで呻《うめ》いていた時。

廊下の気配が気になっていた。何の音もしない。階下から敏くんと梓さんの笑い声が響いた。それ以外は雨音だけ。

「何が大丈夫なん？」わたしは問いかける。

「……ここ」

お祖母《ばあ》ちゃんは部屋のあちこちに視線を向けると、

「この家」

かすれた声で言う。わたしはそこでふと気になった。顔を近づけて、「お祖母ちゃん」と小声で呼びかける。彼女は目をぱちくりさせた。この大きさでも聞こえている。

「この家、す、砂が散ってるやろ。あれは何なん？」

わたしはそう訊いた。お祖母ちゃんは口をもぐもぐさせたが、何も答えなかった。

「敏くんも梓さんも気にしてへんみたいやけど、お祖母ちゃんはどう思てるん？」

「んー？」

「あのね、砂。この家の砂のこと」

「んーん」

お祖母ちゃんはへの字口で唸《うな》った。

部屋の床を眺め回す。どこにも砂は見当たらない。であればお祖母ちゃんは見ていないのかもしれない。この家がどうなっているのか、気付いていないのかもしれない。

わたしは「この部屋にはないねんなあ」と無意識につぶやいていた。

「ある」

出し抜けにお祖母ちゃんが声を張った。「あるよ、マリちゃん」と力強く言う。言葉の意味を探ろうとしてわたしはすぐ止める。

無駄だろう。今のお祖母ちゃんは「分からなく」なっている。会話が成立しているようでしていない。わたしの質問も理解していないし、質問に回答したわけでもない。そう考えた方が筋が通る。

わたしは無理に笑みを作ると、「せやね、あるもんね」と話を合わせた。お祖母ちゃんは「ある」とまた言って、もぞもぞと身体を動かし、掛け布団の中から左手を引っ張り出してそっと掲げた。

握り締めた指の隙間から、さらさらと砂が零《こぼ》れ落ちていた。

掛け布団をぱらぱらと鳴らしお祖母ちゃんの顔にかかる。

わたしは反射的に飛び退《すさ》っていた。転びそうになって何とか耐える。

お祖母ちゃんは左手を開いた。掌《てのひら》と指に砂がびっしりと張り付いている。

「あるでしょ、マリちゃん」

歯のない口を開けて、お祖母ちゃんは笑みを浮かべた。おかしそうに身体を捩《よじ》る。布団とベッドの擦《こす》れる音に交じって、じりっ、ざらざら、と耳障りな音が聞こえた。

布団の中にあるのだ。というより――

お祖母ちゃんは布団の下で、砂をかぶって寝ているのだ。

悲鳴を上げそうになって口を手で塞《ふさ》ぐ。声を立てずに笑うお祖母ちゃんから視線を外せずにいると、鼻がかすかな異臭を捉《とら》えた。糞便《ふんべん》のにおいだと遅れて気付く。

わたしは這《は》うように廊下へ出ると、階段の手すりにしがみついて梓さんを呼んだ。

「はあい」と明るい声が一階から返ってくる。

手すりに額を押し付けて、わたしは涙が出るのを堪《こら》えた。

こもった雨音が階段の吹き抜けに響いていた。

咳《せき》がようやく治まった。こわごわ呼吸を続ける。ぶり返すことはなさそうだ。でも油断はできない。ゆっくり大きく息を吸い、肺に目いっぱい空気を送り込む。少しずつ吐き出す。同じことを何度か繰り返す。咳は出なかった。頭に上っていた血も引いていた。こめかみを刺すような頭痛はまだ続いている。

わたしは握り締めていた携帯を枕元に置くと、自分の部屋のベッドから起き上がった。洗面所で何度もうがいをした。吐き出した水をつい確かめてしまう。何も交じっていない。でも少しも安心できない。

前と同じだった。平岩邸に招かれて、帰ったら咳が出る。理由は一つしか思い当たらない。あの砂以外に考えられない。でもうがいをした限り、喉《のど》に引っかかっている様子はない。

それに敏くんたちは何ともない。お祖母ちゃんも。

部屋に戻りベッドに横たわって、携帯の時刻表示を確かめる。午後五時。帰ってきたのは何時だったか思い出せない。帰り道の記憶も曖昧《あいまい》だ。

平岩邸を出るまでなら思い出せた。

梓さんが「はい、おむつ取り替えましょうね」と赤ん坊をあやすように言うのを、わたしは外の廊下で聞いていた。帰る機会をうかがっていた。

きゃあ、とお祖母ちゃんが声を上げた。布団を叩く音が続く。興奮しているのかと思っていると、梓さんがかすかに叫んだ。しばらくするとドアが開いた。

「本当にごめんなさい、手伝ってもらえますか？」

ドアの隙間から顔を出して、彼女は申し訳なさそうに言った。糞便のにおいが廊下へと漂う。わたしは断る言葉を思い付けなかった。

紙おむつ姿のお祖母ちゃんがベッドの上であうあうと笑っていた。

その身体は半分ほど砂に埋もれていた。

梓さんは砂を床へ払い落とす。何事もなかったかのように箪笥《たんす》の抽斗《ひきだし》から透明な手袋を取り出して、「これを」とわたしに手渡した。

手袋をはめ、梓さんと二人がかりで、わたしはお祖母ちゃんの紙おむつを脱がし、身体を拭《ふ》き、新しい紙おむつを穿《は》かせた。

梓さんはお祖母ちゃんに優しく語りかけながら介護を進めた。わたしは漂う砂が染みて、目を開けるのも大変だった。

お祖母ちゃんを着替えさせて手袋を外す。彼女の笑い声。布団をぱんぱんとはたく音。カツンと硬い音。後片付けを済ませると、梓さんは何度もわたしにお礼を言っていた。帰る理由は「夫が帰宅するから」だったか、それとも「急用ができた」だったか。携帯を手に話していたことは思い出せる。勇大から急にメールが来た、そんな白々しい小芝居をしたのかもしれない。

わたしは丸くなって目を閉じた。こめかみの疼《うず》きはまた酷《ひど》くなっている。喉が熱を持っている。ベッドも布団も冷たい。それに湿っている。雨音が重く身体に伸し掛かる。掌をシーツに這わせ、すぐに止める。ここはわたしの家、わたしの部屋のベッドだ。お祖母ちゃんのではない。分かっていても気にしてしまう。妄想してしまう。動かした手が、ざらざらした感触を捉えてしまったら。肌に粒々が張り付いたら。服の中に入り込んだら。

身動きできなくなっていた。頭痛は更に激しくなっていた。大きく息を吸おうとしたところで、肺に違和感が走った。

また咳が始まった。咳が口から飛び出すごとに頭が割れそうなほど痛み、喉が千切れそうになった。息ができない。間断なく続く咳の合間を縫って、どうにか空気を肺に送り込む。それ以外は何もできない。動くことも考えることも。誰かに助けを求めることも。

彼方《かなた》でカチンと鍵《かぎ》の鳴る音が聞こえた気がした。ガサガサとビニール袋が鳴る音が聞こえた気もした。

「果歩っ」

掛け布団越しに肩を摑《つか》まれた。思わず目を開けると、勇大の困惑した顔が鼻先に迫っていた。彼の大きな手が背中をさする。苦しい咳の間から、わたしは、

「な、何で」

と搾り出す。勇大は「メール見た」とだけ答えて、心配そうな顔でわたしの背中を撫《な》で続けた。

〈咳が止まらない。助けて〉

携帯を顔に近付けて、わたしは自分が送ったらしきショートメールを眺めていた。送信時刻は今日の四時四十五分。最初に咳が治まる少し前だ。そういえば、と思い当たる。わたしは洗面所に行く直前まで携帯を手にしていた。

「すまん」

ベッドに腰掛けた勇大が、「ここまで酷いとは思ってなかった」とうなだれる。

「ここ最近臥《ふ》せってたのは知ってたけど、声かけたら『大丈夫』って――ちゃんと見とくべきやった」

わずかな訛《なま》りに安堵《あんど》を覚えながら、わたしはベッドから上体を起こした。頭痛はまだするが咳は止んでいた。おそるおそる声を出す。

「……仕事は？」

「代わってもらった。説明したらみんな『すぐ帰れ』って。部長も同僚も。みんな俺より詰まってるのに」

意外そうに言う。

「……ええ職場やん」

わたしは素直にそう返していた。皮肉でも何でもなく、勇大が周りに恵まれていると分かってホッとしていた。

勇大は「まあな」と力なく笑った。笑い返そうとすると頭が疼き、顔をしかめてしまう。彼はまた心配そうな顔をして、「寝てて」と布団を軽く叩《たた》いた。

一眠りした後、わたしは彼が作ったお粥《かゆ》を少しだけ食べて、彼の買ってきた頭痛薬と咳《せき》止《ど》めを飲んだ。時間が経っても頭痛は治まらなかったし、一度咳が出るとしばらくは止まらなかった。勇大はずっとベッドの側にいて、わたしの背中を撫でていた。

翌日は朝からタクシーで総合病院に行った。勇大は会社を休んでわたしに付き添い、タクシーの予約も支払いもして、病院受付での申し込みも問診票への記入もわたしの代わりに済ませた。

お年寄りでごった返す待合室。長椅子にもたれながら、わたしはマスク越しに「ごめんね」と傍らの彼に何度も囁いた。彼はそのつど「ええよ」と答えたけれど、時折心配そうに携帯を見ていた。申し訳ないとは思ったけれど、心は不思議と穏やかだった。体調は最悪だったけれど不安はほとんど消えていた。

医者の診断は「マイコプラズマ肺炎かもね」だった。

「……かもね、というのは」

嗄《か》れ切った声でそう訊《き》くと、日焼けした中年の医者はニコニコしながら、

「確定するには別の検査が要るんだけど、お金がかかるんだよね。それよりもとりあえずアタリつけて抗菌薬飲んだ方がいいよ。お金払ってまで検査する意味はあんまりない」

「……その、マイコ何とかが原因なのは、確実なんですか」

「だと思うよ?」医者は殊更に眉《まゆ》を寄せると、「そんなめちゃくちゃに炎症起こしてるんだから。喉見てビックリしたよ、爛《ただ》れちゃってさあ」

そんなに酷いのか。黙っていると、

「で、その爛れ具合なら考えられるのはまず酒と煙草。でもどっちもやんないんだよね? カラオケで長時間歌ったりとかも」

「はい」

「じゃあよくあるマイコプラズマだろうねって話。熱が出てないのがちょっと気になるけど、まあ例外もあるにはあるし」

うんうん、と自分でうなずく。診断が終わりに差し掛かっている。わたしは疼く頭で何とか考えて、「あの」と声をかけた。

「ん？」

「こ、こうなるすぐ前に、砂が溜《た》まってる場所に行ったんです。ちょっと吸い込んで——」

「どうだろうねえ」医者は大げさにうなると、「マイコプラズマはどこにでもいるから。その砂に付いてます、感染源です、なんてことは言えない。同じ場所に行ってあなたと同じ症状が出た人が他に何人もいるなら、砂かもねってなるけど」

平岩一家のことを思い浮かべていた。彼らは健康に見える。少なくとも咳《せき》はしていない。

「じゃあ……砂そのものが、悪いってことは」

「え？　どういうこと？」

医者は目を丸くして訊いた。

「あの、肺に砂が溜まって」

「それはないない」

医者は顔の前で手を振ると、「肺に入ってもこんな症状にはならない。それ以前に一日二日吸うくらいなら大丈夫だよ。何年もそこにいたんなら別だけどね」

じゃあ薬出しとくから、と笑顔で締めくくった。

大量の薬を受け取って精算し、タクシーに揺られながら、わたしは医者の言葉について考えていた。彼の言葉を信じるならこうなる。

砂にウィルスか何かがいようと砂が肺に溜まろうと、真っ先に症状が出るのは平岩家のはずだ。でも彼らは何ともない。四度訪ねただけのわたしがこうなるのは理屈に合わない。

平岩邸とは――砂とは無関係だと考えるのが自然だけれど、だとしたら平岩邸に行った後にこうなるのは変だ。偶然が二度続いたのだろうか。可能性としてはなくもない。でも。

「とりあえず安静にしとこう。薬飲んで」

隣で勇大が言った。わたしはうなずく。医者の言葉に乱されていた頭と心は、彼の一言で嘘のように落ち着いていた。

お粥かゼリー飲料を流し込み、薬を飲んで眠る。その繰り返し。三日経った頃には咳も頭痛もだいぶ治まっていた。やはり偶然だったのか。あるいはストレスかもしれない。ストレスが風邪に似た症状を引き起こすこともある。勇大はそう言っていた。
火曜日――病院に行った翌日から彼は出社したけれど、八時には帰るようになっていた。信じられないほど早い。わたしは嬉《うれ》しいと思う以上に驚いていた。

とはいえ仕事が減ったわけではないらしい。わたしを看病するかたわら、彼は書斎で何やら作業を進めていた。キーを叩く音がしていたし、たまに誰かと電話している声も聞こえた。

木曜の夜。わたしは久しぶりにテーブルで食事をした。ずっと寝ていたせいで最初は軽い目眩《めまい》がしたけれど、お茶漬けを食べているうちに治まった。一杯では足りずお替りをねだってしまう。勇大は苦笑しながら空のお茶碗《ちゃわん》を受け取った。

テーブルに薬を並べていると、勇大が「平岩さん家《ち》のこと、もうちょっと詳しく聞かせて」と不意に言った。顔を上げると、彼は決まり悪そうな顔で、

「というか……俺が働いてる間に、果歩が何してたかあんまり知らないから。それはよくないなあと」

と言った。「まだ辛《つら》いなら、今度でいいけど」と付け足す。

わたしは「ううん、嬉しいよ」と笑って、敏くんたちのことを話した。砂以外は普通であること。むしろ仲睦《なかむつ》まじい夫婦であること。寝たきりで認知症のお祖母《ばあ》ちゃんのこと。幼い頃、彼女にとてもお世話になったこと。

思い切ってお祖母ちゃんのベッドの砂についても打ち明けた。手から零《こぼ》れ落ちる砂を思い出して寒気がしたけれど、勇大には聞いてほしかった。実際、彼に話しているうちに、胸の奥に溜まっていた重いものが消えていくような感覚がした。

勇大は真剣にわたしの話に耳を傾けていた。

「平岩さん家って、具体的にどの辺?」

話が終わると彼は訊いた。説明すると意外そうな表情を浮かべる。

「どうしたん」

「いや、たぶん同僚が近くに住んでるから。住所は?」

「ちゃんとは分からんけど、多分……」

行く途中で目にした、電信柱の表示板を思い出して伝える。「ならやっぱり近所や」

と勇大は言った。あいつに訊いてみるかな、とつぶやく。

「……近所で噂になってるかもな、そんな変な家なら。外からは分からないだろうけど、一回入れば誰でもおかしいと感じるはずだよ。まあ確かめてどうなるもんでもないけど」

「まあね」わたしは答える。と同時に犬を連れた男性を思い出す。雨の中で平岩邸を見上げていた、虚《うつ》ろな表情の男性を。

「どっちみち、もう会わない方がいい」

勇大はきっぱりと言った。

「家には行かない方が。また体調崩されたら困る。いや――」

彼はそこで居住まいを正すと、

「俺は果歩に元気でいてほしいから、平岩さん家には行かないでほしい」

と言い直した。お祖母ちゃんの顔が頭をよぎる。何とか振り払うと、わたしは「うん」とうなずいた。

久々にお風呂《ふろ》に入って早めに上がる。洗面所で髪を乾かしながら鏡を見つめる。鏡に映った顔はやつれてはいたけれど、どこかスッキリとしていた。

ドライヤーを止めたところで気配に気付いた。勇大が洗面所の入り口に立って、深刻な顔でわたしを見つめていた。瞼《まぶた》がぴくりと痙攣《けいれん》する。

「どないしたん」

「……いや」彼はわたしから視線を逸《そ》らし、すぐにまた目を合わせると、

「平岩さん家には、絶対に行くな」

低い声で言った。さっきとはまるで違う、強く厳しい口調だった。

「え？　行かへんよ」わたしは戸惑いを隠さず、「何で二回言うん？　信じてへんの？」

と率直に返す。彼はかすかに首を振ると、

「信じてるけど行くな」

とちぐはぐなことを言った。わたしは思わず苦笑して、「どういうこと？」と訊《き》く。

彼は顔を伏せて黙り込んだ。

「気になるやん」

わたしは言った。言葉を換えて何度か促したけれど、彼は何も答えず、ただ黙って突っ立っていた。しびれを切らしたところで思い当たる。すっかり忘れていた生霊のことまで思い出す。

勇大に歩み寄ると、わたしは、

「あの……敏くんとは何もないよ」

と、小さな声で言った。勇大の様子がおかしいのは、わたしと敏くんの関係を疑って
いるからではないか。わたしがお風呂に入っている間に疑念が湧いたのではないか。他
に理由が思い付かない。

「ただの幼馴染《おさななじみ》やし、奥さんが――」

「それは信じてるよ」

勇大はかすかに笑みを浮かべて、「まあ、二人だけで遊びに行くとか言い出したら、
全力で止めるけど」と言った。心の隅で嬉しく思いながら、わたしは問いかける。

「せやったら何で」

「先に謝っとく」勇大はわたしの頭にそっと触れる。「嫌な思いさせるかも」

そう意味深なことを口にすると、「来て」と部屋に向かった。

勇大は中腰でデスクのマウスに触れた。一呼吸置いてモニタが明るくなる。画面いっ
ぱいにウェブブラウザのウインドウが開かれていた。

「ストリートビューで調べてたんだけど……」

勇大はわたしを向くと、「これが平岩さん家かな」と訊いた。わたしは彼に寄りかか
って画面を覗《のぞ》き込んだ。

見慣れた家が映し出されていた。正面からのアオリ――見上げる角度で。すぐ前の道

路からのアングルだった。

「うん、ここ」

そう答えると、彼は「そうか……」と暗い声でつぶやいて、二階の窓を指差した。お祖母ちゃんのいる部屋だ。わたしは顔を近付ける。

窓が開いていた。その上半分にガウスがかかっていた。いわゆる「ボカシ」。

誰かが写り込んでしまったのだろうか。だから顔をガウスで隠したのだろうか。ストリートビューではよく見る光景だ。

敏くんか梓さんか、あるいはお祖母ちゃんか。そう思ったところで、勇大が窓にカーソルを合わせ、カチカチとダブルクリックした。

画像が拡大され、二階部分が大写しになった。

窓の下のサッシから白い壁へ、一メートルほどの黒い亀裂《きれつ》が幾筋も走っている。こんなものがあっただろうか。記憶にない。首を捻《ひね》りながら窓に視線を移す。

ガウスの下部には、ただ真っ暗な空間があるだけだった。ガウスで隠したのが顔なら、ここには胴体が写っているはずだ。

「……なに？　どういうこと？」

思わず訊くと、勇大はカーソルで窓のサッシを示した。

サッシには黒い小さな影が二つ並んでいた。位置的にはちょうど、室内からサッシを摑《つか》んでいる――

手みたいだ。

そう思った瞬間、わたしは息を呑《の》んだ。思考をきっかけに脳が情報を再構成して、新たな像を結んでいた。

二つの影は手だ。真っ黒な手の甲だ。窓の中は暗くて見えないのではない。真っ黒な何かが立っているのだ。かすかな陰影が見えた。細い胴体をした何かが、立ってサッシに手を置いている。

そしてその指は、窓から壁へと伝っている。

亀裂だと思っていたものは全て指だった。針金のように細長い、黒い指が八本。

長い指をした黒いモノが、二階の窓から外を見ている。あるいは――

二階の窓から見下ろしている。

頭の中に雨の音が鳴り響いた。直近に平岩邸を訪ねた時の記憶が甦《よみがえ》った。

犬を連れた男性が立ち去り、角を曲がったその後。わたしは彼のことが気になって、その次に傘の向こうが気になった。二階の窓からの視線を感じていた。気のせいだ妄想だと思っていた。ただ怖気《おじけ》づいているだけだと。

違ったのか。この黒い何かが本当に見ていたのか。

あの家にはこんなモノがいるのか。

「いや……」

口から勝手に言葉が漏れていた。知らない間にモニタから、デスクから距離を取っていた。足が震えている。息が苦しい。

勇大がマウスから手を離してわたしを抱きしめた。

「悪かった。やっぱり見せない方がよかったな」

苦しそうに言う。わたしは彼に抱かれたまま何度も首を振る。勇大は何も悪くない。犬連れの男性のことは話していないし、その後で視線を感じたことも言っていない。怖いのは勇大のせいではない。彼の声が耳元でしていた。

「たまたまそう見えてるだけって思いたいけど、話聞いてると……」

彼も不安なのだろう。顔に出さないだけで本当は怖いのかもしれない。わたしの話と結び付けていろいろ想像しているのかもしれない。今のわたしと同じように。

あの黒いモノは何なのか。砂と関係があるのか。砂を何とも思わない平岩家の人たちとは。

「……大丈夫」

わたしは彼の胸に顔を埋《うず》めたまま言った。「ちょっとビックリしただけ」「もう平気やから」と思い付く限りの言葉を並べ立てる。勇大は右手でわたしの左手を握り締める。彼の温かい指がわたしの指に絡まって、自分の手が冷たいと初めて気付く。

「どっちみちもう行かへんよ」わたしは静かに言った。「連絡もこっちからはせえへんし。約束するから。わたしもイヤやし勇大が心配するのもイヤやし……」

そこで言葉を止めてしまう。勇大の指がわたしの手を不自然にまさぐっている。驚いたような手つきで指を撫《な》でている。

顔を上げると、勇大は目を見開いて、わたしの左手をそろそろと持ち上げた。顔の前に近付けると、彼は訝《いぶか》しげな顔で、

「指輪は？」

と訊いた。

結婚指輪がなくなっていた。

「うそ」と小さく叫んで、わたしは勇大から身体を離した。呆然《ぼうぜん》と左手を見つめながら記憶を辿《たど》る。外した記憶はない。落とした記憶も当然ない。洗い物はここ最近勇大がしてくれていたし、トイレ掃除もお風呂《ふろ》掃除も――

思い当たった瞬間、わたしは冗談のように膝《ひざ》から崩れ落ちた。自分の不注意を心の底から呪い、よりによって今ここで気付いたことに愕然《がくぜん》とする。

手袋を外した時に聞こえた硬い音。あの時だ。あの時に指から抜けて、部屋のどこかに落ちたのだ。梓さんと一緒にお祖母ちゃんを介護したその後だ。この家に越してから心労で痩《や》せてはいたけれど、まさか指輪が簡単に抜けるほどだとは思わなかった。いや、そんなことはどうでもいい。大事なのは、つまり――

結婚指輪が平岩邸にあることだ。

　わずかな望みを託して家中を探し回ったけれど、指輪はどこにも見つからなかった。近所のコンビニにも駅にも交番にも問い合わせてみたけれど、落し物の届出はなかった。足を向けた場所、落とした可能性のある場所は他にない——平岩邸以外は。

「気にしなくていいよ」

　心当たりを告げると、勇大はそう答えた。だから平岩邸には絶対に行くなと繰り返した。悲しんでいるのは硬い表情から分かった。わたしも悲しかった。せっかく勇大が帰ってくるようになったのに、彼が悲しむのを見るのは耐え難かった。

　すっかり体調が戻っても心は少しも晴れなかった。むしろ日に日に暗く曇っていった。

　一週間と三日が過ぎ、日曜日になっていた。

「ごめん、今日はどうしても行かないと」とすまなそうに言う勇大を見送り、わたしはもう一度家の中を探した。冷蔵庫の下も裏も。ベッドの下も。並んだ本棚の隙間もめったに使わないバッグのポケットも、何となく捨てられずにいるデパートの紙袋の中もぜんぶ。

　疲れ果ててダイニングの床に仰《あおむ》向けに寝転がる。時計の針は午後五時を指している。お昼を食べずにいたことを思い出したけれど、お腹はまるで空《す》いていない。

　いつの間にか携帯が鳴っていた。ソファに転がって震えている。

　わたしは起き上がって携帯に手を伸ばした。

「平岩梓です」

梓さんだった。朗らかだけれど、どこか疲れているような、無理しているような口調だった。挨拶《あいさつ》を済ませると、彼女は少し間を開けてから、

「赤ちゃんができたの。三ヶ月」

と言った。電話の向こうの光景が頭に浮かんだ。ソファにもたれて携帯を耳に当て、やつれた顔に幸せそうな微笑を浮かべる梓さんの姿が。

彼女は空いた手でお腹を撫でている。お腹の中には人の形になる前の、小さな赤ちゃんがいる。赤ちゃんが口を開けると、子宮にみっしり詰まった砂がザラザラと――

「おめでとうございます」

わたしはつとめて明るく言った。

「ありがとう」梓さんは答えた。安堵《あんど》したのか長い溜息《ためいき》を吐く。

「ごめんなさいね、迷惑かもって思ったけど、果歩さんには伝えたくて」

「いえ、全然。教えてもらえて嬉《うれ》しいです」

棒読みなのが自分でも分かった。携帯の向こう、梓さんの沈黙を深読みしてしまう。

取り繕おうと次の言葉を探り、わたしはほとんど無意識に指輪のことを説明していた。

結婚指輪をお宅で落としたかもしれない、お祖母《ばあ》ちゃんの部屋のような気がする、拾ったりはしていないか――

「大変！」と梓さんは自分のことのように驚いた。全然気付かなかった、見つけてはいない、ごめんなさい、と辛《つら》そうに言う。

「あの……」罪悪感を抱えながらも、わたしは、「お手数ですけど、探してもらってもいいですか。わたし当分お伺いできなそうで。わがままで申し訳ないんですけど」

「ううん、全然」

彼女はそう答えたが、すぐに「でも」と続ける。

「……ごめんなさい、こんな状況だから、屈《かが》んだりとか、動き回るのも難しくて。お祖母ちゃんの介護も、ヘルパー頼もうかって平岩と相談してるくらいなの」

悩ましそうに言う。妊娠しているから無理だ、と言っているのだ。考えるまでもなく無理な注文で、わたしは自分の頭が少しも回っていないことに悲しくなる。

「果歩さんに自分で探してもらうのが、一番いいかもしれない。つわりでおもてなしとかはできなそうだけど、事前に連絡さえくれれば自由に探してもらっていいから」

「そうですけど、わたしはちょっと」

やんわり拒絶していると、砂の匂いが鼻を突いた。気のせいに決まっているのに、むず痒《がゆ》ささえ覚えてしまう。砂まみれの家。砂まみれのベッドとお祖母ちゃん。

「そうかあ。ううん……あっ、そうだ」

梓さんが不意に声のトーンを上げた。

「旦那《だんな》さんに来てもらったら？　お会いしてみたかったの。いい機会じゃない？」

勇大の顔が脳裏をよぎった。梓さんは自分の提案に盛り上がっている。是非どうぞ、歓迎したい、食べたいものがあったら用意するから、平岩ともきっと仲良く——

「いえ」

夫を巻き込んではいけない。勇大は関わらせてはいけない。だからもう他に手はない。わたしは覚悟を決めて、

「行きます。行って探させてください。逆に今日これから大丈夫だったりします？」

と訊《き》いた。言葉を選ぶ余裕もなかった。失礼だったかと悔やんでいると、梓さんは

「いいですよ。是非」と気にした風もなく答えた。

通話を終えると、わたしは迷いが生じる前に身支度を始めた。何も考えないようにしながら家を出て電車に乗って降りて住宅街へと向かう。出産祝い、と心に浮かんで振り払う。まだ先の話だ。いや、もうこれっきりだ。指輪を見つけたらすぐにおいとまして、そこから平岩家とは関わらない。

あの家には二度と行かない。

足音を鳴らして住宅街を歩き、角を曲がって平岩邸の前に差し掛かる。表札の前で立ち止まって家を見上げる。リビングの大きな窓。カーテン越しに明かりが漏れている。

二階の窓もカーテンが閉まっていた。指輪があるとしたらあの部屋だろうか。敏くんたちとはちょっと話すだけにして、すぐにあそこに行こう。頭の中で段取りを考える。

いつの間にか家から後ずさっていた。無意識に家から距離を置こうとしたらしい。この家に入りたくない。敏くんたちに会いたくない。お祖母ちゃんとも。改めてそう実感する。と同時に指輪のことと勇大のことが脳裏をよぎる。

頭の中でこの先の段取りを何度もおさらいして、わたしはドアホンに指を近付けた。

遠くからハッハッと荒い息遣いが聞こえた。近付いてくる。そう気付いた瞬間、お腹に何かがドンとぶつかった。視界に丸まった尻尾《しっぽ》が見えた。

茶色と白の胴体。尖《とが》った鼻。黒い唇から舌が出ている。

犬だと分かった頃には転んでいた。

咄嗟《とっさ》に顎《あご》を引いたおかげで頭は打たなかったけれど、背中をコンクリートに打ち付けて息が詰まった。「いったあ」と子供のような声が出ていた。

湿った鼻先と熱い息を頬に感じた。噛《か》まれるのか。身の危険を感じたその時、

「こ、こら！」

男性の声がした。お腹に力の入っていない、弱々しい怒鳴り声。タタタと小刻みの足音が近付く。鼻先の感触が消える。バタバタと組み合うような音。

どうにか目を開けると、青黒く暮れた空を背にして、男性が立っていた。クウンと鳴く犬を抱いて、心配そうにわたしを見下ろしている。

平岩邸を見上げていた男性だった。暗い中に年齢不詳の弛《たる》んだ白い顔が、ぼんやり浮かんで見えた。

「だ、だ」

男性はそう口にしながら、手を差し伸べようとしてすぐ戻す。だ、だ、とまた言ってまた中途半端に手を差し出す。

彼の様子を見ている間に背中の痛みが引いていた。起き上がると、彼は唇を舐《な》めて、

「だ……大丈夫ですか」

と訊いた。息が切れている。わたしは「大丈夫です」と答えた。バッグを拾い上げ、背中とお尻《しり》をはたく。犬は男性の足元でそっぽを向いていた。

怪我をしている感じはしない。ジーンズもコートも破れてはいなさそうだ。確認していると、

「ごめんなさい」

男性が小刻みに頭を下げて、「すいません、すいません」と繰り返す。今にも泣きそうな声だった。顔も苦しげに歪《ゆが》んでいる。

「大丈夫ですって」

わたしは言った。「怪我もしてへんみたいですし」と続ける。

犬がわたしを見上げて、くぅん、と甘えた声で鳴いた。さっきのことはもう忘れたのか。見たところだいぶ年を取っているらしい。犬も認知症になるとどこかで聞いたような気もする。

痛みはもうない。腹も立っていない。男性に笑みを向ける余裕すらあった。彼はまだ詫《わ》びの言葉を繰り返している。

「気にせんとってください」

そう言うと、男性はぼさぼさの頭を掻《か》き毟《むし》って、「……すいません」とまた頭を下げ

た。じゃあ、とわたしは平岩邸の門に向き直る。

「あの」

呼び止める声がした。

男性が道路に視線を落としたまま、

「そ、その家」

と辛《つら》そうに口にする。ざわっと胸の奥が音を立てた。

「その家の方ですか。そこに住んで……お住まいですか」

「……いえ」

わたしは答えた。緊張が高まっていく。不安も。

「友達です、平岩さんの。今日はちょっと用事があって」

とっさにそう説明してしまう。質問の意図は分からないけれど、そこは否定したかった。否定せずにはいられなかった。

わたしはこの家の人間ではない。こんなおかしな家の人間では。

「あ……」

男性は何か言おうとして、そこで不意に頭を押さえた。辛そうに歯を食いしばり、呻《うめ》き声を漏らす。

思わず声をかけようとすると、男性は突然駆け出した。犬がその後を追う。夜道を走る彼と犬が黒い影になり、暗闇に紛れて見えなくなる。

わたしは呆然《ぼうぜん》と佇《たたず》んでいた。彼のわずかな言葉が耳にひっかかっていた。その家。お住まいですか。

あの人は平岩家がおかしいのを知っている。そう思ってしまう。知っていて何か伝えようとした。でもできなかった。頭が急に痛くなったように見えた。ということは——治ったはずの喉《のど》にチクリと痛みが走った。二階の窓の黒いモノを思い出す。

勇大のこと指輪のことだけを考えるようにして、わたしはドアホンを押した。

梓さんと敏くんに迎え入れられると、わたしは挨拶《あいさつ》もそこそこに二階へ上がった。梓さんが階段を上ろうとするのを、敏くんが「ええって。休んどき」と心配そうに止める。

「梓に聞いてざっと探してみてんけど、今んとこ見つかってへんわ」

階段から振り返って敏くんは言った。

「お祖母《ばあ》ちゃんの部屋も？」

「うん。あとリビングとトイレ。他はないやろ。風呂《ふろ》とか俺らの部屋とか……」

あ、と敏くんは何かに気付く。

「ゴミに交じってるかもしれんな。掃除機で吸い込んで——ってことは掃除機もか」

くるりと身体ごと振り返ると、

「見てくるわ。手分けして探そ」

「う、うん」

勢いに押されながらうなずくと、彼は「じゃ」と階段を駆け下りた。足元にかすかに埃《ほこり》が――砂埃が舞うのが見えた。

お祖母ちゃんは眠っていた。目を閉じて口を半開きにして、かすかな寝息を立てていた。掛け布団がほんの少しだけ上下している。布団の下を想像しないようにして、わたしはベッドへそろそろと近付くと、

「……ちょっと探し物させてね」

そう囁《ささや》いてから指輪を探し始めた。まずはベッドの下。簞笥《たんす》の裏の隙間。指輪以外のことをなるべく考えないように努める。勇大のこと以外を思い浮かべないように。そう頑張ってもこの家のことが次々と頭の中に膨らんでいく。

敏くんと梓さんはおかしい。砂が変だと思っていない。お祖母ちゃんがこんなことになっているのに、気にしている様子もなかった。わたしに告げる必要はない、少なくともそう判断しているらしい。

そしてお祖母ちゃんもおかしい。砂まみれでも平気そうだった。認知症のせいだとは思えない。可能性はあるけれど考えられずにいる。

わたしは考えてしまう。カーペットを捲《めく》れるだけ捲りながら考えてしまう。

神戸の敏くんの家は普通だった。敏くんの部屋もお祖母ちゃんの部屋も。覚えている限りでは二人とも変わったところはなかった。敏くんのお母さんも普通だった。

わたしは考えてしまう。箪笥を動かしながら考えてしまう。

つまり敏くんの家庭が以前からおかしかったわけではない。

おかしい家の子は他にいくらでも思い出せる。

中学の同級生、重田《しげた》さんの家は今でいうゴミ屋敷に近かった。どの部屋も床が見えないほどゴミが積もっていて、ご両親はゴミの山にもたれてテレビを観ていた。わたしには全く興味を示さずに。重田さんは特に気にしている様子もなかった。

「ご飯はどないしてんの？」

彼女の部屋で思い切って訊《き》くと、彼女はゴミの山から開封済みのポテトチップの袋を拾い上げて、「今日はこれ」と平然と答えた。

わたしは考えてしまう。

だとすれば、お祖母ちゃんと敏くんと梓さんは、どこかでおかしくなったわけだ。三人が同じようにおかしくなるタイミング。一番考えられるのは――

この家に住んでからだ。

抽斗《ひきだし》を改めていたわたしはそこで固まった。頭にはストリートビューで見た画像が浮かんでいた。二階の窓の拡大画像――つまりこの部屋の窓の画像が。

途端に背後が気になった。部屋でする音が一際大きく耳に響いた。

お祖母ちゃんの寝息。自分の呼吸。エアコンの稼働音。自分の鼓動。

ジリリリリン、と黒電話の音が部屋に轟《とどろ》き、わたしは縮み上がった。自分の携帯の着信音だと遅れて気付く。バッグから取り出して表示を見ると、〈笹倉勇大〉と表示されていた。

「……もしもし」

「平岩さん家《ち》にいるのか？」

挨拶もなしに勇大が訊いた。図星を指されて息が詰まる。「うん」とどうにか答えると、彼は、

「すぐに出ろ。帰れ」と厳しい声で言った。わたしは声を潜めて、

「ごめん、でも指輪が――」

「その家は本当におかしい。ひょっとして危険かもしれない」

彼はそこで黙る。慌てているのか焦っているのか荒い息が聞こえる。

「どういうこと？」

「お祖母ちゃんがいるって言ってたよな？　寝たきりの。介護もしたって」

「うん」

「ヒライワトシエさん？」

「そう」わたしはお祖母ちゃんに視線を向ける。彼女はすやすやと眠っている。

電話の向こうで勇大がうなった。ややあって、

「トシエさんは去年亡くなってる」

と言った。

「近所に住んでる同僚から聞いた。通夜に行ったらしい。平岩さんたちとは道で会ったら挨拶する程度の関係らしいけど、案内状が届いたそうだ。場所は近くのセレモニーホール」

一呼吸置くと、

「平岩夫婦もいたって。特に変わったところのない、ごく普通の通夜だったって。棺《ひつぎ》も祭壇も遺影も普通にあって」

「嘘やそんなん」

わたしは無意識にそう返していた。はは、と乾いた笑い声が漏れる。

「お祖母ちゃん今目の前にいてはるよ。寝てるけど」

ベッドの彼女を眺めながら言う。

「あの――理屈で考えてみよう。今から」

勇大はふう、と溜息《ためいき》を吐いて、「まず、そのお祖母ちゃんは果歩を果歩と認識しているか。そこはどう？」と訊《たず》ねる。

「してない」わたしは即座に答える。「認知症。わたしのことマリちゃんって呼んでる」

「じゃあ次。訛《なま》りは？　典型的な関西のオバちゃんだって前に」

「……どうやろう」

黒い雲が胸に広がっていた。分からない。言われてみればそこまで訛っていなかった気がする。

「最後」勇大はゆっくりと、「当時と今とで一致する点はあるか。見た目でも態度でも口癖でもいいけど。でもこないだ言ってたよな——まるで別人だって」

「いやでも」わたしは震える唇で、

「敏くんも梓さんも、そんなこと」

「その二人はおかしいんだろ？　そこは前提じゃないのか」

勇大が呆《あき》れたように言った。

足元が崩れ落ちるような感覚を覚えていた。身体が固まって動かない。

「全部思い込みだよ」勇大は沈んだ声で、「果歩が目の前にいるお婆さんをトシエさんだと思っているのは、単なる先入観でしかない。平岩夫妻がその人をお祖母ちゃんと呼んで、お祖母ちゃんとして接してるから。あとは——表札にそう書いてあるから、かな」と言った。

わたしは呆然《ぼうぜん》とお祖母ちゃんを見ていた。お祖母ちゃんと呼んでいた、お祖母ちゃんだと思っていた老婆を。

彼女の瞼《まぶた》がぴくぴくと痙攣《けいれん》していた。開いた口から「ああ」と嗄《しわが》れた声が漏れる。

「何から何までおかしい……異常……から今すぐ逃……」

勇大の声が遠い。頭がくらくらする。部屋が回っているような感覚。

足に力が入らなくなって、わたしはその場にへたり込んだ。耳から携帯を離しぼんやりとベッドを眺める。

お祖母《ばあ》ちゃんだと思っていた老婆がわたしを見つめていた。

「ま……」開いた口からゆっくり「マリ、ちゃん」と、知らない誰かの名前を呼んだ。

視界が滲《にじ》んだ。涙が目から溢《あふ》れて、頬を伝うのが分かった。

この部屋の外には何もない。世界はこの四角い空間だけしかない。そんな感覚に襲われていた。

「あったぞ！」

遠くから声がした。敏くんだ、と遅れて頭が認識する。ドタドタと階段を駆け上がる音が迫る。振り返ったと同時にドアが勢いよく開いた。

敏くんが笑顔で立っていた。ピンクゴールドの指輪を摘《つま》んでわたしにかざしてみせる。石の付いていない細い指輪。つまり結婚指輪だ。わたしの指輪だ。

そうだ、わたしはこれを探しに来たのだ。

「ゴミ袋に入っとったわ、多分あれや、掃除機で吸い込んで、そっからゴミ――」

声が小さくなって途切れる。敏くんはきょとんとした顔で、

「なに泣いてんねん」

と訊いた。

わたしは彼の顔を見上げながら、

「……この人、誰？」

とベッドの老婆を手で示した。敏くんは「へ？」と声を上げると、

「お祖母ちゃんやけど」

と不思議そうに言った。

「そうやなくて」わたしは洟《はな》を啜《すす》ると、「淑恵さん？　わたしの知ってる淑恵お祖母ちゃんなん？」と訊きなおす。

「ああ、それか」敏くんはごく普通の調子で、「違うよ。去年亡くなったし」と返す。

確定だ。わたしは思った。お祖母ちゃんは死んでいて、そこにいる老婆は別人だ。

「誰なん？」

再び問いかけると、敏くんは、

「淑恵お祖母ちゃんがこっちで作った友達。一人で住んではったし身寄りもないしで、じゃあって連れてきて。そっからはお祖母ちゃんになった」

「え？」

思わず声が出てしまう。最後の方でいきなり意味が分からなくなった。じゃあとは何だ。連れてきてとはどういうことだ。そこからお祖母ちゃんに「なった」とは。

「えって言われてもお前」

敏くんは頭を掻《か》いて、

「それは普通やろ」

苦笑しながら「ほれ」と指輪を差し出した。蛍光灯の光を受けてキラリと光る。

わたしは手を差し伸べて、指先で指輪を受け取った。敏くんの手に触れないよう細心の注意を払った。

用事は済んだ。探し物は見つかった。勇大も喜ぶだろう。頭の一部はそう思っていた。でも少しも安心できなかった。むしろ叫び出しそうなくらい不安で仕方がなかった。

この家は本当におかしい。

狂っている。重田さんのゴミ屋敷なんかとは比べ物にならないほどズレている。砂を気にしないだけではない。家が汚いことに無関心なだけではない。

何かが決定的に違っている。壊れている。

「嫌だ」

無意識に呟《つぶや》いていた。言うな黙れと理性が命じているのに、止められない。

「もう嫌だ、こんな家。おかしいよ」

「マリちゃん」

背後で老婆が呼んだ。聞いただけで首筋にぞわぞわと鳥肌が立った。逃げろ逃げろと頭の奥の方が自分に命令している。手を突いて足に力を入れて、立ち上がろうとしたその時、
さああああああああああああ
ベッドの方から砂の流れる音がした。

わたしは振り向けなかった。思わず指輪を握り締める。

敏くんが「まあ、見つかってよかったわ」と優しい声で言った。

老婆が呻《うめ》く。「いらない？　ころすの？」と不可解なことを口にする。誰かに質問するような口調で。

「このマリちゃんはいらなくなったの？　そう……」

視界の左右が茶色く煙り、みるみる視界全体を覆う。わたしは振り向けないでいる。立ち上がれないでいる。鼻腔《びこう》にざらりとした感触が走った。次の瞬間、

「う……げほっ」

わたしは咳《せ》き込んでいた。突き刺すような痛みが頭を貫いて、その場にうずくまる。

敏くんは何も言わない。わたしがこんなことになっているのに何のリアクションもしない。咳き込むたびに喉《のど》が破裂しそうになり頭が割れそうになる。息ができない。立ち上がることもできない。そして考えることも思うことも。痛い苦しい以外は何も。

さあああああああああああ
「ありがとね……ししりば」

意識を失う直前、お祖母ちゃんだった老婆がそう言うのが聞こえた。

第四章　日常生活

目が覚めるのと同時に頭の中で砂が鳴った。ザリザリと音を立てて脳細胞を削り、神経を傷付けている。

窓を開け、双眼鏡で平岩邸の屋根を見続けて、窓を閉める。時計は一時十五分。着替えてネットを巡回し、指笛で銀を呼ぶ。銀とひとしきりじゃれあった頃にお袋が呼ぶ声がする。おはよう、ご飯よ。

僕は思うこと考えることを止めて部屋を出る。銀を抱きかかえて急な階段を下り、狭いダイニングでお袋と向かい合って食事をする。パートは休みだという。

「平岩さんとこのお婆ちゃん、亡くなったって」

お袋が言った。天寿だろう、九十歳らしいから大往生だ、今夜お通夜だからお焼香しに行こうかしら、などと一方的に話し続ける。僕は時折相槌《あいづち》を挟みながら、心の中で腑《ふ》に落ちる。

一昨日《おととい》だったかの深夜の救急車は、平岩家のお婆さんを救護しに来たのだ。

「告別式にも行こうかしらね。どう思う？」

銀を抱いて部屋に戻った。ネットを見た後銀を散歩に連れ出した。いつもと同じように。僕は葬式に行く行かないの話がどっちつかずに終わると、お袋は家の掃除を始めた。僕は

「じゃあ行かなきゃいいよ」僕はまた適当に言う。

「でも特にお付き合いないし、案内状も来てないし」

「行ってきたら」僕は適当に答える。

昼の散歩から帰って玄関で足を拭《ふ》いてやる。銀の足腰はまだしっかりしている方だが、手で摑《つか》むと昔よりは痩《や》せ衰えているのが分かる。いずれ歩けなくなる日も来るだろう。

「いずれ」がいつ来るかは考えないようにした。その先のことも。

僕は階段を上って自分の部屋に戻る。そして布団に寝そべってスマホをいじる。

話題のネットニュースと炎上案件と世界の動物ニュースを順に閲覧する。

頰に湿り気を帯びた何かが押し付けられ、僕は目を開けた。銀がクーンとかすかな声を上げて、僕の顔を鼻先で突《つつ》いていた。部屋が薄暗い。

どうやらうたた寝をしていたらしい。たまにあることで特に珍しくはない。

僕は銀の喉を撫《な》でようとして気付いた。

呼んでいないのに銀がこの部屋にいる。これはいつもと違う。

「どうした？」

僕は訊《き》いた。銀はクーン、と再び鳴いてドアの方を向いた。そのまま動かない。半開きのドアを見ている。耳をぴんと立てて、首筋をしゃんとさせて。

「銀」

呼びかけても反応しない。もう一度名前を呼ぼうとしたその時、階下でピンポン、と呼び鈴の鳴る音がした。

僕はほとんど自動的に立ち上がるとドアを閉めた。誰かが来た時の癖、というより習慣だった。

キュウ、と悲しそうな声がした。振り返ると銀が起き上がっていた。ゆっくり僕の脇を通り過ぎて、ドアを前足で引っかく。わずかに開けてやっても出て行く素振りは見せない。僕を見上げて再び小さく鳴く。どうしたのだろう。僕は不思議に思いながら部屋の電気を点《つ》けた。いつもと違うことが起こっている。

下で母親の声がした。

えっ、あらあ、うそぉ。

ひどく驚いている。

お久しぶりぃ、まあずいぶん綺麗《きれい》になって。

来客は女性らしい。母親とは知り合いで永らく会っていなかったらしい。

わずかな言葉を頼りに推理めいたことをしながら、僕はドアの隙間から階段を覗《のぞ》き込む。手すりの向こう、玄関にお袋の後ろ姿が見える。来客の姿は見えない。

「哲也《てつや》さんはいらっしゃいますか？」

よく通る女性の声が階段を突っ切って、僕の頭を貫いた。

慌ててドアを閉める。銀がまたクーンと鳴いたが構ってはいられない。僕は部屋をぐるぐる回って、最終的に布団に潜り込んだ。

誰だろう。僕に何の用だろう。無駄だと分かりつつ僕はお袋に念じる。招き入れないでくれ、追い返してくれ。誰とも会いたくない。会えない。

布団の中で震えていると、遠くで玄関ドアの閉まる音がした。

息を潜めていると、ギッ、と階段を踏む音がした。全身が縮み上がる。

規則的な足音が近付いてくる。無視を決め込もう。ノックをされても呼びかけられても答えずにいよう。中に入ってくることはない。さっき鍵《かぎ》をちゃんと――

鍵をかけ忘れた、と気付き、僕は布団を撥《は》ね除《の》けた。同時にドアが二度ノックされた。

「比嘉です」

よく通る声がした。すぐに、

「比嘉琴子です。小中の時に一緒だった」

と続く。僕は声も出せずただドアを見ていた。銀が心配そうに僕に目を向ける。

比嘉琴子。まさか。あの比嘉さんなのか。

純のこと功のことが頭に浮かんだ。ザリザリと砂が鳴る。冷や汗が身体中から流れ出している。

「五十嵐くん？」

また声がした。苗字《みょうじ》だ。そうだ。彼女は僕を苗字で呼んでいた。当たり前のことだ。下の名前で呼ぶほど親しくはなかった。あの日以前もそうだった。あの日以降はもっと距離ができた。その彼女がなぜ今ここに。

銀がドアを引っかいていた。またもや切ない声で鳴いて、僕を見つめる。混乱が治まらない。状況がおかしい。いつもと違うことが起こりすぎている。

「な……何しに」僕は上ずった声で、「何しに来た」と訊いた。どうかというくらい片言になっていた。聞こえたかどうかも怪しいくらいの小声だった。

しばしの沈黙の後、

「旧交を温めに」

そう声がした。意味を理解するのに時間がかかった。

「旧交って……」

「そう」声が答える。「話したいこともあるし」と続く。

黙っているとドアがいきなり開いた。僕は咄嗟《とっさ》に布団で口元まで隠す。

ポニーテールの小柄な女性が立っていた。黒いタイトなスラックスに長袖《ながそで》の白いシャツ。首には紫色のスカーフを巻いている。

手には日焼け防止用の黒い手袋をしていた。大きな黒いトートバッグを提げていた。化粧の薄い顔には何の表情も浮かんでいない。

比嘉さんだ。

濃い眉《まゆ》と目元に当時の面影があった。

「久しぶり」

わずかに歯を見せると、彼女は「入ってもいい？」と訊いた。まっすぐな視線が僕を射貫《いぬ》く。

それだけのことで僕はすっかり気圧《けお》され、うなずいていた。


とりあえず布団を押入れに突っ込み、代わりに座布団を引っ張り出してすぐに仕舞った。手にしただけで埃《ほこり》が舞ったからだ。

比嘉さんは部屋の隅に佇《たたず》んでいた。銀は警戒する素振りすら見せず、彼女の脚に纏《まと》わり付いていた。

どうしたものか分からず立ちすくんでいると、お袋が茶菓子の盆を手に、ドアの前に現れた。興味深げな顔のお袋から盆を受け取ると、脚でドアを閉める。

ペットボトルのお茶とコップ、煎餅《せんべい》とチョコレートの載った盆を手に次の対応を考えていると、比嘉さんと目が合った。

「十三年ぶり？」

彼女が軽い口調で訊く。僕は「たぶん」と曖昧《あいまい》に答えると、部屋の中央に盆を置いた。

　お袋が階段を下りる音を背中に聞いていると、比嘉さんが向かいに音もなく正座した。銀がその隣に寝そべり、比嘉さんの太股《ふともも》に頬を擦《こす》り付けた。

　初対面のはずなのにすっかり懐いている。僕と同じかそれ以上に。

「単刀直入に訊くけど」

　いきなり比嘉さんが切り出した。

「な……なに？」僕はそれだけ返す。

「今のこの状況は、あの家のせい？」

　僕は思わず彼女の顔をまじまじと見てしまう。

「あの家であああいうことがあった。その結果自分はこうなった。五十嵐くんはそう考えてるの？」

　表情をまるで変えず質問を続ける。真剣な目で僕を見つめている。

　僕はしぶしぶ「ああ」と答えた。

　比嘉さんはしばらく黙っていたが、

「お墓参りに行ったの。ここに来る前に」

　と、またもや唐突に言った。

「相馬くんと吉永くんのお墓」

　低い声でそう付け足す。えっ、と僕の口から声が出ていた。

　相馬くん――功はすぐに分かった。

だがもう一人の吉永純は。「吉永くんのお墓」とは。

「吉永くんは二十五歳――三年前まで生きていたそうよ。ずっと眠ったまま」

比嘉さんが淡々と言った。

僕は呆然《ぼうぜん》として比嘉さんの仏頂面を見つめていた。彼女は僕から視線を離さず、銀の頭を撫でていた。銀は目を細めて鼻を鳴らしていた。

ザリザリ、と頭蓋骨《ずがいこつ》の内側で砂が鳴る。

功だけでなく純まで死んだ。あの家に行ってからおかしくなって、その結果死んだ。そうとしか考えられない。呪い、祟《たた》り、怨念《おんねん》、悪霊、それらしい言葉が頭にいくつも浮かぶ。

ザリザリ、ザリザリ

「あの家のせいだと思う」

比嘉さんは僕が考えていたとおりのことを言った。

「二人が亡くなったのも、五十嵐くんがこうなってるのも」

彼女は部屋に視線を走らせる。僕の今の状況について観察している。

ざ、ざ、ざ……

「訊《き》いてもいい？」

彼女が言った。わずかに顔を近付けると、「話してもらってもいいかしら。五十嵐くんが今具体的にどうなってるか。見たところ――頭に何か入っている。少なくともそんな感覚がしている。違う？」

と訊いた。視線が逸《そ》れる。僕の頭を見ている。

僕は右手で側頭部を押さえている自分に気付いた。

彼女を見つめながらホーッ、と大きく息を吐いた。緊張はほとんど解けなかったけれど、砂の音は遠ざかっていた。

平岩家の老婆が亡くなった。わずかな変化だ。比嘉さんが来た。ここからは大きな変化だ。彼女は僕に純の死を知らせ、おまけに僕に「話せ」と言う。立て続けに変化が起こりすぎている。それに話すなんてできない。お袋にだって言っていないのに。ましてや赤の他人になんて。

「む……無理」

僕は視線を逸らした。菓子の盆を見つめながら、

「なんで急に」

そもそもの疑問を口にする。そうだ、既にそこからしておかしい。この状況はどう考えてもおかしい。僕はおかしな事態に陥っている。平穏な日常が脅かされている。帰ってくれ、と喉元《のどもと》まで出かかったところで、

「ごめんね」

比嘉さんの声がした。ほんの少しではあったけれど感情がこもっていた。「いきなり来てこれじゃ、困るのも当然よね」

溜息《ためいき》を吐く。銀が悲しそうにクーと鳴いて、僕はそろそろと顔を上げる。

銀は比嘉さんに全身を預け、頬をぺろぺろと舐《な》めていた。鼻先を彼女の口元に押し付けてさえいた。

比嘉さんはされるがままになっていた。全く表情を変えず、銀の身体を抱いて支えている。楽しそうにも嫌がっているようにも見えなかったが、僕は、

「……銀、おすわり」

とりあえずそう命じた。

銀は振り返ってウウ、と牙《きば》を剝《む》いた。銀がそんな顔をするのは久しぶりだった。思わずたじろいでしまう。

銀は口を閉じると、何事もなかったかのように比嘉さんの隣に座った。

何から何までおかしなことばかりだった。銀までいつもと違っている。

「ありがとう」

比嘉さんが言った。思わず「え?」と返すと、彼女はわずかに首をかしげて、

「困ってた。どうしたらいいか分からなくて。犬なんて飼ったこともないし」

「……そ、そんな風には」

「こういう顔だから」

彼女は自分の頬に触れると、「というより、あの家に行った後からこうなった。正確には帰って半月寝込んで治ってから。それまでとは見え方も考え方も何もかも変わった。

子供みたいに怯《おび》えなくなった。子供だったけど」

毎晩思い返している記憶。その終盤が頭に浮かぶ。冷たくそっけなく近寄りがたい彼女の姿を思い出す。現在の比嘉さんと矛盾しない姿を。あの日までとはまるで違う彼女を。

「わたしも変わったの。あの家のせいで」

比嘉さんは言った。僕は無意識にうなずいていた。

「だから聞かせて。五十嵐くんのこと」さっきと同じ意味のことを、さっきより穏やかに口にする。さっきよりすんなりと頭に届く。

「……うん」

僕はそう答えていた。

正直に頭の砂について話した。その結果僕がどんな人生を送って、今はどうしているのか。起きて家を観察して寝るだけの日々についても打ち明けていた。

いざ言葉にすると惨めな気持ちに襲われ、何度も黙ってしまったが、その度に比嘉さんが質問を挟んだ。決して急《せ》かすような口調ではないのに、話さなくてはいけないような迫力があった。

「……それで、今に至るというか」

話し終わった僕は疲労困憊《こんぱい》していた。「ありがとう、話してくれて」と比嘉さんは礼を言ったが、返答する力すら残っていなかった。暑くもないのに汗だくになっていた。

二リットルサイズのペットボトルはいつの間にか空になっていた。

銀は比嘉さんに撫《な》でられて眠っていた。

比嘉さんは揃えた膝《ひざ》に視線を落として考え込んでいたが、やがて、

「今度はわたしが話してもいい？」

そう訊《たず》ねた。僕は力なくうなずく。彼女は傍らのトートバッグに手を突っ込んで、そのまま動きを止めた。何かに気付いた。そして躊躇《ためら》っている。そんな風に見えた。

「五十嵐くん――」

彼女はわずかに眉《まゆ》を寄せて、

「ここは禁煙？」

と訊いた。

半分ほど開いた窓の前で煙草を吹かす比嘉さんを見て、僕はまた混乱していた。彼女が喫煙するとはまったく想像していなかった。あの日以前の彼女を知っているとなおさら。

暗い外に向けて紫煙を吐き出すと、比嘉さんは携帯灰皿に煙草を突っ込んだ。最小限の動きで揉《も》み消すと灰皿の口を閉じ、窓を閉める。

「ごめんね」

そう言うと僕の前に再び腰を下ろした。煙草のにおいがかすかに鼻を突く。銀がうっすら目を開けたが、すぐまた眠そうに閉じる。

「いや……全然」髪を掻《か》き回しながら、僕は、「ちょっと驚いたけど」と素直に答えた。彼女にこれまでのことを説明して、話すことのストレスはだいぶ薄らいでいた。

「止めたいけどね、本当は」

比嘉さんは盆を脇にどけると、「仕事で吸ってるうちに手放せなくなった」そう言ってトートバッグを抱え、中から大きな本を引っ張り出した。僕の前にそっと置く。真茶色く汚れたボロボロの本だった。表紙に何か書かれているが薄れて読めない。真ん中あたりにいくつか青い付箋《ふせん》が挟まれている。

「中学の時に言ったと思うけど」

比嘉さんは表紙に触れると、

「あの日あの家で、わたしは何かの声を聞いた」

僕に視線を向ける。

「話しかけてきた、と言った方が正確かも。最初は遠くから。次第に声が大きくなって、それで――よく分からなくなった」

あの時だ。僕はすぐに記憶と照らし合わせる。比嘉さんが独り言を言いながら、うっすら笑みを浮かべている姿を。

「声にいろいろ訊かれたわ。お前はこの家のものか。そこにいるのはお前の子供か、兄弟か。わたしは疑問に思った。この声は何なのか。あなたは誰なのか。そしたら声が答えた。自分はしいしりばだと」

僕はうなずく。彼女は再び話し始める。

「あの家にはあの日から近付かなかった。気にはなってたけどあまり考えないようにした。仕事であちこち回るようになってからは特に。こっちに帰る用事もなかったし」

それまで何の表情も浮かんでいなかった顔がわずかに曇っていた。

「でもこないだ、埼玉のある旧家にお邪魔して調べ物をしていたら」

比嘉さんは本をめくった。付箋のあるページを開くと、

「こんなのを見つけて、それで――考えざるを得なくなった。あの家はどうなったか。吉永くんと五十嵐くんはどうしているのか」

そこで視線を本に落とした。

黄ばんだページに白黒写真が大きく載っていた。印刷が粗くこの距離からでも粒子が見えた。大きな座敷に長い板のようなものが立っている。

板には模様、いや――絵が描かれている。そこで僕はようやく理解する。

屏風《びょうぶ》だ。これは屏風を撮った写真だ。

彼女はページをめくった。屏風絵が大写しになっている。僕は顔を近づけて目を凝らした。

屏風には屋敷が描かれていた。斜め上からのアングルで屋根や天井が省略されている。

よく見る絵面《えづら》だ。

「奥」「向こう」と表現したらいいのだろうか、絵の左上に小さな門が描かれていた。門柱の前には狛犬《こまいぬ》の像が立っている。片方は口を開け、もう片方は口を閉じてこちらを睨《にら》みつけている。ということは寺社を描いたものだろうか。

僕は屋敷を見回したが、仏像や僧侶《そうりょ》、宮司の姿は見当たらなかった。

屋敷の真ん中、広間には和装の人々が十人ほど座っていた。盃《さかずき》を持っている者、箸《はし》を手にしている者。扇子を振り上げている者。立ち上がって両手を挙げている女性は舞っているのだろうか。

彼らの顔は笑っているように見えた。

座敷の床にはたくさんの黒い楕円《だえん》が描かれていた。畳でも板張りでもない、白黒だと白にしか見えない床。人物の足が床に埋まっているようにも見える。

僕はそこで気付いた。

これは床ではない。砂だ。砂が座敷一面に積もっている。黒い楕円は足跡だ。

砂が積もった座敷で、人々が宴《うたげ》に興じている。

縁側から庭へと流れ落ちた砂が、いくつもの小さな山を形作っていた。

「これ……」

「来歴は分からない。印刷がほとんど消えているの。注釈も何もかも。でも」

比嘉さんはまたページをめくった。屏風の隅が印刷されていた。落款《らっかん》と言うのだろうか。四角い判が大小いくつも捺《お》されている。そしてその上には流れるような筆跡で文字が書かれている。かろうじて読める。最初の縦線にしか見えないのは「し」で、その次もおそらく「し」で――

僕はハッとして比嘉さんを見た。彼女はかすかにうなずいて、

「ししりはのむろ、って読める」

と低い声で言った。『むろ』は室――家のことね」と続ける。

「屏風絵が描かれたのは江戸時代だと思う。この地方に人が集まるのは江戸になってからだし。服装なんかも当時のものだし」

「……でも」僕は思わず、「こ、これって何なの」と訊《き》いた。

「というと？」比嘉さんが訊く。

「これは何の絵？」

僕は率直に訊いた。

この絵があの家――幽霊屋敷に似ているのは分かった。書かれている文字が比嘉さんの聞いた「ししりば」に通じるのも分かった。つまりこの絵とあの家には何らかの関係がある。そこまでは分かる。

でも僕には、この絵が何を意味しているのかが分からなかった。そういう奇妙な家があるという記録なのか。何かの風習なのか。あるいは事件なり出来事なりを描いたものか。

僕たちの体験とも結びつかない。絵の中の人々は楽しげだが、僕たちが体験したのは恐ろしいものだった。それどころか純は、功は。

「見えなかった？」

比嘉さんが訊いた。答える前にさっきのページに戻る。「まあ、かすれて分かりにくいけど――」とつぶやきながら屏風絵を指す。

部屋の奥――床柱の隣に、ぼんやりと何かが描かれていた。人影にしか見えない。それもひどく細長い影。手足が描かれているのがかろうじて見える。胴体よりさらに細く糸のようだ。丸い頭は存在しない天井より上に描かれていた。

つまりこの人影はとても背が高い。ちょうど――

比嘉さんの前に立っていたモノのように。

「この本はね、『武蔵《むさし》国奇怪集』っていうの。奥付に書いてあった」

彼女は硬い声で、「刊行は昭和十年。他のページには掛け軸だったり巻物だったり、江戸の瓦版《かわらばん》だったりの写真が載ってるわ。どれもこれも妖怪《ようかい》や化け物、謎の怪物を描いたものよ。手間隙《ひま》はともかく内容的には今のオカルト本と大差ない。コンビニなんかで売られている、ネットの画像を寄せ集めた本とね。つまり」

床柱の長い影をトントンと指で叩《たた》くと、

「この絵はこいつのことを描いている。こいつは化け物、奇怪なモノである。少なくとも著者なり編纂《へんさん》者なりはそう理解してこの本に収録している」

と言った。

比嘉さんの言葉を必死で整理して、僕はどうにかうなずいた。事実は確かめようがないにしても、この本を作った人は認識したわけだ。この屏風絵は妖怪、化け物が描かれている、と。

僕は屏風絵の写真を黙って見つめていた。床柱の傍らに立った細長い影を。砂の上で戯れている人々を見下ろしている影を。

「わたしの記憶とも一致する。砂もそうだけど、この影も」

比嘉さんが言った。顔を上げると彼女は唇を固く結んでいた。小さな身体に力が入っているのが分かる。目は食い入るように屏風絵を見つめていた。影を指す指がかすかに震えていた。

怖がっている。僕にはそう見えた。

本から視線を外すと彼女は足元の煙草を摑《つか》んだ。「ごめん、もう一本だけ」と口にすると立ち上がって窓際へと向かう。彼女が窓をカラカラと開けると、夜風が部屋に流れ込んだ。

「……すごいね」

僕はそうつぶやいていた。「調べたんだ」

「そう」

比嘉さんは僕に背を向けたまま答えた。煙草に火を点《つ》け、

「調べてどうなったわけでもないけど、約束は果たしておこうかと」

そう言って咥《くわ》える。深々と吸い込んで、真っ白な煙を勢いよく外へと吐き出す。

ありがとう、と言うべきだろうか。十三年越しに約束を果たしてくれてありがとう、と。嬉《うれ》しい気持ちはなくもなかった。でもそれ以上に戸惑っていた。あの家のことがますます頭から離れなくなっている。

じりり、と頭の中で音がした。

「でも」

比嘉さんは振り返ると、

「五十嵐くんに会ったら目的ができた」

「目的？」

「そう」

煙草を指で弄《もてあそ》びながら、

「五十嵐くんの――頭の砂を取り払う」

と言った。

「……え？」

僕はそう訊いていた。言っている意味は分かるけれどあまりにも突飛だった。疑問も瞬時に膨らんでいた。比嘉さんが何をどうすれば頭の砂が取れるというのか。

「見たところ何も感じない。いわゆる霊障や呪いとは違うみたいね。というよりわたしが知らないタイプなのかも。だからやり方も分からない。祓《はら》い方、清め方が」

比嘉さんは淀《よど》みなく話している。僕の心がざわざわと不安に揺れている。耳慣れてはいるけれど直接は聞いたことのない言葉に、心を掻《か》き乱されている。

「あの家に行くのが近道かも知れないけど、日を改めないと。五十嵐くんの話だと何も起こってないらしいのが気にはなるし、お住まいの人にはどう説明したらいいかも考えないといけない。いつもは基本『うちの家にいる何かをお祓いしてくれ』だから楽なんだけど……」

彼女の言葉がますます不可解になっていく。正直なところ胡散臭《うさんくさ》くなっている。怪しくいかがわしくなっている。

「あ、あの」僕は口を挟むと、「何の話？」と訊いた。

比嘉さんの右眉《まゆ》がぴくりと動いた。煙草を咥えてじっと僕を見つめていた。やがて彼女は溜息《ためいき》とともに煙を吐き出して、

「ごめんね、とっくに知ってるものだと。小五の頃には始めてたし」

身体ごと僕に向き直ると、

「わたしはそういう仕事をしてるの。お祓いや除霊といったことをね。呼び方は霊媒師でも巫女《みこ》でも、スピリチュアリストでも何でもいいけど、とにかくその手の仕事」

当たり前のように言った。僕を見つめる目は真剣そのものだった。

僕は全身に寒気を感じていた。窓から流れ込む夜風のせいではない。頭の中、心の中

から冷えていた。正確には引いていた。

窓際に立つ比嘉さんがひどく遠くに感じられた。さっきまでの会話がぜんぶ違った意味を持っていた。記憶と今の状況、すべての辻褄《つじつま》が合っていた。

比嘉さんはおかしくなったのだ。

あの日あの家に行って。僕と同じ原因で、僕とは違った風に。もともとおかしくはあったけれど、より一層、より危険な方向に。

テレビで話題の金髪小太りの霊能者を思い出した。怪しい健康食品を高額で売って問題になっている企業も。新進のオークションサイトで、結婚の時期から妊娠の有無までズバリ当てるという「愛の霊視」を「出品」している、氏素性の分からない誰かさんも。目の前の元同級生も彼ら彼女らと同じ人種なのか。いや、きっとそうに違いない。だからここに来たのだ。僕の現状を知って、いいカモになると踏んで。

気がついたら床に手を突いて、ドアのすぐ近くまで下がっていた。比嘉さんから距離を取っていた。

彼女は煙草を咥えたまま僕を見つめていたが、やがて、

「何も売り付けたりしないし、勧誘もしない。インチキなお祓いをしてバカ高い料金を請求したりも」

と言った。どこか諦《あきら》めたような口調だった。

「信じてほしいけど、今は無理そうね」

彼女は煙草を消すと、そっと窓を閉めた。もといた場所に屈《かが》むと本を閉じ、バッグに仕舞う。そして携帯を取り出す。

「連絡先を教えてもらえると助かるんだけど」

そう言って僕を見る。僕は答えられずにいた。教えたくない。でも首を振る決意が湧かない。

黙っていると、比嘉さんは寂《さみ》しげにフッと息を漏らした。かすかに口角を上げて、

「ごめんね。急に来て」

と、携帯をバッグに突っ込んだ。

ぐるる、と銀が突然唸《うな》り声を上げた。立ち上がると僕の袖《そで》を鼻で小突き、また唸る。

銀がこんな声を上げるのは久しぶりだった。戸惑っていると、彼はがばっと口を開け、僕の腕に噛《か》み付こうとした。とっさに手を引いて立ち上がる。

銀は僕を見上げて、きゅうん、と悲しげに鳴いた。尻尾《しっぽ》を弱々しく振っている。

ようやく日課の散歩のことを思い出していた。いつもならとっくに家を出ている頃合だ。

「大丈夫？」

バッグを提げた比嘉さんが訊《き》いた。

銀がまた低く唸る。怒ったような顔で歯を剝《む》き出す。

「……銀の散歩」

僕はそう言った。「行かないと」

銀が嬉しそうに舌を出した。くるりと振り返ると比嘉さんの脚に身体を擦《こす》りつけ、ぐるぐると彼女の周りを回る。

比嘉さんは仏頂面でその様子を見つめていた。

家を出ると僕と銀、そして比嘉さんは暗い住宅街を歩いた。銀は比嘉さんの前を歩き、時折立ち止まっては彼女を見上げる。彼女はその度に歩調を緩め、僕は何度も「銀、歩け」と命じなければならなかった。

玄関を出る前にお袋が夕食を勧めたが、比嘉さんは「次の予定がありますので」と断っていた。母親は残念そうな表情を浮かべたが、すぐ笑顔になって、「妹さんにもよろしく」と言った。

黒いパンプスを履こうとしていた比嘉さんが動きを止めた。冷たい顔でお袋を見返す。

「妹……？」

「ほら」お袋はニコニコしながら、「背が高くて元気な子。すごく仲良くしてたから」

銀の首輪にハーネスをつけながら僕は首を傾げる。比嘉さんがきょうだいを連れて歩く姿を外で見た記憶はあった。でも話したことはない。一方でお袋は面識があるらしい。

「妹さん、お元気？」

「元気です」

比嘉さんは機械のように答えると、「お邪魔しました」と玄関ドアを開けた。銀がその後を追う。僕は銀に引っ張られながら家を出た。

「五十嵐くん」

呼ばれて僕は我に返った。比嘉さんが前を向いたまま、

「さっきの話だけど――お金を巻き上げたりはしないって」

僕は「ああ」と返す。

「わたしはインチキはしないから、お祓いが終われば正当な報酬はいただくわ。慈善事業でもないし。でも今回は違う」

比嘉さんは前を歩く銀に視線を向けると、

「お金は要らない。怪しげな集会に呼んだりもしない。純粋にボランティアでその砂を取る」

そう言って僕を見上げた。

「だから連絡先を」

僕は返答に困った。

あの家に人ではない何かがいて、僕たちはおかしくなった。そこまでは事実だ。人に言えば笑われるようなことではあるけれど、僕はそう確信している。でもそこから先――比嘉さんが霊能者なりを生業《なりわい》にしているとなると話はまた別だ。別次元の話だ。詐欺だ

ったりカルトだったりの範疇《はんちゅう》だ。比嘉さんが正気を失っている可能性も高い。

「わたしが元々そんな人間だってことは知ってるでしょう？　今とは違うけど、霊が見えるとかよく言ってたのは」

比嘉さんが訊いた。そこは事実だ。僕は「うん」と答える。

「橋口くんの妹の幽霊も見えた。あの時は五十嵐くんも見た。そこは信じてもらえる？」

僕はまた「うん」と答えた。ずっと考えていたことが頭の中で一気に膨らむ。

「……い、妹の霊がいるって、思ってた。橋口の」

僕は話していた。

「あ、あの家の噂を最初に聞いた時は、あの霊の仕業だって。でも行ったら違ったっていうか、繫《つな》がらないというか――訳が分からない」

「そうね。そこはわたしも分からない」

比嘉さんが答えた。

「幽霊だったらすぐ済むのに。生霊だろうと死霊だろうとやり方は分かる。今のわたしなら難しいことじゃない。五十嵐くんのそれだってその場ですぐ……」

そこで黙った。銀が電柱の前で立ち止まり、右の後ろ足を上げる。僕と比嘉さんは足を止める。

「……こういうことを言うから胡散臭《うさんくさ》いと思われるのにね」

比嘉さんは言った。僕は「いや」と答えたが、その先は何も思い付かなかった。

銀が用を済ませ、僕たちは再び歩き出した。

住宅街を抜け大通りに出ると途端に人が増えた。車のライトと光り輝く看板が夜道を照らす。僕たちは無言で歩いた。レンタカーの営業所の前を通り過ぎる。続いてガソリンスタンド、コンビニ、空き地、セレモニーホール――

専用駐車場の向こう、出入り口の脇に〈平岩家通夜式場〉と書かれているパネルを見つけて、僕は「あ」と声を上げていた。傍らの比嘉さんが歩調を緩めずに僕を見上げる。

「どうしたの」

「……いや」僕はパネルを指差すと、「あれ、あの家の人たち」

比嘉さんは首を傾げる。僕は必死で頭を整理して、

「あの平岩家って、今あの家に住んでるんだ。橋口の家に。いや幽霊屋敷に」

と言った。

比嘉さんはホールの出入り口に顔を向けた。

「に、二世帯っていうか、ご夫婦とお婆ちゃんが住んでて、それでお婆ちゃんが亡くなったって。だ、大往生……」

彼女が不意に足を止めた。カツンとパンプスが鳴る。僕はハーネスを引っ張りながら立ち止まった。銀が僕の足元へ擦り寄る。

ホールを見つめたまま比嘉さんは立ち尽くしていた。どうしたことだろう。声をかけ

ようか迷っていると、

「本当？」

比嘉さんが訊いた。顔はホールを向いたままだった。

「あの家にお住まいなの、平岩さんは」

「うん」僕は答える。彼女は何の反応もしない。ただ黙ってホールを見つめている。

ガラガラの駐車場の奥に建った四角い一階建て。看板やパネルがなければ、そういう施設だとは気付かないだろう。図書館だと言われたら信じてしまいそうだ。特に気になるところのない、何の変哲もない建物だった。大きなガラス窓から白い光が漏れ、建物の周囲をぼんやりと照らしている。

いきなり彼女が振り返った。顔は強張《こわば》り目には不安の色が宿っている。さっきまでとは明らかに違っていた。少なくとも家に来てから今までとは。むしろ——

「五十嵐くん」

比嘉さんは僕を呼んだ。

「確認させて。あの家には今まで何も起こってなかった。これは事実？」

早口で訊く。僕は戸惑いながらうなずくと、

「長いこと青柳さんって人が住んでて。平岩さんが越してきたのは最近——」

「今まで何もなかったの？」

「み、見た限りは。近隣トラブルはあったけど、ずっと普通に。平岩さん家《ち》も何も」

比嘉さんは信じられないといった表情で僕を見上げていた。大通りを走る車のヘッドライトが青ざめた顔を照らした。銀が彼女の脚に鼻を擦り付けている。

「どうしたの」

僕は訊く。思い切って「な……何か、見えたの」と質問を変える。

比嘉さんは何も答えなかった。片手で首のスカーフを握り締め、黙って僕を見つめている。

僕の脳裏にかつての彼女の姿がよぎった。あの日以前の陰気で挙動不審な比嘉さんが。ファミコンが下手で人と上手《うま》く話せなくて、あの家でずっと涙目で怯《おび》えていた彼女が。

「……大丈夫？」

僕はそう口にしていた。「あれだったら休もうか？　え、駅前に喫茶店……」

「大丈夫」

比嘉さんが答えた。再びホールを振り返る。胸元の手から力を抜いて、ゆっくりと下ろす。

「……連絡先を教えて、五十嵐くん」

僕に向いた彼女の顔は無表情に戻っていた。

「時間がかかるかもしれないけど、必ず何とかするから。その頭の中も。それから」

横目でホールを一瞥《いちべつ》すると、

「あの家に住んでいる人も」

と言った。強い意志を湛《たた》えた視線で僕を見上げる。僕はまたしても気迫に押されて、ポケットからスマホを取り出していた。

番号を交換すると、彼女はバッグを抱えなおして、

「ここまででいい。送ってくれてありがとう。助かった」

一息で言った。バイクの轟音《ごうおん》が僕の背後を走り抜ける。

「じゃあ――」

「何か見えたの？」

僕はさっきと同じことをまた訊《き》いていた。

「ごめん、気になったから……」

比嘉さんは答えずしばらく道路を眺めていたが、やがて、

「見えたというより感じた。今も感じる」

と答えた。すぐに、

「本当は中に入って、その平岩さんご夫婦に会うべきだと思う。何がどうなってるか、分かることもあるだろうし。でも」

口元をわずかに歪《ゆが》めると、

「近付けないの。あの家じゃないのに。あの家の人がたまたまいるだけの場所なのに」

と言った。

僕は何も返せずに彼女の冷たい顔を見ていた。さっきまでの比嘉さんの様子はそうい

うことだったのかと腑《ふ》に落ちてはいたが、それ以外は何も分からない。

「あの家には今も何かがいる。そして家の人に何かしてる」

彼女は暗く低い声で、

「それが何なのか分かったら連絡する。あと——わたしが立ち向かえるようになったらね」

と言った。銀が心配そうに彼女を見上げ、ぱたぱたと尻尾《しっぽ》を振っていた。


比嘉さんと別れて家に足を向けたところで、僕は今いる場所が、いつもの散歩のコースから離れていることに気付いた。ホールの前での出来事がなければ駅まで行ったかもしれない。

僕は比嘉さんをごく普通に見送っていた。お袋と銀以外の誰かに、こんなに長い時間会って話すのも久々だった。怪しい、胡散臭いとは思うけれど、僕は彼女とそれなりにまともに関われていた。

家に戻るとお袋が夕食を作って待っていた。ただいま、とごく普通に言う。

「遅かったね。話し込んでたの？」

「ああ、うん」靴を脱ぎながら適当に答えると、

「積もる話もあるものね」

そう言って居間に引っ込んだ。廊下にはみりんと醬油《しょうゆ》のにおいが漂っている。

いつもの日常だ。僕は日常に帰ってきた。そう思いながら僕は銀の足を拭《ふ》いた。

夕食の最中、駅前に新しくできたファミレスの話をしていたお袋が、急に話題を変えた。

「比嘉さん随分変わったのね」

「ああ」

僕はハンバーグを箸《はし》で切りながら答える。

「もっとこう、大人しい子だったと思うけど。たしかクラスでも全然目立ってなかったでしょ」

「うん」

「話すのも全然だったから、来た時すごくビックリしたの。名前聞いても誰だか分からなかったし」

「ああ――」

僕はそこで気付く。口に入れようとしていたハンバーグを皿に戻すと、

「何で知ってるの？」

と訊いた。「実際クラスで目立ってなかったし、友達づきあいもなかったけど」

お袋はきょとんとした顔で、

「だって一回うちに来たじゃない」

と答えた。僕は戸惑う。比嘉さんはもちろん、女子を家に呼んだことは一度もないはずだ。

「ないよ、そんなの」

「あるわよ。覚えてるもの。確か四年生の時」

「え？」

「そう」お袋はそこで顔を輝かせて、「思い出した。夏休み。四年の夏休みよ」と言った。鼓膜のはるか奥で砂がジャリッと鳴る。

あの日のことか。あの家を出た後のことか。そうとしか考えられない。でもまったく覚えていない。比嘉さんがうちに来たこと以前に、あの家を出る直前から僕の記憶は不鮮明だ。

「あ、あのさ」僕はつっかえながら、「僕が、つ、連れて帰ってきたってこと？」と訊ねる。

「どうだったかな」

お袋はご飯を頬張りながら遠くを見つめて、

「確かそのはずよ。台所にいたら玄関ドアが開く音がして、挨拶《あいさつ》もせずにダダダッて哲也と比嘉さんが。そうだそうだ。それでね」

味噌汁《みそしる》を啜《すす》ると、

「比嘉さんが両膝《りょうひざ》をすりむいてたの。それで哲也が『救急箱は？』って」

僕は呆然《ぼうぜん》とお袋の口元を見ていた。まるで記憶にない。

「それで？」

「慌てて手当てしたわ。消毒して絆創膏《ばんそうこう》貼ってね。それでご挨拶して、ここでちょっとお話しして。まあ、わたしが話しかけて比嘉さんはハイとかイイエとか、そんな感じだったけど。その後ちょっとして帰ったのかな。遅くまではいなかったと思う」

うんうん、そうそう、とお袋は一人で納得している。僕は愕然《がくぜん》としていた。あの家でのことは鮮明に覚えているのに、比嘉さんとの記憶は一切ない。

お袋が何か話していたが、僕の耳には届かなくなっていた。

風呂《ふろ》に入って部屋に戻る。テレビを点《つ》けてぼんやりと眺める。身体はいつもどおり動いていたが、頭は混乱していた。部屋を見回す。いつもと変わらない。パソコンと蔵書以外は、子供の頃から変わらない部屋。

いつもの平穏な暮らしだ。

そう思った瞬間、僕は息苦しさを感じた。胸の奥にもやもやした感情が湧き上がる。

頭の中が激しく動き出す。

平穏でも普通でも日常でも何でもなく、僕はお袋はこの家は――

ずっと考えずにいたことを考えそうになって、僕は思わず「うう」と呻《うめ》き声を上げて頭を抱えた。

頭の中でまた砂がザリザリと鳴った。

翌日、僕は銀の散歩のコースを少し変えた。しばらく経ってからまた変え、またしばらく経って変える。

それ以外は今までと変わらない。

「今日もね、パートリーダーのキタガワさんが店長とちょっとやり合って……」

夕食の最中。お袋はパート先の愚痴を言う。それ以外は近所の噂話。

「大変だね」

僕は適当に相槌《あいづち》を打ち、時に話題を振る。

それが済んだら風呂、そして階段を上る。

部屋でネットサーフィンしてから回想。そして就寝。

比嘉さんからの連絡はなかった。連絡してみようかと何度か思ったけれど、思っただけで実行には移さなかった。連絡してこないでくれという気持ちもあった。自分から連絡する権利も、彼女から連絡を受け取る権利も僕にはない気がした。

僕はまだその段階に至っていない。

「コンビニの横にお煎餅《せんべい》屋さんがあったでしょ、あそことうとう潰《つぶ》れちゃったみたい」

「そうなんだ」

同じ日々が続いた。散歩のコースが変わり、銀が少しずつ老いていく以外は同じ日々が。砂の音とともに目覚め、双眼鏡であの家を確認し、ネットを見て銀と戯れて、お袋に呼ばれて階段を下りる。

昼食を済ませる。またネットを巡回し、銀と散歩に行って帰宅し、階段を上ってテレビを観たりネットを見たりしているうちに夕方になる。六時前にまた銀と散歩に出かけて帰ってくる。部屋にいるとお袋が僕を呼ぶ。

僕は階段を下りる。

「新しく入ってきたアイダさんてアルバイトの子ね、二十一歳で子供が二人もいて」

「ふうん」

夕食を食べ終えて風呂に入る。

そして階段を上る。

部屋で過ごして回想して眠る。

頭の中で砂の音がして目覚める。双眼鏡を摑《つか》んで窓を開ける。

雨が降っていた。しとしと雨音が耳に届く。僕はしばらく外を眺めて、そっと窓を閉めた。双眼鏡を床に落とし、布団に胡坐《あぐら》をかく。スマホを手にするより先に指笛を吹く。

ドアの隙間から銀が駆け寄り、僕は両手を広げて抱きとめる。背中と頭を撫《な》でながら、

「今日からまた、新しいコースにしような」

そう語りかける。銀に言うふりをして自分に言い聞かせる。

少しずつ散歩のコースを変えて自分を慣れさせていた。変わらない日々の中でそこだ

けは変えていた。ちっぽけなことだ。馬鹿げたことだ。それくらいは自分でも分かっていたけれど続けていた。

あの家の前を通るためだ。

あの日以来ずっと近付かなかった旧橋口邸、現平岩邸の前を。

そうすることに決めた理由はもっとちっぽけで馬鹿げていた。

銀は黙って僕を見つめていた。階下からお袋の呼ぶ声がした。

銀に犬用のレインコートを着せビニール傘を手にして、僕は家を出た。平岩邸とは逆方向に足を進め、住宅街を抜ける。大通り沿いを歩いて適当に脇道に逸《そ》れ、再び住宅街に入る。家を出てから三十分近く経っていた。

家に帰るには平岩邸の前を通るのが一番近い。そんなコースを選んでいた。

しとしと降る雨の中、僕は前を歩く銀に注意を払いながら住宅街を歩いた。水溜《みずたま》りを避《よ》け、電信柱で銀が用を足すのを見守る。糞《ふん》をした場合は後始末もする。そして少しずつ平岩邸に近付く。まだ視界には入っていない。入っていたとしても顔を上げることができない。僕は銀と道だけを見て足を進める。

足取りがどんどん重くなる。銀が何度も立ち止まり、もどかしそうな顔で僕を見上げる。僕はその度に銀にうなずきかける。

雨音を聞きながら頭の中の地図で現在地を確かめる。そして平岩邸の位置も。そんなことをしなくても顔を上げれば一発だ。それくらいすぐ近くにある。そう分かっていても顔を上げることができない。平岩邸を見ることも。

このまま一気に通り過ぎようか、それとも——

僕はハーネスを引きながら立ち止まった。銀が足を止める。心配そうに僕を見つめ、かすかに鼻を鳴らして僕の足元へやって来る。

雨が傘を叩《たた》いて鳴らしている。すこし先にある水溜りに無数の波紋が生まれては消えていく。銀の蛍光グリーンのレインコートが眩《まぶ》しい。

僕は恐る恐る顔を上げ、右手にある平岩邸を見た。

見た目は橋口邸だった頃とほとんど変わらない、二階建ての一軒家。駐車スペースには青い軽自動車が止まっている。門柱には金属プレートの表札がはめ込まれている。

平岩敏明、梓、淑恵。

亡くなったお婆ちゃんは梓か淑恵か。おそらくは後者だろう。僕はゆっくりと家を見上げる。玄関扉。白い壁。二階の窓にはカーテンが掛かっている。

見た目だけなら普通だった。記憶の中の「幽霊屋敷」の方がはるかに薄気味悪い。橋口家がいなくなって以来、誰も住まず手入れもしていなかった、あの頃の家の方が。

それでも全身に寒気を覚えていた。心臓がドクドク鳴ってうるさいほどだった。

いつの間にか傘を下ろしているのに気付いて、慌てて差し直す。頬を伝う雨は冷たく、指先の感覚が遠い。靴の中は凍り付いたような感覚が広がっている。雨が浸《し》み込んだのかそれとも気持ちの問題か。分からないまま僕はただ家を見つめ続けた。

かつ、という音が耳に届いた。

足音だ。ヒールか何かが鳴った音だ。ということは女性が通りかかったのだろう。遅れて頭に浮かんだ思考に従って、僕は音のした方に顔を向けた。

女性が少し離れたところから僕を見ていた。

紺色の傘の下から覗《のぞ》くようにして、不安そうな目で僕を見つめている。顔は傘に隠れて見えないけれど、頬も唇も青ざめているのが分かった。同い年くらいかとぼんやり推測する。傘の柄を握り締めた手には指輪が光っていた。

なぜ僕を見ているのだろう。なぜわざわざ立ち止まって僕を見つめているのだろう。

不審者だと思われているからだ。

気付いた途端、頭の中で砂の音が鳴り響いた。

ハーネスを引っ張り、銀が立ち上がったのを見届けて、僕は来た道を引き返した。本当は走りたくて仕方なかったけれど、足はすっかり麻痺《まひ》していて歩くのがやっとだった。

住宅街をあちこち歩いてどうにか家に辿《たど》り着いた頃には、全身汗だくになっていた。息も切れていた。上がり框《がまち》に腰を下ろすと、僕はぐったりとうなだれた。

銀が頬に鼻先を擦《こす》りつけ、クークーとか細い声で何度も鳴いた。

「……ごめんな、長いこと歩かせて」

玄関に並んだお袋の靴を見つめながら、僕はそう言った。

銀は熱い舌で僕の顎《あご》を舐《な》める。

呼吸がようやく落ち着いて、僕は銀のレインコートを脱がしにかかった。

手を動かすのがやっとなほど疲れていた。頭もふわふわして何も考えられない。この場で倒れて寝てしまいたい、そんな気分にさえなっていた。

その一方でこうも思っていた。いや――決心していた。

夜の散歩でも、絶対にあの家の前まで行こうと。

第五章　家族会議

目が覚めた。それだけはかろうじて分かった。

さっきまで失っていた意識を今は取り戻している。さっきまで閉じていた瞼《まぶた》を今は開いている。つまりわたしは今目覚めている。そこまでは分かる。それ以外は何も分からない。

真っ暗だったからだ。

彼方《かなた》の記憶を手繰り寄せ、わたしは自分が笹倉果歩であることを思い出す。今は東京に住んでいて、今日は敏くんの家に行ったことを思い出す。挨拶《あいさつ》もそこそこに二階に行って、ベッドに横たわるお祖母《ばあ》ちゃんに声を掛けて——

あの人はお祖母ちゃんではない。

全てを思い出してわたしは身体を起こした。視界は真っ暗なままだった。床に絨毯《じゅうたん》が敷かれているのが手の感触で分かる。室内であることも分かる。

足先に硬いものが触れた。すぐ横に大きな四角いものが置かれている。視界の隅にカーテンが見えた。外の光がカーテンの輪郭をぼんやり浮かび上がらせている。

その上に緑色の小さな光が灯《とも》っていた。エアコンだと遅れて気付き、流れる温かい風を頬に感じる。

少しずつ目が暗闇に慣れ、四角いものがベビーベッドであることに気付いた。

ここは子供部屋だ。

平岩邸の二階にある部屋だ。まだ生まれていない子供のための。

わたしはまだ平岩邸にいる。

息が詰まった。身体が動かなくなった。頭だけが物凄《ものすご》い勢いで動いている。状況を整理しようと必死に考えている。何故今ここにいるのか、自分に何が起こっているのか。

棚の上にいくつもの影が見えた。大きな頭が並んでいる。丸い耳をしたものがいる。首が長いのもいる。耳が長いのも三つ編みをしたのも。

人形だ。ぬいぐるみだ。記憶と結びつけて大丈夫だ問題ないと自分に言い聞かせる。

呼吸が少しだけ落ち着いた。ようやく疑問が頭に浮かぶ。

今は何時だろう。どれくらい意識を失っていたのだろう。

腕時計は着けていない。周りにバッグは見当たらない。だから携帯で確かめることもできない。部屋を見回したけれど文字盤もデジタル表示も見つからなかった。夜らしいというのはあくまでそう感じるだけで、実際のところは分からない。

わたしはここでようやく腰を上げ、両足で絨毯を踏んで立ち上がった。身体中が痛い。関節も筋肉も固まっている。立ちくらみで吐き気が込み上げる。ベビーベッドの柵《さく》を摑《つか》んで頭に血が巡るのを待った。

吐き気が治まるとわたしはそろそろとベッドを回り込み、カーテンの隙間から外を覗いた。暗い住宅街が見えた。ほとんどの家の窓から光が漏れている。

夜だ。そこは間違いない。深夜でもないらしい。

敏くんたちはもう眠ったのだろうか。わたしをここに連れてきて床に寝かせてから。

そんなことが有り得るだろうか。

有り得ないとは言い切れない。この家はおかしい。

平岩邸で目にしたこと体験したことを思い出しそうになって、わたしは意識を他所《よそ》に向けた。勇大のことを考える。そして指輪のことを思い出す。薬指に触れて指輪をしていないことに気付く。敏くんから受け取ってすぐ着けずにいたことも。

放り出されたような気がした。遠く離れた誰もいない場所に取り残され、二度と帰れなくなったような気がした。もう誰とも会えない、顔を見ることもできないし話すこともできない。窓を開けて叫んでも誰にも聞こえない。明るい窓の内側にいる人たちは誰もわたしのことに気付かない。そしてわたしはここで一人寂しく死んでいく。

次々に湧き上がる妄想をやっとのことで追い払うと、わたしはそっと振り返った。天井からぶら下がったベビーメリー。その向こうにドアが見えた。

ドアにはポスターが貼られていた。シンプルな丸い線でたくさんの動物が描かれている。動物たちの傍らには平仮名で「きりん」「ぞう」「かば」「しろくま」……

ベビーベッドの中に視線を向けてしまい、咄嗟《とっさ》に目を逸《そ》らす。覚束《おぼつか》ない足取りで部屋を横切り、わたしはドア横のスイッチを押した。プラスチックのスイッチは酷《ひど》く冷たかった。

蛍光灯の光が子供部屋を照らした。

最初に案内された時と同じだ。ベビーメリーもぬいぐるみも。

ベッドの上は見なかった。

ドアノブを摑んでそっと引いた。部屋の明かりが廊下に漏れる。光に照らされ浮かび上がったものを見て、わたしは思わず立ちすくんだ。

廊下には砂が積もっていた。

床板が見えないほど廊下を覆いつくしていた。

大きな足跡が階段へと続いていた。

摑んだままのドアノブがカタカタ音を立てて、わたしは慌てて手を離した。手が有り得ないほど震えている。寒さのせいだけではない。何度も両手を握り締めて開き、震えが目に見えなくなったのを確かめて、わたしは再び廊下に目を向けた。

暗い廊下は静まり返っている。斜め向かいのお祖母ちゃんの部屋——いや、お祖母ちゃんだった人の部屋も明かりは点《つ》いていないのが分かる。ドアと壁の隙間から光は漏れていない。

震えは治まっていたけれど、廊下に踏み出す勇気はいつまで経っても湧かない。ただの砂だ、そうに決まってると頭の中で言葉にしても、踏みしめた時の感触を想像しただけで腰が引けた。

　敏くんを呼ぼう。

　わたしは一番何とかなりそうな選択肢に思い至る。彼が来たところで砂がどうにかな
るわけではない。でもとりあえず一人ではなくなる。それに自分とこの家がどういう状
況なのかも訊《き》けば分かる。少なくともここで立ち往生しているよりはいい。

　寝室にいるのか下にいるのか分からない。とりあえず――

　口に手を添えて息を吸って、呼びかけようとしたその時、

「あああああっ！」

　絶叫が階下から響いた。

　続けてボコンと鈍い音。どさりと何かが倒れるような音。

　わたしはその場で身を竦《すく》めた。ドアを閉じて息を潜める。

　今のは男性の声だった。敏くんだろうか。敏くんの身に何かあったのだろうか。

　静寂が戻った。鼓膜を震わせているのは自分の心臓の音と、荒い息の音だけだった。

　隙間からそっと廊下を覗《のぞ》くと、誰かが喋《しゃべ》っている声がかすかに聞こえた。

　内容は聞こえない。でも男性と女性の声なのは分かる。

「じゃあ……するの？」

「……マズいやろ……せやったら……」

梓さんと敏くんが話しているらしい。だとしたらさっきの悲鳴は誰のものなのか。疑問が湧き上がるとともに、二人の声の調子がどこか尖《とが》っているのに気付く。

「……からダメだって……」

「言い逃れ……へんって」

これは言い争いだ。よからぬ事が起こっている。わたしは耳を澄ます。言い合う声が続いているけれど内容までは聞き取れない。

隙間から顔を出してすぐ、「かちゃ」「キイ」とドアの開く音がした。

「やらなしゃあないやろ」

敏くんの声がした。焦ったような口調。

「……分かった」

梓さんの声が続く。しぶしぶといった口調。

ずざざ、と引きずるような音が続いた。ばんっ、かたかた……、と鳴ったのは何かがドアに当たった音だ。

ずーっ、ずーっ、ずーっ
「ああ、えらい重いな」

敏くんが苦笑しながら言う。

「持とうか？」

「ええよ。重いもん持ったらあかんやろ。屈《かが》んでも」

「ごめんね」

「ええよ。よいしょっ」

ずーっ、ずーっ、ずーっ、ずーっ
引きずる音が遠ざかる。つまり廊下の奥に向かっている。敏くんが何かを引きずって。

わたしは上半身をドアの隙間から出して聞き耳を立てる。

「あ、ねえ」

梓さんが呼ぶ。「ん？」と敏くんが応じる。声が少しだけ遠い。

「果歩さんはどうするの？」

名前を出されてわたしは反射的に呼吸を止めていた。

「……ああ」

ふう、と息を吐く音がする。息を潜めて聞いていると、

「殺すしかないいんちゃうか？」

敏くんが言った。何の緊張感もない、日常会話のような口調だった。

思わず口を押さえると、

「分かるけど、何とかならないの？」

梓さんが言った。

「わたしたちがしなくても……」

「何回も言うたやろ」敏くんが嚙《か》んで含めるように、「上手《うま》くいかんねや。何でかは知

らんけどな」

「そうね。仕方ないね」

沈黙が数秒続いた後、ずーっ、という音が再び始まった。それに紛れて、「かちん」とドアラッチの鳴る音がした。リビングのドアが閉まったらしい。

引きずる音が聞こえなくなった。かすかな物音が遠くから響いている。わたしは二人の位置を頭の中で探る。

敏くんはおそらく廊下の奥――脱衣所にいる。大きな重いものを運んで、脱衣所で何かしている。あるいはその奥の浴室で。梓さんはおそらくリビングかダイニングかキッチンにいる。一階の廊下から気配がしなくなっている。

何が起こっているかはまだ分からない。でも一つだけ確実なことがあった。

敏くんと梓さんはわたしを殺すつもりでいる。

一刻も早く逃げなければならない。

※　※

逃げるように平岩邸の前を通り過ぎる。傍の銀は窓から漏れる明かりを一瞥《いちべつ》し、すぐに前を向く。僕の歩調は変わらず、息苦しくなったりもしない。銀に心配そうに見上げられることもない。暗い住宅街のコンクリートの道を進み、自分の家に辿《たど》り着く。

銀の足を拭《ふ》きながら、僕は「ありがとう銀」と小声で何度も語りかけた。銀は我関せずといった顔で狭い玄関を見回していた。

階段を上りながら僕は明日《あした》の散歩のことを考える。

部屋に辿り着いて布団に座り込んでも考える。明日も今日と同じように何事もなくあの家の前を通り抜ける。そうしている自分の姿をイメージする。

初めて試した雨の日から数えて一週間。想像していたよりもずっと早く慣れることができた。一昨昨日《さきおととい》は家を見上げていた。一昨日《おととい》は立ち止まりそうになった。昨日は早足だった。今日の昼はありえないほど俯《うつむ》いていた。そして遂《つい》にさっきは。

浮かれてはいけないと自分を戒める。明日も今日と同じようにしよう。ただの散歩のようにあの家の前を通り過ぎよう。

お袋が僕を呼ぶ声がして、僕は階段を下りた。

「キタガワさんが急に辞めるって言い出して。店長が引き止めてるんだけど……」

「そうなんだ」

僕は相槌《あいづち》を打ちながらお袋の顔を見る。こんな顔だっただろうか。皺《しわ》も増えたし顔色も悪い。昔より随分痩《や》せているし目も落ち窪《くぼ》んでいる。艶《つや》のない黒髪は染めているのだろうか。

「どうしたの」

お袋が不思議そうな顔で訊いた。僕は慌てて目を逸らして「なんでもない」と答えた。

食事が終わって風呂《ふろ》に入る。

明日のこと、明後日《あさって》のことを考えながら、僕は階段を上った。

一段一段、踏みしめるように。

※　※

暗い廊下にそっと右足を踏み出した。砂はかすかに音を立ててわたしの足を呑《の》み込んでいく。冷たい感触が薄手の靴下越しに伝わって全身がぶるりと震える。我慢して重心を預け今度は左足で砂を踏む。

思ったより音がしない。重心も安定している。次はどうしよう。どうやって歩こう。大股《おおまた》で歩くべきかそれとも小股で。そんなことすら迷ってしまう。身の危険が迫っているのに。早くしないと敏くんたちに殺されるのに。

冗談だと切り捨てるのがまともな対応なのはわかっていた。敏くんは冗談かそれとも何かの比喩《ひゆ》で言っていただけだ。だから声を上げて二人を呼ぶのが普通だ。

でも今ここの状況は普通ではない。

この砂も。二人の会話も。引きずる音も悲鳴も。

敏くんが引きずっていた何かについて考えそうになって、わたしは足元に意識を集中する。音を立てないようにそろそろと砂の上を歩く。さくさくと鳴る砂の音が耳に響く。

絶対に下には聞こえない。そう分かっていても忍び足になってしまう。

階段の前に辿り着いてわたしは目眩《めまい》を覚えた。予想はしていたけれど実際目にすると足が竦《すく》むのを抑えられなかった。

砂の積もった階段が暗い中に浮かび上がっていた。

手すりに摑《つか》まって呼吸を落ち着ける。そして頭の中で自分に言い聞かせる。ここから先の選択肢は一つしかない。階段を下りるだけだ。ここしか行く道はないのだ。

耳を澄ます。脱衣所から雑音が続いている。リビングからは何も――いや、かすかな音がしている。こもったような、でも脳に直接響くような。

テレビだ。テレビの音だ。

テーブルで紅茶を飲みながらテレビを観ている、梓さんの姿が思い浮かんだ。

手すりから恐々身を乗り出して階下をうかがう。一階の廊下もやはり砂まみれだった。ドアの明かり窓から漏れたリビングの光が、砂を照らしている。ドアの前の砂は踏み荒らされて、でこぼこになっていた。さっき聞いた音と会話が頭に甦《よみがえ》る。

バン、と彼方《かなた》から音がしてわたしは咄嗟《とっさ》にしゃがんだ。すぐに気付く。これはドアが――お風呂のドアが開く音だ。

しゃがんだまま息を殺していると、がらがら、ばん、と勢いよく閉まる音がした。さっきまで聞こえていた、脱衣所の雑音は聞こえなくなっている。

がらん、と聞き慣れた音が耳に届いた。お風呂で桶《おけ》が鳴る音だ。敏くんは浴室にいる。

そう考えていいだろう。

手すりを摑んでそっと立ち上がる。下の気配に注意を向けながら階段を下りる。一段ずつゆっくりと。さっきより足音が大きく聞こえる。さく、さく、さく……どんなに音を立てないようにしても砂が鳴る。鳴り響いている。吹き抜けのせいで反響している。そう分かってもどうにもならない。立ち止まりたい。でも立ち止まったら二度と歩けそうにない。

階段の曲がり角に差し掛かり、わたしは再び手すりの上から階下を覗《のぞ》いた。

さっきより近くにリビングのドアが見えた。わずかに開いている。ちゃんと閉まっていなかったのか。

音から推測していたことと事実が違う。わずかな違いでも立っていられないほど不安になる。次の瞬間にはドアが開くのではないか。梓さんが出てくるのではないか。そんなことを考えてしまう。

視界の一部が曇っているような気がしてわたしは目を凝らした。すぐに違うと分かる。同時に背筋が凍り付く。

ドアの隙間から砂埃《すなぼこり》が漏れ出ていた。リビングからの光に照らされ、砂の一粒一粒の動き、空中を漂う軌跡がはっきり見えた。少しずつ廊下に立ち込める。音もなくドアが開いていく。

半開きのドア。そのすぐ前の砂が「とすっ」と音を立てて窪んだ。窪んだ周りの砂が舞い上がる。

目に映ったものが何を意味するのか分からない。どう反応すべきかも分からない。

また「とすっ」という音がした。できたばかりの窪みの隣に、新しい窪みができていた。楕円《だえん》形の窪みが砂の上に二つ並んでいる。まるで――

足跡のように。

わたしは反射的にのけぞった。手すりから手を離して動きを止める。耳だけに意識を集中して階下の様子を探る。

見えない何かが砂埃とともに、リビングから出てきて廊下に立っている。

そうとしか考えられなくなっていた。目に見えたものを繋《つな》ぎ合わせるとそうなる。そんなものがいるのか、という真っ当な疑問は思い浮かんですぐに消えていた。

ストリートビューの黒い影を思い出していた。

とすっ、とすっ、と音が聞こえた。とすっ、とすっ、と続く。

歩いている。廊下を歩き回っている。そう思った瞬間、
さくっ
音の調子が変わった。さくっ、とまた続く。直後に「ぎっ」と軋《きし》む音がして、わたしはようやく事態に気付いた。

何かが階段を上っている。近付いている。

お腹の奥が一気に浮き上がる感覚がした。

さくっ、ぎっ、さくっ、ぎいいっ

砂埃が下から立ち上るのが見えた。

わたしは階段を引き返した。駆け上がろうとしても足が砂に沈んで踏み込めない。焦れば焦るほど上れない。

さくっ、ぎっ、さくっ、ぎっ

足音が近付いてくる。背後から視線を感じて振り返りそうになって堪《こら》える。階段を上ることだけを考えて太股《ふともも》と膝《ひざ》を動かす。ただ二階に向かうことだけを考える。一段上りまた一段上ってまた一段。

二階に辿《たど》り着いてどうしようと考えるより先に、わたしはすぐ左手のドアを開けた。お祖母《ばあ》ちゃんだった人の部屋に飛び込んで、音が出ないようにドアを閉めて鍵《かぎ》をかけて息を潜める。ドア越しに気配をうかがう。

さくっ、ぎいっ、さくっ、ぎいっ

足音が階段を上ってくる。

頭に浮かんだのは生霊のことだった。あの時とそっくりだ。違うのは部屋が暗いこと、梓さんがいないこと。お祖母ちゃんがお祖母ちゃんでなくなっていること。そして床に散らばった砂。

砂がこの部屋にも積もっている。

暗くて見えないけれど足の感触がそう伝えている。さっきからずっと砂の上を歩いていたから今まで気付かなかった。いつの間にか普通になっていた。

おかしい家をおかしいと感じなくなっている。頭より先に感覚がこの家を——この家の砂を受け入れている。知らない間に砂に呑み込まれている。

わたしは動揺してしまう。混乱してしまう。

さく、ぎいっ、さくっ
足音が止まった。ドアのすぐ向こうにいる。音も気配もしないけれどそう直感した。見えない何かがこちらの様子をうかがっている。考えたくなくてもそう考えてしまう。

鼻が砂のにおいを捉《とら》えた。今までは感じなかった。何かが起こっている。わたしは無意識に足元に視線を向けた。何も見えない。さっきよりは見えるようになったけれど何もおかしなことはない。砂が積もっている以外は。

砂のにおいはますます強くなっている。わたしはようやく気付く。ドアの隙間から砂埃が流れ込んでいるのだ。そしてわたしの鼻から身体の中に。

喉《のど》に違和感を覚えた。口を押さえてドアから離れて振り返る。暗い中に更に黒く大きな影があるのを認める。介護ベッドだ。その上に人影も見える。お祖母ちゃんではない老婆が寝ている。動かないし声も上げない。

違和感は痛みに変わっている。咳《せ》き込みそうになってわたしは息を止め、ベッドすれすれまでドアから遠ざかる。

足が何かを踏んだ。転びそうになってベッドに手を突いてしまう。老婆の身体の感触はしない。老婆を押しつぶすような真似はしていない。喉に違和感はあるけれど咳《せき》は出ない。

目を凝らすと砂に半分埋もれた四角いものが見えた。黒くないことだけは分かる。紐《ひも》のようなものがついていることも。

わたしのバッグだ。

しゃがんで砂から引っ張り出す。携帯を取り出そうとして思い出す。ここにはない。勇大から電話が掛かってきて、お祖母ちゃんのことを聞かされてショックで耳から離して、そこから砂の音がして咳が出て、だから――

携帯は砂に埋まっている。この部屋にあったとしても。

さああああああああ

ドアの向こうから砂の音がしていた。砂煙がドアの前に立ち込めるのがぼんやり見える。わたしは砂に手を突いて手当たり次第に掻《か》き分けた。目と指先に神経を集中して携帯を探す。警察を呼ぼう。救急でもいい。すぐに来てもらえる人に連絡しよう。理由はもっともらしいのをデッチ上げよう。聞きたいのは勇大の声だけれど今は後回しだ。今この状況を解決できるか分からないけれど何もしないよりはいい。

砂のにおいがさらに濃くなって砂が目に沁《し》みたその時、指先がつるりとした硬いものに触れた。両手で摑んで拾い上げる。携帯だ。ザラつく指で液晶画面を開く。

勇大からの着信が何件もあった。留守電も何件も入っていたしショートメールもたくさん届いていた。

確かめるのは後だと判断したその時、

「……入れないの？」

老婆のしわがれた声が、背後からした。

ベッドで布団の擦《こす》れる音がした。

※　　※

翌日の昼。家々のベランダに干してある布団や洗濯物を眺め、心を落ち着けながら、僕は平岩邸の前を通り過ぎた。夕方の散歩も問題なくできた。その次の日も、そのまた次の日も。一日二度、同じ時間帯に。それを何日も繰り返す。

嬉《うれ》しい気持ちはあった。達成感もあった。でも跳び上がったり声を上げたりする気にはなれなかった。僕にとっては大きな変化だがこれで終わりではない。むしろ今までが予行演習で本番はこの先にあるのだ。

銀に餌をやりながら僕は明日《あした》のことを考えていた。

「それでね、新しい人が入ってくるまでは待ってくれって店長が説得して、キタガワさんもしぶしぶ折れて、一応はまとまったんだけどその後に……」

「大変だね」

僕は適当に相槌《あいづち》を打つ。お袋は悩ましい表情で漬物に箸《はし》を伸ばす。箸を握る指は皺《しわ》だらけだった。お袋は今何歳だろうと気になって頭の中で計算する。僕より三十歳上だから五十八歳だ。それにしては老けている。

食事が終わると風呂《ふろ》に入って階段を上る。上りながらこの先のことを考える。回想して就寝し、砂の鳴る音とともに目覚める。双眼鏡を手にして窓を開ける。覗《のぞ》こうとして止める。もうここで見る必要はない。前の道から直接見れば済むことだ。

僕は双眼鏡を机の抽斗《ひきだし》に突っ込んだ。

昼の散歩も問題なくできた。歩きながら何気なく平岩邸を見上げることさえできていた。全くの平常心だったと言えば嘘になる。あの日のことを思い出さなかったと言えば嘘になる。頭の中の砂も鳴った。でもしっかり家を見つめることができた。自分のタイミングで視線を外して家まで向かうことができた。振り返る銀に笑いかけることもできた。

夕方になって銀を連れて家を出た。平岩邸とは逆方向から大回りして住宅街に入る。そして平岩邸の前の道に差し掛かる。辺りは暗くなっていた。

平岩邸の前に、コートを着た女性が立っていた。不安そうに家を見上げている。門に近付いてまた離れる。入ろうとして躊躇《ためら》っている、そんな風に見えた。

ハーネスを握る手が弛《たる》んでいたらしい。不意に銀が駆け出した。慌てて追いかける。足音に気付いたのか女性がこちらを向いた。次の瞬間には銀が前足を振り上げ、彼女に躍りかかっていた。後ろ足で立ち上がって彼女に体重を預ける。

女性がバランスを崩して仰向《あおむ》けに転んだ。銀がその顔に鼻を近付ける。その胸に腹を擦《こす》り付ける。

女性は「いったあ」と顔をしかめて呻《うめ》いた。

「こ、こら!」

僕は声を張り上げていた。銀を後ろから抱いて引き離す。銀は唸《うな》り声を上げたが抵抗はしなかった。

大丈夫ですか、と訊《き》こうとして声が出ないことに気付いた。銀を傍らに置くことはできたけれど、そこから先は何もできなかった。頭の中が真っ白になっていた。

「だ、だ」

僕の口から滑稽《こっけい》な声が出ていた。差し出そうとした手を引っ込めてしまう。何も変わっていない、と頭の片隅で冷静な自分が観察していた。僕は今までと一緒だ。そう分析していた。

女性が上体を起こして僕を見ていた。ぽかんとした表情。こけた頬は青白く、暗い中に浮かび上がっていた。

「だ……大丈夫ですか」

僕はどうにかそう言った。彼女は何度か瞬《まばた》きして、「大丈夫です」と答えた。落ちたバッグを拾い上げすんなりと立ち上がり、パンパンと身体をはたく。

胸が苦しくなって僕は何度も謝っていた。ごめんなさいとすいません以外の言葉は思い付かなかった。

「大丈夫ですって」

女性は笑顔を見せた。「怪我もしてへんみたいですし」と続ける。関西訛《かんさいなま》りだ。

「気にせんとってください」

「……すいません」

もう一度謝る。髪を掻き毟《むし》っている自分に遅れて気付く。

彼女はどこかすっきりした様子で、「じゃあ」と平岩邸の門に向かう。

「あの」

僕は考えるより先に声をかけていた。

「え？」

女性が振り返る。

これはチャンスだ。女性に対する申し訳なさを感じながら、僕は同時にそんな身勝手なことを考えていた。

頭の中で砂がザリザリ音を立てるのを必死で無視して、この家の前まで来ることができた僕の、次の段階だと。

「そ、その家」

女性が首をかしげた。

「その家の方ですか」僕は訊いた。「そこに住んで……お住まいですか」

彼女が平岩梓なら僕は更に前に進んだことになる。平岩家の人間――この家の住人と話すことができれば。

「いえ」わずかに首を振ると、彼女は、「……友達です、平岩さんの。今日はちょっと用事があって」と曖昧《あいまい》な表情で言った。不安なようにも悲しんでいるようにも見えた。

「あ……」

僕は何も言えなくなった。恥ずかしさと惨めさと自己嫌悪が同時に込み上げる。砂が激しく脳を擦り神経を削る。

頭を摑《つか》んでハーネスを引っ張り、僕はその場を走り去った。

家に辿《たど》り着いた頃には疲れ果てていた。上がり框《がまち》に腰を下ろす。重く苦しいだけの疲労感が全身に溜《た》まっていた。

銀がハアハアと舌を出して、何事もなかったかのように僕を見上げていた。

※　　※

ハアア、と苦しげに呼吸をすると、

「中に入りたいの？」

老婆がまた訊いた。わたしは振り返ることもできずその声を聞いている。

「……狭いの？」

質問を重ねる。寝言だ。そう思ってすぐ別の可能性に思い当たる。さっきからの言葉はすべて問いかけだ。誰かに質問している。そしてその内容。

わたしではなく、ドアの向こうにいる何かに語りかけている。

喉《のど》の違和感は大きくなっていたが咳《せき》が出るほどではない。わたしは片方の手で口を押さえ、もう片方の手で携帯を握り締めて次の行動を考える。砂のにおいはわずかだが薄らいでいる気がした。ごそごそとすぐ後ろで動く音がする。掛け布団の下で老婆の足が動いている。

ドアの向こうからは何の音もしない。砂埃《すなぼこり》も少ししか見えなくなっている。

「あ、ああ、あ……」

暗い部屋に老婆の声がする。

「……うん、分かった」

彼女は言った。ごそごそとシーツと布団の擦れる音がした。合間にじりじりと砂の鳴る音も。

わたしは全身を縮めて背後の気配に神経を集中していた。

ごそごそと音がしている。ぺき、と関節が鳴る音が続く。呻き声。ぱん、と鳴ったのは枕だろうか。枕に手を突いた音だろうか。

そっと振り返ってわたしは目を見張った。

老婆が起き上がろうとしているのが見えた。ベッドに両手を突いて上体を持ち上げている。呻き声を上げながら少しずつ。軋《きし》む音が聞こえそうなほど苦しげに。彼女の顔がドアの方を向いた。表情までは分からない。ただぼさぼさに乱れた短い髪と縮んだ顔、瘦《や》せた首のシルエットが見える。

「ああ……待ってて、ね。すぐ」

老婆が顔を伏せる。腕に力を込めているのが分かる。ベッドから出ようとしている。

ぺきっ、とまた関節が鳴った。「ううぅ」とまた呻く。

動けないのに動こうとしている。起き上がることもできないのに起き上がろうとしている。老婆が限界なのはすぐに分かった。それでもベッドから自力で出ようとしている。

「だめ――」

わたしは囁《ささや》いていた。もっと大きく呼びかけようと思っても声が出ない。

ベッドの縁を摑んだ老婆が一際大きく「うううああ」とうなった。ずるっ、と身体が前に動く。ぼさぼさの髪が大きく揺れる。ガクンと音がしそうなほど激しく。

落ちる。そう思った時には身体が動いていた。わたしは砂の上に身体を投げ出して老婆を抱きとめた。硬い木のような感触とともに予想外の重さが全身に伸《の》し掛かる。

息が詰まった。鼻に毛が当たってむず痒《がゆ》い。腕の中の老婆がもぞもぞと身体を捩《よじ》った。

「……お祖母《ばあ》ちゃん」

わたしはそう声を掛けていた。ふーふーと荒い息が胸元にかかっている。

「大丈夫？」

返事はない。起き上がるべきか迷っていると、彼女の顔が不意に持ち上がった。

萎《しぼ》んだ顔がすぐ目の前に迫った。この距離だと暗くてもよく見えた。額にも頬にも上唇にも刻まれている無数の皺《しわ》。歯のない口。

目が合った。そう思った瞬間、垂れ下がった瞼《まぶた》が一気に持ち上がった。目を裂けそうなほど見開いて顔をわななわな震わせて、

「だ……だれ」

かすかな声で老婆は囁いた。わたし、果歩、マリちゃん、どう答えたらいい。どれが正しい。脳が激しく思考している。口の中がザラザラする。

「あ……」

老婆が不意にのけぞった。顔が酷《ひど》く歪《ゆが》み痩せた首がぴんと伸びる。手が胸を押さえている。苦しそうに「くっ……」と息を漏らす。

わたしがいることに気付いていなかったのか。

今気付いてショックのあまり心臓が――

「く、くっ」

唇の間から唾《つば》が飛んでわたしの頬にかかった。

「お、おばあ……」

ざあああああっ
廊下から大きな音がした。ざああっ、ざああっ、と続けざまに鳴る。ぱらぱら、とい

う音も合間に聞こえる。
見えない何かが砂を撒《ま》いている。ドアに向かって砂を叩《たた》きつけている。
ざああっ、ざああっ
音はますます大きくなっている。わたしの上で老婆が苦悶《くもん》の表情を浮かべ身を捩って
いる。骨ばった肘《ひじ》が胸に当たり、また唾が顔に飛ぶ。
「お祖母ちゃん！」
わたしは彼女の下から這《は》い出た。砂に寝かせて立ち上がり、二歩で部屋をまたいでド
ア横のスイッチを押す。シーリングライトが砂まみれの部屋を照らし出す。
彼女は真っ赤な顔で胸を掻《か》き毟《むし》っていた。食い縛った口は白い泡に濡《ぬ》れている。
ざああっ、ざああっ
背後でまた砂がドアを打つ。わたしは彼女の側に跪《ひざまず》いて何をするべきか迷う。心臓マ
ッサージ、違う。人工呼吸も違う。救急車だ。その前に家の人を。敏くんと梓さんを。
でも二人はわたしを殺そうとしている。
ざああっ、ざああっ
老婆の枯れ枝のような手がわたしの太股《ふともも》に当たる。彼女は首を左右に振って泡を砂に
吐き散らす。
ざああああああっ
「──敏くん！」

わたしはドアに向かって叫んだ。「梓さん！」とまた叫ぶ。
「お祖母ちゃんが！」
彼女の頭を支えながら声を張り上げる。
ざあああああっ
二人の声はしない。気配もしない。階段を上ってくる足音もしない。声が届いていないのか。ドアを開けて下に向かって叫ばないと聞こえないのか。
ざああああああっ
「か……かっ」
老婆の顔が紫色になっていた。
わたしはできるだけゆっくり彼女の頭を砂に置いて立ち上がった。
ざあああっ
沈み込む足に力を込めて、大股《おおまた》で一気に部屋を横切って、
ざあああっ
携帯で呼べばいいのでは、と今更浮かんだ別の選択肢を振り切って、
ざあああああああっ
ドアノブを摑んで捻《ひね》って一気に引き開けた。
「敏くん梓さん！」
部屋の明かりが砂煙を照らし出した。

「来て！　おばあ――」

顔に無数の粒子が当たる感触がした。襟から服の中に入り込む。鼻にも口にも入り込む。

不快感が襲いかかるのと同時に高いところから視線を感じて、わたしは無意識に天井を見上げていた。立ち込める砂煙。その向こうに――

二つの大きな目が光っていた。

※　　※

あの時の女性の目を思い出すと、途端に後悔が沸き起こった。明らかに不審者を見る目だった。声なんか掛けなければよかった。

「ねえ」

お袋に呼ばれて僕は我に返った。食事中だったことを思い出す。皿の上の料理はほとんど減っていなかった。

「どうしたの。さっきから上の空だけど」

怪訝《けげん》な顔でお袋が訊《き》く。

「何でもないよ」

僕は首を振った。思ったより激しく大げさに振ってしまい、また後悔の念が湧き上がる。過ぎたこと、ずっと前のことを未《いま》だにくよくよ悩んでいるのも惨めだ。

「そう？」お袋は首をかしげて、「最近ちょっとおかしいんじゃない？　哲也」と言った。

「……かもね」

それだけ答えて僕は漬物を口に放り込んだ。

お袋はその後何度か僕に謝った。気を悪くした、機嫌を損ねたと思ったのだろう。僕は繰り返し「気にしてないから」と返した。無理に笑顔を作って明るく振舞ってさえいた。

風呂《ふろ》から上がる。階段を上りながら明日《あした》のことを考える。もうあの家の前を通るのは止めよう。元のコースに戻そう。そんな風に考えそうになるのを堪《こら》える。じりじり砂が鳴る音を黙って聞く。むしろしっかり聞いてやる。

砂の音は頭の中で激しく鳴り響いていたが、やがて少しずつ遠ざかって消えた。ふーっと大きく息を吐いて、僕は自分の部屋に辿《たど》り着いた。

次の日。僕は無事に平岩邸の前を歩くことができた。その次の日も。更にその次の日も。一日二回、銀と一緒に。それが当たり前のことになっていた。

「サブリーダーだったショウジさんがやっぱり繰り上がってパートリーダーになって……」

「そ、そうなんだ」

一方でお袋の話に相槌《あいづち》を打つのが苦しくなっていた。お袋に対する嫌悪感ではない。理由は分かっていた。分かり切っていた。今更になってようやく気付いたと言っていい。いや——目を向けることができるようになった、と言った方が正しい。

「どうしたの、思い詰めた顔して」

「……何でもないよ」

風呂を済ませて僕は階段を上る。布団に座り込んでスマホを手にする。お袋の金で買ったスマホを。

「おはよう、ご飯よ」

僕は階段を下りてお袋と食事をする。お袋が作った食事を。食べ終わって銀に餌をやって散歩に連れて行き、平岩邸の前を通り過ぎる。

僕は階段を上って部屋でテレビを観る。おそらくは親父の給料で買ったテレビを。夕方になって銀を散歩に連れて行き、平岩邸の前を通り過ぎる。

同じ毎日が繰り返される。平穏無事な日々が続く。

僕はそれに焦りを覚えるようになっていた。戸惑い怯《おび》えるようになっていた。今更のように。

比嘉さんから電話があったのは、そんな感情が限界すれすれまで達した頃だった。

「調子はどう？」

簡単な挨拶《あいさつ》を済ませると彼女は訊いた。部屋に突っ立ったまま、僕は「げげ、元気だよ」とつっかえながら答える。夕方の散歩から帰ってきた直後のことだった。窓の外は暗くなっていた。街灯に虫が集まっている。

数秒ほど沈黙があって、

「頭の砂はどう？」

比嘉さんは再び訊いた。僕はそこで勘違いに気付く。彼女は最初から砂のことを訊いていたのだ。嬉《うれ》しさのあまり余計なことを言ってしまった。

「ま、まだ音が聞こえる」

できるだけ冷静にそう答える。実際そうだった。目覚める時。夢にうなされた時。散歩中に知らない人とすれ違った時。僕の頭の中では未だに砂が鳴っていた。

「もう少しで終わるから待ってて」

比嘉さんがきっぱりと言った。

「え？」

「もう砂の音は聞こえなくなる。砂の音に悩まされることも、苦しむこともなくなる」

「それって……」

「あの家に行くことにしたの。今の仕事が片付いたらすぐ。早ければ来週。遅くても再来週には必ず」

淡々と説明する。比嘉さんの言う「仕事」が何なのか僕は思い出す。彼女が胡散臭《うさんくさ》いことも。彼女の言葉を真に受けるべきではないことも。

「……行って何するの」

「倒せるようなら倒す。無理なら──そうね、封印する」

日常では聞かない言葉に軽い目眩《めまい》を覚えながら、僕は畳敷きの自分の部屋を見つめていた。パートが休みの時にお袋が掃除する部屋を。

「遅くなってごめんね」

不意に比嘉さんが詫《わ》びる。

「いや」僕は答える。「悪くない、全然、ちっとも」

「いいえ」彼女が即座に返す。

「悪いわ。わたしは悪いことをした」

「……どうして」

問いかけると、電話の向こうでかすかな溜息《ためいき》が聞こえた。

くしゃくしゃになった布団を見つめていると、

「わたしがもっと早くあの家に立ち向かっていれば、五十嵐くんは苦しまなくて済んだ」

彼女は言った。すぐに、

「もっと早く手を付けていれば、吉永くんも死なずに済んだかもしれない」

淀《よど》みなく続ける。すらすらとまるで機械のように、無感情に。いや──

感情を出さないように。

焦って返す言葉を探していると、

「わたしがこうなってからすぐ対処していれば相馬くんだって死ななかったかも」

彼女が一息に言った。

「本当は今すぐ行った方がいいのに今やってる仕事は大口だからって」

「や、あの」

「でももう行くから大丈夫。来週には。遅くてもさらい――」

「比嘉さん」

僕は遮った。思ったよりずっと大きな声が出ていた。動いてもいないのに脈が速くなっている。大きく深呼吸すると、僕は、

「い……一緒に行くよ」

思い切ってそう言った。首筋に汗が吹き出していた。

比嘉さんは何も答えなかった。沈黙が怖くなって慌てて、

「じ、自分のことだから」

「駄目よ」

比嘉さんがぴしゃりと返す。「五十嵐くんが来てどうなるものでもないし、危険な目には遭わせられない」と、冷たい声で言う。

「危険なの？」

僕は訊く。「だったら余計に一人は」

「わたしは大丈夫」

わざとらしいほど堂々と言い切る。

「ここからは専門家に任せてほしい。それに——五十嵐くんにはお母さんがいるでしょう？ 何かあったらお母さんが悲しむ」

「それは比嘉さんだって」

僕は部屋を歩き回っていた。畳を鳴らしながら、

「ご両親も、あと下のきょうだいも。よ、四人」

「最終的には六人よ。わたしを入れて七人」

「……だったらなおさら」

「そのうち五人は死んでる。両親も」

僕は絶句した。返す言葉が思いつかない。ただ機械のように畳を歩いている。

「ミハル——『背が高くて元気な妹』もね。中三の時に」

そんなに早くに。お袋には嘘を吐いたのかと遅れて気付く。そこでようやく疑問が湧く。何故どうして。訊《き》こうとすると、

「残った妹とも長いこと会ってない。もう一生会わない。だから」

きっぱりと断定口調で、彼女は、

「わたしは大丈夫」

さっきと同じことを言った。沈黙が続く。

「……どうして」

僕はやっとのことで訊いた。

「全部その、分からない。な、納得できないっていうか」

気が付くと歩き回るのを止めていた。窓際に佇《たたず》んで暗い窓ガラスを眺めながら、

「じゃあよろしく、行ってらっしゃいって流れには、な、ならない」

何とか言葉を捻《ひね》り出して、彼女の答えを待った。

スマホの向こうでカチッと音がした。しばらく間があって、ふう、と長い溜息のような音が聞こえる。煙草だ。比嘉さんが煙を見つめている姿が頭に浮かんだ。

「あの家に行ってから」

暗い低い声がした。

「現実を見るようになった、って言ったの覚えてる？」

「うん」

毎晩の回想、その終盤を思い出して僕は答える。再び煙を吐く音がして、

「力を有効に使おうと思うようになったの。怯えたり怖がったりする暇があったら前向きに活用しようと。すぐに今の仕事を始めた。家計の足しにするためにね。うちは貧しかったから」

だったね、と言いそうになって堪《こら》える。

「途中までは上手《うま》く行った。食事や服に困ることはなくなったし、仕事自体も軌道に乗

った。教室で話した時はまさにその最中だった。でも」

比嘉さんはそこで黙り込んだ。何度か煙を吐く音が繰り返された後、

「そのうちみんなおかしくなった」

感情の全くこもっていない声で、彼女はそう言った。

「妹も弟も両親もわたしの真似をするようになった。両親はお金目当てで。きょうだいはそうね――わたしが鬱陶《うっとう》しかったんだと思う。だから対抗というか反抗というか、何度も止めるように言ったのに聞かなくて、それで」

そこで深く息を吸うと、

「危険な化け物や悪霊に関わって死んだの、次々に」

彼女は一気に言った。すぐに、

「残った妹も身体を壊した。わたしみたいな力を手に入れようと無理をたくさんしてね。もう治らない。元には戻らない」

ざく、と音がした。煙草を灰皿に突き立てる音だろう。僕は唇を舐《な》めた。さっきからずっと黙っているのに口も喉《のど》も渇いている。

「あの子はきっとわたしを恨んでる。だからもう会わない。会う資格がないの。あの子を――みんなをおかしくしたわたしには」

声にほんのわずかに苦痛を滲《にじ》ませて、

「だからわたしは大丈夫」

三度《みたび》同じことを言うと、彼女は、

「一人だから。説明はお終《しま》い」

そう締めくくった。再びカチッとライターが鳴る。比嘉さんが煙草を吹かす音を聞きながら、僕は呆然《ぼうぜん》と窓際に突っ立っていた。彼女の「説明」の一言一言が胸に突き刺さっていた。

「五十嵐くん」

比嘉さんが僕を呼んだ。答える前に、

「だから五十嵐くんは待っててくれたらいい」

「いや、でも」

「終わったら報告するからその時に会いましょう」

話は終わりだと言わんばかりの調子で言う。僕は必死で思考を巡らせる。どうすればいい。何を言えば。

「また連絡するから――」

「じゃ、じゃあさ」

僕はとっさに、「な、何で、電話してきたの」と訊いた。

「こんな風に電話が来たら、誰だって一緒に行くって言うよ。僕じゃなくても。そ、そんなの分かりきってるのに何で」

比嘉さんは黙った。

チッチッチッと小刻みな音が電話の向こうから聞こえる。ライターの発火石だろう。次の言葉を考えながらぼんやりとイメージしてしまう。どこかの部屋の窓辺で、彼女が携帯を耳に当てながらライターを鳴らす姿を。

じりり、と頭の砂が鳴る音を聞きながら、

「……一人で行けって言われたら、僕は無理だよ。前を通るだけで精一杯だし。だって」

慌てないようにゆっくりと、僕は、

「怖いから。僕はあの家が怖い。今でも」

と言った。

勘違いかもしれなかった。でも僕はほとんど確信していた。さっきまでの彼女の言葉で。口調で。電話してきたことそれ自体で。

比嘉さんはあの家を恐れている。僕と同じように。

それでもあの家に行こうとしている。一人で抱え込んで。

見過ごすわけにはいかない。よろしくと丸投げするわけにはいかない。

「一緒に行こう」

僕はそう言った。沈黙が続く。もう一度言おうかと思ったところで、

「ありがとう」

比嘉さんの声がした。囁《ささや》くような小さな声だった。

※　※

囁くような小さな声がした。か細く、切れ切れで、今にも消えてしまいそうな声。白くて丸いものが視界にぼんやり浮かび上がっていた。徐々に焦点が合う。丸いものは光を放っている。隅に黒い文字のようなものが見える。取り扱いの説明書きだ。つまりこれはシーリングライトで、自分は天井を見上げている。いや――

わたしは老婆の部屋で仰向《あおむ》けに倒れている自分に気付いた。

変だ。生きている。喉にかすかな違和感を覚える以外は何ともなっていない。

敏くんと梓さんを呼んだのに。殺されるのではなかったのか。それにあの光る目。

耳をそばだてても何も聞こえない。床に投げ出した手を動かすと、冷たくざらりとした感触が手の甲に伝わった。砂だ。わたしは砂の上に寝ている。

生きてはいるけれどまだ平岩邸にいる。

ゆっくりと身体を起こす。首筋に付いた砂が襟から背筋へと伝い落ちる。気持ち悪さに顔をしかめてしまう。目の前には開いたままのドア。暗い廊下には三十センチほどの砂の山がいくつも出来ていた。

気を失う前の記憶と結び付く。夢ではない。あの見えない何かは現実にいる。階段を上ってドアに砂を撒《ま》いて、老婆が起き上がろうとして苦しんで――

わたしは思い出すと同時に振り返った。

老婆が胸に手を置いたまま、砂の上に横たわっていた。身動き一つしない。半開きの目はどこも見ていない。口をぽっかり開けている。皺《しわ》くちゃの顔と手は蠟人形《ろうにんぎょう》のように真っ白だった。身体はぺしゃんこになったように見えた。魂が抜けたら人はこんなに薄くなるのか。そう納得してしまうほど。

傍らに這《は》い寄って鼻の前に手をかざす。恐々腕を取る。ただの確認だと自分で分かっていた。呼吸をしていないこと、脈がないことを確かめているうちに、鼻の奥が痺《しび》れて目が熱くなって視界が滲《にじ》んだ。

老婆は死んでいた。お祖母《ばあ》ちゃんだと思っていた名前も知らない老婆は、砂の上で冷たくなっていた。わたしのせいで。わたしが驚かせたせいで。

彼女の冷たく乾いた手を握り締めて、わたしは込み上げてくる嗚咽《おえつ》を嚙《か》み殺した。泣いている場合ではないと頭の奥の方が警告していた。悠長に泣いていい状況ではないと。ここは平岩邸だと。

目元を拭《ぬぐ》ってそっと振り返る。廊下からも階下からも何の音もしない。気配もしない。誰もいないかのように静まり返っている。

わたしは殺されていない。見えない何かを前にしても無事にここにいる。でもこの状況はやっぱりおかしい。

老婆の頭の側に携帯が落ちていた。

摑《つか》んでいた老婆の手を彼女の胸元に置き、携帯を拾い上げてゆっくり立ち上がった。心の中で何度も彼女に詫《わ》びる。手を合わせようとして止める。正しいのか分からない。放り出された死体に対してするべきことなのか分からない。

彼女の足元に転がっていたバッグを摑み、砂を踏みしめてドアに向かう。そっと廊下を覗《のぞ》いてみる。

廊下にも階段にも足跡があった。真新しい小さな足跡はわたしのものだろう。そして大きな楕円《だえん》形は見えない何かの。

すぐ足元の砂に残った足跡は三十センチ以上あった。よく見ると先端がわずかに二つに分かれていた。それ以外はほとんどただの楕円形。最初に想像したのは大きな桜の花びらだった。

その次に想像したのは蹄《ひづめ》だった。

蹄は階段を上ってこの部屋の前まで来て、再び階段を下りていた。足跡の軌跡からそうとしか思えなかった。

わたしは廊下へ足を踏み出した。摑んでいたドア枠から手を離す。かすかに砂が鳴る。寝室のドアは閉まっている。子供部屋のドアは半分開いて明かりが漏れている。吹き抜けの暗がりに視線を走らせ、次は階下の気配をうかがい、手すりをしっかり握ってから階段を下りる。蹄の足跡を避《よ》けながら。

何も聞こえない。何の気配もしない。ただ自分が砂を踏みしめる音だけがする。さく、さく、さく。

曲がり角に差し掛かる。テレビの音はしない。リビングのドアは開いていて、光が一階の廊下の砂を照らしている。リビングからもお風呂《ふろ》からも音は聞こえてこない。開いたドアの向こうに目を凝らしながら、そろそろと足を進める。一歩一歩限界までゆっくりと。さく、さく。

横目で玄関を見下ろす。特に変わったところはない。薄暗い中にわたしの靴が見えた。梓さんの靴と敏くんの靴も――

見覚えのあるスニーカーに気付いて足が止まった。考えるより先に目が勝手に焦点を合わせる。大きな白いスニーカー。履き古して皺が寄っている。歪《ゆが》み具合からも紐《ひも》のくたびれ具合からも間違いない。

勇大の靴だ。夫がこの家にいる。

少しも安心できなかった。むしろ焦りばかりが膨らんでいた。心臓が激しく鳴って胸が詰まる。息が苦しい。音が出ないように小刻みに呼吸しながらわたしは再び足を進める。

一階まであと五段。身体を傾けてリビングを覗き込む。見える範囲には誰もいない。ソファの端っこ。ダイニングテーブル。カーテン。砂の床。何かを引きずったような跡。

考えないようにしてまた一段下りる。あと四段。男の人の絶叫を思い出さないようにしてまた一段下りる。あと三段。リビングを覗きながらまた一段。

とうとう一階に辿《たど》り着いてわたしはその場に立ち竦《すく》んだ。本能が逃げろ逃げろと頭の中で告げる。階段を回り込んで玄関を飛び出せと急《せ》かす。わたしはその声を聞きながら右手で左手を握り締めていた。指輪をしていない左手を。

勇大はこの家にいる。でも気配はしない。敏くんと梓さんだけでなく勇大まで。何かあったとしか思えない。勇大によくないことが。叫び声。倒れる音。引きずる音。浴室。浴室に行くしかない。行って確かめるしか。わたしは震える足を動かした。開いたドアからできるだけ離れて廊下の奥へと足を踏み出す。ちらりとリビングに目を向けてすぐに身体を引く。

人影が見えた。誰かが立っているらしい。長いスカートが見えた気がしたから梓さんかもしれない。正確なところは分からない。

息を止めて耳を澄ます。音はしない。話をしている様子も動いている様子もない。わたしは上体を伸ばしてリビングを覗き込んだ。

梓さんがソファの前に突っ立っていた。

低いテーブルを挟んだ対面には敏くんが立っていた。

二人とも天井を向いている。口をぽかんと開け、手をだらりと下げている。マネキン人形のように身動き一つせず、無言で虚空を見つめている。

テーブルの上には大きな砂の山が出来ていた。

天井にはシーリングライトが光っているだけだった。それでもわたしは想像してしまう。あの二人は何を見ているのか見当が付いてしまう。

見えない何かが立っている。

二階の窓から覗いていた何か。蹄のある何か。

この家をおかしくしている何かが、二人を見下ろしている。

※　※

夜中に天井の照明を見上げていると、比嘉さんから連絡が来た。今度はショートメールだった。

〈比嘉です。明後日《あさって》、土曜の夜七時以降は空いていますか。あの家に行きます〉

僕は〈大丈夫です〉と返した。苦笑するだけの心の余裕すらあった。スケジュールなんていつでも空いている。

〈では午後七時に東村山駅前の喫茶イーストヴィレッジマウンテンで。準備と打ち合わせをしてから行きましょう〉

業務連絡みたいな文面だと思ったけれど、今度は笑わなかった。

〈分かりました。よろしくお願いします〉

送信寸前に気付いて僕は大急ぎで文章を書き直す。

〈要るものはありますか〉

〈特にありません。こちらで用意します〉

〈何か準備しておくことは〉

〈ありません〉

結局は丸投げだ。任せっ放しにしている。僕は仰向けのまま頭を抱えた。比嘉さんの冷たい目が頭に浮かぶ。溜息《ためいき》を吐いているとスマホが震えた。

〈体調を整えておいてください。健康であってもこうした状況下に置かれると体調を崩したり病気になったりするので〉

そういうものなのだろうか。比嘉さんは冗談を言いそうにはないけれど、素直には受け取れない。僕に気を遣っているのかもと勘繰っていると、

〈さっきのは真面目な話です。自分は最悪のケースも想定しています〉

雑念が一瞬で吹き飛んだ。布団から起き上がって両手でスマホを摑む。遠回しに書いているけれど、彼女が何を言わんとしているのかは考えるまでもなかった。

あの家の二階の光景がまざまざと甦《よみがえ》る。嘔吐《おうと》していた功。いきなり支離滅裂なことを口走り昏倒《こんとう》した純。二人とも死んだ。それまで何ともなかったのに、あの家に入っただけで死んだ。

今度は僕も、比嘉さんも死ぬかもしれないのだ。

両腕に鳥肌が立っていた。胃袋が浮き上がるような感覚が続いている。

〈分かりました〉

僕はそう返信した。

〈よろしく〉

少しだけ砕けた文面を見ながら、僕は「よろしく」と小さく口にした。身体を縛る緊張はなかなか解けず、いつまで経っても眠れなかった。

翌日から翌々日の土曜の昼まで、僕は意識的にいつもどおり過ごした。銀と平岩邸の前を通る時は久しぶりに不安に襲われたが、どうにか平静を保って通り過ぎることができた。平岩邸にも何の変化もなかった。

銀の足を拭《ふ》いてから僕は階段を上った。部屋に入ると息苦しくなり、窓を開けて外の生温《なまぬる》い空気を吸い込む。平岩邸のある方を見ないようにしている自分に気付き、次に掌《てのひら》が汗で湿っていることに気付く。

あの日を思い出さないようにしているのに、身体は反応している。怖がっている。

僕は布団に座り込んで時間が過ぎるのを待った。他に何をする気にもなれなかった。とうとう六時半になった。

行きたくない。

ここへ来てそんな気持ちが膨らみ始める。決意が鈍る前に僕は立ち上がった。あの家には絶対に行きたくない。そう思いながらドアを開ける。

玄関から銀が僕を見上げていた。キュウ、と心配そうな声で鳴く。

最初の一段を下りた。

踏み板がギイイと大きく鳴る。

砂がザリザリと頭の中を削る音がする。

膝《ひざ》が笑い太股《ふともも》にも力が入らず壁に手を突いた。

銀の痩《や》せ衰えた身体が玄関の照明に照らされている。

部屋に引き返したい気持ちが湧き起こるのを何度も振り払う。

ここで逃げたら終わりだ。僕はこの家から出られなくなってしまう。

あの家に囚《とら》われたままこの家でまた同じ日々を過ごすことになってしまう。

僕ははっきりと理解していた。今までの暮らしは平穏でも普通でも日常でもなく――

「どうしたの」

玄関にお袋が立っていた。エコバッグを抱え、引きつった顔で僕を見つめている。

「風邪？　顔が真っ青だけど」

「……何でもないよ。ちょっと出かけてくる」

そう言うと、お袋は「ええっ？」と大げさに驚いた。「これから晩ご飯よ？」

「今日はいい」僕はきっぱりと言った。「ごめん、先に言っとけばよかったね」

お袋は唇をわなわなさせて、「何かあったの？　ねえ？」と僕の腕を掴《つか》んだ。

「こんなことなかったでしょ、たまにぼんやりしてたりはあったけど。でもご飯も食べずに出かけるなんて、こんなおかしなこと」

「おかしくないよ」僕は言った。そこで覚悟を決める。

「……今までの方がおかしい」

鼓動が高まっていた。お袋の皺《しわ》の一本一本が黒々として見えた。真上の照明の光で強調されているせいだけではない。年を取ったのだ。当たり前のことなのに僕はずっと見ないふりをしていた。

「僕はずっとおかしかった」

お袋の顔を見ながら僕は、

「人と話せなくなって、銀の散歩以外は外に出られなくなって。は、働きもしないで、家にずっと籠《こも》ってた」

砂が頭蓋骨《ずがいこつ》の内側で鳴るのを聞きながら、

「理由もあるにはあるけど。でも何の対処もしなかった。お袋だって気付いてたよね」

お袋の顔が奇妙に歪《ゆが》んだ。ショックを受けているのは分かっていたけれど、笑っているようにも見えた。汗ばむ手を握り締めて、僕は、

「気付いて……当たり前みたいにしてたというか、何でもないふりを、し、してくれてたというか。普通のことみたいに。でも本当は違う」

一度咳払《せきばら》いをして、

「この家はおかしい。僕がおかしくしてた。ごめん」

腕を掴む手が弛《ゆる》んだ。お袋の目がみるみるうちに潤む。

「それを何とかしに行く。今から。できるかは分からないけど」

僕はお袋の手をそっと摑むと、腕から引き離した。

どさっ、と音を立ててお袋はエコバッグを落とした。銀が耳をぴくりと震わせる。

お袋はしゃがみこんで顔を覆った。銀が皺だらけの手の甲に鼻を擦《こす》り付ける。

啜《すす》り泣きが玄関に響いた。

お袋に「ごめん」ともう一度謝り、銀の頭を撫《な》でてから、僕は家を出た。

パタン、と背後で玄関ドアが閉まった。

※　　※

ブウン、と冷蔵庫が鳴って、とっさにドア脇の壁に身を隠した。

リビングで二人の動く気配はしない。かすかにさらさらと音がする。廊下の奥、洗面所兼脱衣所には電気が点《つ》いていた。

何かが動いている。背筋が凍るのと同時に鏡だと気付く。洗面台の大きな四角い鏡にわたしが映っていた。蟹股《がにまた》で壁にへばり付いている自分の姿が、はるか向こうに小さく。

廊下の砂にはほとんど一直線の広い溝があった。その上には足跡。浴室からこちらに向かってリビングの中へと続いている。敏くんのものだろう。彼の動いた経路を辿《たど》りながらわたしは歩き出した。

洗面所がひどく遠く感じる。
砂の音は階段よりは小さい。
あの悲鳴。倒れるような音。
履き古した白いスニーカー。
リビングから気配はしない。
さらさら鳴る音が途絶えた。
思わず立ち止まってしまう。
振り返ってドアを見つめる。
音はしない。気配もしない。
気を取り直して足を進める。
口の中は乾燥しきっていた。
まだ洗面所に辿り着かない。
走っても大丈夫ではないか。
音もきっとそんなに出ない。
だから走れ今すぐ走り出せ。
でも歩くことしかできない。
ただそろそろと砂を踏んで、
砂がわずかに足を呑《の》み込み、

大は死んだ。

後悔と罪悪感が破裂しそうなほど膨らむ。頭と胸と掌《てのひら》は熱いのに身体は凍りつきそうなほど寒くて震えている。

わたしは俯《うつむ》いていた。流れ落ちた涙が砂を点々と濡らしている。そう思っている間にも涙は砂に吸い込まれ乾いて見えなくなった。すぐ隣にわたしのバッグが落ちていた。

警察を呼ぼう。勇大は死んだ。おそらく殺された。

次はわたしの番だ。ここにいたら危ない。逃げろ。

唇を嚙《か》むと涙と鼻水が口の中に流れ込んだ。塩辛い味が広がる。

バッグを摑《つか》んで立ち上がって振り返ると――

敏くんが立っていた。

鏡の前に立ってわたしを見下ろしている。

精悍《せいかん》な顔には何の表情も浮かんでいない。口は真一文字に結ばれている。

わたしは声も出せずその場に硬直した。

「……果歩」

悲しげな笑みを浮かべると、敏くんは、

「悪いな。でも果歩はこの家には要らんねや」

そう言うなりわたしに殴りかかった。咄嗟《とっさ》にバッグで顔を隠す。

バッグが激しく鳴った。衝撃で後ずさると足を取られ、わたしは浴室へと弾《はじ》き飛ばされた。

浴槽に頭を打ち付ける。痛みで思わず呻《うめ》き声が出る。肩に何かが当たる。背中の下にあるごつごつしたものが勇大の死体だと気付いて反射的に身体を起こす。頭の痛みを堪えながら勇大から下りようとすると、敏くんの手がわたしの首を摑んだ。

「やめて!」

叫んだと同時にもう片方の手がわたしの首に回った。

敏くんの血走った目が迫る。

絞め殺される自分の顔が頭に浮かんだ。

※　※

自分の引き攣《つ》った顔が目の前にあった。大きな窓ガラスに反射している。

向こう側の本棚の前で、茶色い髪の青年が漫画雑誌を立ち読みしている。

どうにかここ、駅前のコンビニまで辿り着き、僕は大きく息継ぎをした。

想像した以上に大変だった。駅に近付き、実際にざわめきを耳にし、大勢の人を目にすると胃が浮いて、何度も引き返したい衝動が湧き起こった。

窓ガラスから目を逸《そ》らした。スマホを取り出し、喫茶店の位置を検索する。歩いて探すだけの体力も気力も既に尽きかけている。こんな調子で大丈夫なのだろうかと不安が膨らんでいた。

目当ての店はコンビニの裏の路地にあった。

小さな木製のドアを引く。カウンターの女性店員と何人かの客が一斉に僕を見る。突き刺さる視線に耐えながら、僕は店内に足を踏み入れた。古めかしく薄暗く狭い店内は、空調が効きすぎて寒い。コーヒーの香りが漂っている。

テーブル席に座ろうと奥に目を向けると、スーツ姿の女性が手を振っているのが見えた。一番隅の二人席。傍らには小ぶりのキャリーバッグ。首には紫のスカーフ、手には黒い手袋をしていた。比嘉さんだ。仏頂面と仕草が不釣合いで酷《ひど》く目立った。

僕はわずかに安堵《あんど》していそいそと奥へと向かった。

比嘉さんは向かいの席を手で示した。もう片方の手は煙草を摘《つま》んでいた。

手元の灰皿には吸殻が山となっていた。

僕は彼女の向かいに腰を下ろした。水を持ってきた店員にアイスコーヒーを注文する。つっかえずに言えたことにホッとしていると、

「体調は？」

そっけなく比嘉さんが訊《き》いた。僕はうなずきながら、

「け、健康かは分からないけど」

「そう」

煙草を咥《くわ》えて深々と吸い込む。勢いよく煙を吐くと、彼女は足元からトートバッグを

拾い上げた。中から取り出したのはファスナー付きの透明なナイロン袋だった。布製の白いものが入っている。

「準備をしましょう。これは粉塵《ふんじん》対策」

比嘉さんはナイロン袋を差し出した。戸惑いながら受け取ると、

「あの砂を吸い込んだら危ない。これは確定でいいと思う」

表情一つ変えずに言う。僕はまじまじと中身を見つめた。何の変哲もない、どこにでも売っているようなマスクだった。

「魔除《まよ》けもしておいたから大抵の悪いモノは防げる」

また煙草を咥える。

喫茶店でするにはあまりにも非現実的な話だ。そう頭では分析できていた。普通に考えるとやっぱり胡散臭《うさんくさ》いと。

比嘉さんがバッグに手を突っ込んでいた。次に取り出したのは小さな手鏡だった。黒い持ち手がついた、どこにでもあるような手鏡。

「これも魔除け。危険が迫ったらかざして」

「……かざすって、何に」

受け取りながら訊くと、彼女は紫煙を吐きながら、

「いい、しりばに」

あっさりと言う。僕は鏡と袋を尻《しり》ポケットに捻《ね》じ込んだ。

店員がアイスコーヒーを持ってやって来た。立ち去るまで僕は何も言わず、比嘉さんも黙って煙草を吹かしていた。テーブルに冷たい視線を落としている。

吸殻の山に煙草を突っ込んで揉《も》み消すと、彼女は、

「ずっと調べてたの。何者か分からないと対策の立てようもないから」

「……その、しじりばのこと？」

つい小声になってしまう。

「そう」比嘉さんはボックスのフィルムを剝《は》がしながら、「最初は大変だった。学者先生も同業者も誰も知らなかったの。そんな名前の化け物は聞いたこともないって。文献を漁《あさ》ったらいくつか見つかったけれど、余計に混乱したわ。本によって記述がまるで違ったから」

煙草を一本引き抜いて咥え、カチカチと百円ライターを鳴らす。一向に火が点《つ》かない。

比嘉さんはライターを睨《にら》みつけた。液化したガスはまだ充分なほど残っている。

ライターを手にした黒手袋の指先が、小刻みに震えていた。

比嘉さんは表情一つ変えず、今度はゆっくりと指を動かした。カチ、という音とともにライターからオレンジ色の火が勢いよく立ち上る。

「江戸時代のお坊さんが書いた随想には、凶暴な妖怪《ようかい》かのように書かれていたわ」

そう言って煙草に火を点ける。

「泥棒が忍び込んだ家で出くわして、命からがら逃げ出したという噂話を聞き書きした

ものね。何とか生き延びた泥棒に、先輩の泥棒がこう言うの――それはしりりばだ。祖父から聞いたことがある。武蔵国にいる邪悪な化け物だ。お前は命拾いしたな――と」

煙を吐きながらまっすぐに見つめる。僕は一度だけうなずいた。

「……一緒と言えば一緒だね。僕らと」

「そう。でもね」

比嘉さんはわずかに表情を曇らせると、

「室町《むろまち》時代の文献にはこう書かれているの。武蔵国にしりりばの家というものがあるらしい。その家の人間は誰も病気にならず、外で怪我をしても家にいれば治ってしまう。一家は心穏やかで互いを慈しんでいる。この世の全ての人々があの家のようであればいいのに――」

遠くを見つめながら話す。僕は部屋で比嘉さんに見せられた屏風絵《びょうぶえ》を思い出していた。狛犬《こまいぬ》のある家。楽しそうに宴《うたげ》に興じる人々。砂の積もった座敷。

床柱の側に立つ背の高い影。

「それから」比嘉さんは煙を吐きながら、「大正期の精神医学の本には、こんなことが書かれていたの。とある家の子供がよく独り言を口にしている。誰かと会話をしているかのようだ。両親が問いただすと子供はこう答えた。この家にはしりりばがいる」

僕はアイスコーヒーを手にしたまま、黙って彼女の言葉を聞いていた。

「両親はまともに取り合わなかった。独り言はその後も続き、妹が生まれる前後にピタりと止んだ。幼少時の不安やストレスが生み出した妄想だったのかもしれない——今でいうイマジナリーフレンドみたいな話だけど」

聞いたことがある。子供にしか見えない空想上の友達のことだ。精神的な問題なのか霊的な存在なのか分からないけれど、そういう子供は少なからずいるらしい。

「この本は粗悪な作りで、症例として紹介されている大半は出鱈目《でたらめ》か、そうでなければ他の本の引き写しだった。著者は当時それなりに有名な医者だったけど、この本に関しては単なる名義貸しだったみたいね」

比嘉さんは空のグラスをあおって氷を口に含んだ。カリカリと嚙《か》み砕きながら、

「この症例の原典は別の精神医学の本よ。でも内容は大幅に違う。というよりズレている。医者が子供の家に出向いたところ、家中が汚れていたと書かれている。両親は気にしている様子もなかった、とも。子供の独り言以前に、家族全員が何らかの精神障害を抱えているのではないか——著者の医者はそうまとめてるの。両親が訪問を拒否したから交流はそれっきりになったそうだけど」

すらすらと淀《よど》みなく喋《しゃべ》る。僕は混乱していた。比嘉さんの饒舌《じょうぜつ》さに違和感を抱いてもいた。

「……何がなんだか」

「そう。情報が錯綜《さくそう》している」

再び煙草を咥え、深々と吸うと、

「でもね、最近知り合った逢坂《おうさか》さんって同業者が、こんなことを教えてくれたの。だいぶ年上の女性なんだけど、わたしがしりばについて訊いたら――小さい頃近所に住んでた、って」

「え？」

僕は思わずそう言った。ますます分からなくなっている。化け物なり妖怪なりイマジナリーフレンドなりが、近所に住んでいるとはどういうことだ。

比嘉さんは煙草を揉み消すと、バッグからクリアファイルを取り出した。一枚の紙を引き抜いて僕にかざす。

地図だった。白黒の地図がプリントされている。

「昭和五十五年の住宅地図よ。赤で囲んだところがあの家、というより大体あの家がある位置」

比嘉さんが言った。真ん中より少し右側に赤い丸が見える。僕は地図に顔を近付けた。

住宅街の一角。周囲と比べて広くも狭くもない家があった。形から察するに家屋はほぼ真四角らしい。

真四角の中央にはこう書かれていた。

〈師後庭　悟郎〉

「まさか……人の」

知らない間にそう言っていた。

「そのまさかよ。〈し、し、しりばごろう〉って読むの。逢坂さんに確認したから間違いない」

比嘉さんはボックスを手にしたが、すぐにテーブルに置いた。地図を片付けながら、

「人名だとは思ってもみなかった。知っていればこんな遠回りせず済んだのに」

口調にわずかに悔しさを滲《にじ》ませる。

「この師後庭悟郎って人は昭和五十七年に亡くなっている。今でいう孤独死よ。独り身の老人だったとか。近所付き合いもなかった。というより遠ざけられていた。アルコール依存症だったみたいね。近所を徘徊《はいかい》しながら『戻って来てくれ』『家を守ってくれ』と喚《わめ》いていたそうよ。別れた奥さんを呼んでいる——逢坂さんはそう思ってたって」

再び氷を口に含む。僕はアイスコーヒーを一気に半分飲んだ。ほとんど喋っていないのに喉《のど》がカラカラになっていた。

「しりばが人名なら別の調べ方がある。そう思って探したら出てきた。これで何となく見えてきたの。あの家に棲《す》むモノの正体が」

比嘉さんはクリアファイルから別の紙を引っ張り出した。今度は新聞のコピーだった。古いものだとすぐに分かった。文字は小さくぎゅうぎゅう詰めにレイアウトされている。

時限爆弾消える　一家命拾ひ

四月二日未明、東村山に敵機編隊が襲来し爆弾を投下。対空砲火に拠《よ》つて撃墜せしも民家三十六戸を焼き死傷者六名、墜落した敵機により民家二十四戸が被災し死者三名。敵機の投下せし時限爆弾の内一つが東村山町○×の民家を直撃せしも消失せり。一家四名に怪我は無かつた。家主の師後庭伊助《いすけ》は「日頃より家族皆で敬ひ奉り朝晩に神棚に参拝せし慣《なら》はしが我家を守りし。此《こ》の信心で以《もっ》て米英への……

「第二次大戦の末期にこの辺りで空爆があったの。東京大空襲の翌月よ。死傷者も出ている。でも一軒だけ、爆弾が投下されても無事だった家がある。それが師後庭家」

「……消えた、ってこと？　爆弾が？」

潰《つぶ》れた文字を何とか解読しながら訊《き》くと、

「記事はその辺りの詳細を掘り下げていない。天皇家を敬い奉る一家が報われた、この一家は日本国民の鑑《かがみ》だ。そんな内容に終始している。家主の伊助もそういう意味のコメントをしている。でも実際は違う」

比嘉さんは最後の方で語気を強めた。すぐに、

「家を守り、侵入者を攻撃し排除する――師後庭家には大昔からそういうモノがいたみたいね。モノの名前が先にあって一族がそれを姓にしたのか、あるいは師後庭家を守るから単純にそう名づけたのか。そこまでは分からない」

僕は黙ってうなずく。

「爆弾を消したのもこいつの仕業よ。おそらくは熱や衝撃を食い止めたの。でもそれで結構なダメージを受けて、そいつは眠ってしまった。一家は離散、残った悟郎も一人で死んだ。その後眠りから覚めたそいつは、師後庭邸の跡に建った家と、そこに住む人を守り続けている。外敵を排除し続けている。師後庭家がいなくなったことにも気付かず、機械みたいにね」

一呼吸置いて、

「しじりばは言わば霊的ホームセキュリティ——守り神よ。それも物凄《ものすご》く強力な。爆弾を止めるなんて芸当はそこらの幽霊や化け物には無理だから」

そう言うとボックスから煙草を引き抜いた。椅子にもたれてライターで火を点《つ》ける。

ある程度の辻褄《つじつま》は合う。比嘉さんの説明は筋が通っている。

あの日の僕たちは間違いなく侵入者だった。だから攻撃されたわけだ。そして純と功は死に、僕はおかしくなった。

そこまで考えて僕は疑問に行き当たった。

「あ、あのさ」

アイスコーヒーで喉を潤してから、僕は、

「ひ、比嘉さんは言ってみれば……無事だったわけだよね。あの家に入っても。おかしくはなってない」

「そうね。変わっただけ」

たなびく煙の向こうで、比嘉さんは、

「元々こういう力があったせいもあるかも。血筋ね。きょうだいも大体持ってた。ミハルは特に強かった」

遠い目をして言う。それなりに腑《ふ》に落ちる話ではあった。でも。

「……さっきの精神医学の話は、何か関係あるの。イマジナリーフレンドなのか、精神疾患なのか、よ、よく分からないやつ」

僕は訊いた。そこだけ比嘉さんの説明と絡んでいない。しい、しい、ししりばという言葉は出てくる。家が汚いというのは砂のことかもしれない。だが師後庭家とも守り神とも繋《つな》がりが見えない。

比嘉さんは鼻と口から煙を吐き出して、

「平岩家のお通夜のことは覚えてる？　セレモニーホールの前でわたしが話したこと」

「うん」僕はうなずいて、「近付けないとか……あと、あの家には今も何かいて、平岩さんたちに何かしてるとか」

「そう」

比嘉さんは背もたれから身体を離すと、

「ししりばは砂を使って人間の脳に働きかけるのかもしれないね。外敵の場合は具体的にどうするか。わたしたちは目の当たりにしている」

真剣な目で僕を見据える。じりり、と頭蓋骨《ずがいこつ》の内側が鳴った。

「……壊すんだね」

僕は言った。純と功の姿が頭に浮かぶ。そしてあの日以来の僕の姿も。

比嘉さんはかすかにうなずくと、

「その一方でししりばは住人を操作する。平岩家はおそらくししりばの存在に気付いていない。自分が操られていることも分かっていない。そして家の砂のことも。でも子供──一番小さい子供にだけは知覚できるみたいね。あの文献によると会話もしているようだし、操作を緩めているのかもしれない」

「……ということは」僕は砂の音に耐えて思考を巡らせると、「あの本に出てくる、子供とか親っていうのは、し、師後庭家の人だったってこと？」

「多分ね。名前は書いてないから絶対とは言えないけど」

煙草をくゆらせながら、比嘉さんは、

「ししりばは子供を中心に守るのかも」

と言った。

「わたしが無事だったのはそれも理由のひとつかも知れない。ししりばと会話することになったのも。わたしは四人の中で一番子供だった。三月生まれだから生物学的にも一番若い。だからししりばは判断した。こいつは守る対象だと。それ以外の三人は侵入者だと。あの時に聞こえた言葉とも繫がるわ。そこにいるのはお前の子供か、兄弟か──

――」

比嘉さんの眉間《みけん》に皺《しわ》が寄っていた。

「――真偽のほどは行けば分かるかもね、平岩邸に」

低い声でそう言うと、煙草を吸殻の山に突き立てた。空いた手で伝票を摘《つま》み上げる。

僕の頬を汗が伝っていた。いよいよだと思うと腰が浮くような感覚を覚える。

「心の準備はいい？」

比嘉さんが無表情で言った。僕は両手を膝《ひざ》に突いて、無言でうなずいた。

※　　※

敏くんがわたしの目を見ながら無言でうなずいている。大人しく死んでくれ、もう少しだ、という意味か。何か言っているような気もするけれど聞き取れない。息が苦しくてそれどころではない。

夢中で振り回した右手が床に落ちている何かに触れた。指先にチクリと痛みが走って気付く。包丁だ。浴槽の縁に置かれていた包丁が落ちている。

手探りで柄を握り締める。逆手で持っていると分かる。わたしは包丁を振り上げて敏くんの腕に刺した。骨に当たる感触が切っ先から手に伝わる。

敏くんが呻《うめ》いた。指の力がわずかに弛《ゆる》む。

包丁を引き抜いて今度は二の腕めがけて振り下ろす。ザクッと音がして骨で止まる。苦しげに身を捩《よじ》る敏くんの太股《ふともも》がすぐ近くに見えた。

引き抜いた包丁を渾身《こんしん》の力を込めて太股に突き刺した。

「ぐあっ」

敏くんの指が首から離れた。思い切り肺を膨らませて息を吸い込む。太股に包丁が刺さったままの敏くんが勇大の身体に足を取られ、バランスを崩してシャワーの噴出口へ倒れ込んだ。

シャワーから勢いよくお湯が吹き出した。

お湯で顔や服が濡《ぬ》れるのも構わずわたしは立ち上がってドアへと跳んだ。勇大を飛び越えて脱衣所に着地した途端、セーターを激しく引っ張られる。

敏くんが勇大の上で腹ばいになっていた。血まみれの手でセーターの背中を摑《つか》んでいた。考えるより先に袖《そで》から手を襟から頭を抜いていた。セーターだけを抜け殻のように置いて脱衣所を二歩で走り抜け廊下へ飛び出す。

敏くんが「おい！」と厭《いや》な声で叫んだ。心臓が張り裂けそうになるのを感じながらわたしは廊下の砂の上を走る。カットソー一枚だと酷《ひど》く寒い。足が砂に沈んで前に進めない。気持ちだけが先走る。身体が足が全然追いつかない。走っても走っても走れない。

呆《あき》れるほどゆっくりと階段の前を通り過ぎて廊下を曲がろうとした時、後ろから髪の毛を摑まれた。痛みに思わずのけぞり呻き声を上げてしまう。

足が砂を蹴《け》る。踏み込めない。わたしはそのまま後ろに引っ張られ放り出された。

背中からリビングの砂地に叩《たた》きつけられる。思ったより痛くない。両手を突いてすぐに上体を起こすと、ドアの手前に梓さんが立っていた。

梓さんは棒立ちでわたしを見下ろしていた。手には包丁が握られていた。

その背後には濃い砂煙が立ち上っていた。リビングが茶色く煙り、テレビもキャビネットも窓もよく見えない。

梓さんの細い顔はぴくぴくと痙攣《けいれん》していた。

※　　　※

自分の弛んだ顔がぴくぴくと痙攣しているのが分かった。シャツも汗で濡れて気持ちが悪い。僕も比嘉さんも無言だった。

駅から歩いて住宅街に入り、角をいくつか曲がる。視界に入っていなくても平岩邸に近付いているのが分かる。足が重くなった。ただ足を順に前に出すことすら苦しくなった。銀を連れていないことが今更のように心細くなる。

無言で歩く比嘉さんが前へ前へと遠ざかる。足音もキャリーバッグの音もはるか遠くに聞こえる。ただでさえ色のない夜の住宅街が真っ暗な闇の中に沈んでいく。

「五十嵐くん」

比嘉さんの声がした。振り返って僕を見ている。

僕は立ち止まっていた。暗い道の端で壁に寄りかかるようにして震えていた。

彼女はスタスタと足音を鳴らして近寄ると、

「まさかと思うけど、怖いの？」

と言った。呆れたような目が僕を射貫《いぬ》く。手汗は生温かく背中の汗は冷たい。

突き放されたような気持ちに襲われてすぐ、僕は気付いた。

今の台詞《せりふ》はあの日、僕が彼女に言ったのと同じだ。

視界が開ける。僕は夜の住宅街にいて目の前には比嘉さんがいる。冷静に今この状況だけを認識できるようになっている。

「……怖いよ。一人じゃ行けない。前に電話で言ったとおり」

自然とそう口にしていた。

「あの日も、こ、怖かった。すごく。ごめん」

比嘉さんは黙って僕を見つめていたが、やがて、

「わたしも怖かった。行きたくなかったのに」

「ごめん。ほんとに」

「いいの別に」

わずかに首を振ると、

「今もとても怖い。一人じゃ行けないと思う」

かすかな笑みを浮かべて、比嘉さんはそう言った。きびすを返して歩き出す。

僕はすぐにその後を追った。彼女と並んで暗い道を進む。足は重いし胃は浮きっぱなしだったけれど、それでも前に進むことができていた。

もう立ち止まるわけにはいかない。そんな気持ちになっていた。

平岩邸の門の前に辿《たど》り着くと、比嘉さんは僕を横目で見上げ、

「ここはわたしが。五十嵐くんは黙って真面目な顔をしてればいいから」

と言った。うなずくと、彼女はドアホンのボタンを押した。

「はあい」

女性の声がした。僕は表札の「梓」の文字を眺める。

ドアホンに顔を近付けると、比嘉さんは、

「夜分恐れ入ります。先日お電話したライターの鈴木《すずき》と申します」

清々《すがすが》しいほど堂々と嘘を吐いた。

「どうぞ。開いてますので」

平岩梓の声が返ってくる。精一杯愛想よくしているけれど疲れている。そんな声だった。

比嘉さんは門の取っ手を摑んだ。キイ、と軋《きし》む音が住宅街に響く。

彼女に続いて門をくぐり抜け、段差をいくつか上る。比嘉さんがドアを開けて「お邪魔します」とよく通る声で言う。中に足を進めながら横目で僕を見る。僕はドアの縁を

摑んで玄関に足を踏み入れた。

広々とした玄関スペース。乳白色の照明の下、土間にも廊下の床にも、うっすらと茶色い砂が散っていた。並んだ靴にも砂粒が飛んでいる。

手の汗をズボンで拭《ぬぐ》う。冗談のように生唾《なまつば》を飲み込み、渇いた喉《のど》に流し込む。頭の中で喫茶店での話が再生されていた。屛風絵《びょうぶえ》も思い出していた。

ここはしいしりばの家だ。

引きずるような足音とともに、精悍《せいかん》な顔つきの男性が廊下から現れた。平岩敏明だ。目が合う前に俯《うつむ》きそうになる。まだ赤の他人とは上手《うま》く接することができない。砂の音がザリザリと響くのを必死で無視する。

視線を彼のシャツの胸元にどうにか定めると、

「どうも、平岩です」

関西訛《かんさいなま》りで彼が挨拶《あいさつ》した。声は低いが口調は軽い。

「鈴木です。こちらは助手の五十嵐」

僕のことだ。慌てて「ど、どうも」と頭を下げる。

「すみません、こちらのお住まいは早めに取材しておきたかったもので」

わずかに恐縮しながら話す比嘉さんに、平岩は、

「いえ、こんな家でよければ全然。お役に立てたらええですけど」

ははは、と笑いながら手で奥を示す。

「失礼ですが」

比嘉さんが不意に、

「マスクを着用しても構いませんか？」

「へ？」

平岩が素《す》っ頓狂《とんきょう》な声で返す。

「お電話で少しおうかがいしたのですが」比嘉さんは淡々と、「お子さんがいらっしゃるとか。奥様のお腹に。わたくしどもは始終出歩いておりますし、万一のことがあってはいけませんので」

もっともらしいことを言う。

平岩は「お気遣いどうも」と嬉《うれ》しそうに言うと、「雑菌とか心配は心配なんで、言ってもらえて有り難いです」

僕は平岩の足元を見つめていた。散らばった砂の上に平然と足を置いている。比嘉さんの言ったとおりだ。雑菌は気にしていても、砂には全く注意を払っていない。

「では――」

キャリーバッグを玄関の隅に置くと、比嘉さんはバッグからナイロン袋を取り出した。ちらりと視線をこちらに向ける。僕は慌ててポケットから袋を引き抜いた。手鏡を落としそうになっておたおたしてしまう。

「念のため手洗いとうがいもさせていただけますか」

マスクを着けながら比嘉さんがまた訊《き》く。

「いやあ、助かりますほんまに」

平岩はへこへこと頭を下げると、「ささ、どうぞ」と腰を低くして再び奥を示した。

比嘉さんはローファーを脱ぐと躊躇《ちゅうちょ》なく廊下に足を置き、そのまま歩き出した。僕は僕はできるだけ何も考えないようにして彼女の後を追った。

マスクからかすかに日本酒のにおいがした。比嘉さんの言っていた「魔除《まよ》け」はこのことだろう。

ドアの前で右に折れ、廊下を突き当たりまで歩いて洗面所に着く。廊下には至るところに砂がバラ撒《ま》かれ、流れるような模様を描いていた。

「こっちで待ってますんで」

背後から平岩が声をかける。ドアから半分身体を出して、「お飲みもの何にしはります？」

「お構いなく」

比嘉さんは目元をわずかに和らげて答えた。平岩は「あはは、いえそんな」と曖昧《あいまい》に笑いながらドアの奥へ消えた。

洗面所には砂はほとんどなかった。洗濯機の上にわずかに散っている以外は。

比嘉さんはレバーを捻《ひね》る。蛇口から水が流れ出して洗面器を鳴らす。

「聞いて」

彼女が声を潜めて言った。緊張を帯びた冷たい声だった。

「言ったとおりよ。あの人――ご主人はしいしりばに操られている。行動もそうだし、わたしには分かる。物凄《ものすご》い力が頭の中を掻《か》き回してる」

僕は彼女に顔を近付けると、「そ、そうなんだ」と曖昧に囁《ささや》く。

「おそらく奥さんもそうなってる。壁の向こう――台所にいるみたいだけど」

視線で示す。水の音に交じって、男女の話し声がかすかに聞こえている。

「いしいしりばもいる。わたしたちに気付いて様子をうかがってる。今は――二階にいるみたい」

天井が不意に気になった。するはずのない足音に耳を澄ませてさえいた。押しつぶされるような感覚がして膝《ひざ》が笑い出す。

必死で理性を働かせ平静を保とうとすると、頭の中に一つの疑問が浮かんだ。というより確かめたいことが。

「こ、子供を守るなら、ひょっとして」

「多分ね」比嘉さんは小さくうなずいて、

「お腹の中の赤ちゃんを守って、両親を操っている。そういう仕組みのはず」

そう言うと水を止めた。

リビングから男女の笑い声が響いた。控えめではあるけれど、楽しげで幸福そうな笑い声。

聞き耳を立てている比嘉さんが唾《つば》を飲むのが、首の動きで分かった。

※　※

梓さんが包丁を握り締めるのが、手の筋の動きで分かった。

わたしは彼女の手元を見据えながらゆっくりと立ち上がり、そのまま後ずさる。砂が踵《かかと》に纏《まと》わり付いて、ざざ、ざざ、と乾いた音を立てる。

お湯で濡《ぬ》れた頬に砂が張り付いているのを感じた。首筋にも顎《あご》にも唇にも。無数の砂粒が肌にへばり付いて擦《こす》れ合っている。込み上げる不快感を振り払って梓さんにしっかり視線を向ける。彼女はぶるぶる震えながらわたしを睨《にら》み付けている。

その後ろで砂煙が動いている。

「……あ、梓さん」

嗄《か》れた声が口から出ていた。

「落ち着いて。誰にも言わへんから」

自分でも意味の分からないことを口走る。

梓さんは無言でわたしを睨み付けている。鼻の穴は大きく開き肩は激しく上下している。

壁の向こうから敏くんの呻《うめ》き声が聞こえた。

「帰らして。黙っとくから。謝るから。ぉ、お願い」

腰がカーテンに触れる。行き止まりだ。

「い……」

梓さんは唇を歪《ゆが》めると、

「要らない」

包丁を両手で構え、猛然とわたしを目掛けて突っ込んだ。反射的に左へ避《よ》けダイニングテーブルを回り込む。転びそうになってテーブルに手を突いてなんとか体勢を保つ。

テーブルを挟んでわたしと梓さんは向かい合った。

梓さんは額に汗を浮かべ、肩をいからせてわたしを凝視している。わたしは中腰で彼女の動きに全神経を集中している。一瞬でも目を逸《そ》らしたら終わりだ。殺されてしまう。

勇大みたいに殺される。きっとお風呂《ふろ》でバラバラにされる。その後は埋められるか捨てられるか分からないけれど絶対そうなる。

何でこんな目に遭うのか見当もつかないけれど絶対に。

この二人がおかしいから。あの光る目の何かがおかしくしているから。分かるところを繋《つな》ぎ合わせても何も見えてこないけれど確実に。

光る目の何かが実際何なのか全然分からない。二人がおかしくなった結果どうしてわたしが殺されるのかも分からない。勇大が殺されたのも。

「……もうええから……」

わたしは泣いていた。視界の下半分が滲《にじ》む。鼻水が口の中に流れ込む。緊張の糸が切れそうになって必死で気持ちを引き締める。梓さんは空いた手でお腹を守っている。もう片方の手には包丁。切っ先が照明の光を反射している。

「やめてよ……何でこんなん……」

勝手に喋《しゃべ》っている。感情的なわたしが言葉を抑えきれなくなっている。

梓さんが不快そうに眉《まゆ》をひそめる。

ざざ、と廊下で音がした。どん、と壁が鳴る。敏くんが来ている。こっちに向かっている。

ううう、と嗚咽《おえつ》を漏らしてわたしは次の手を考えている。勇大の死体が頭に浮かぶ。白くなった左手の結婚指輪。この家のどこかにあるわたしの。

「あ、あ」

梓さんが不意に体勢を崩した。お腹を押さえてずるずると後ずさる。砂を激しく蹴《け》って、足だけが勝手に動いているかのように。

彼女の顔は無表情になっていた。

ざっ、と包丁が砂に落ちた。

梓さんが砂埃《すなぼこり》を上げて立ち止まった。屈《かが》んで包丁に手を伸ばす。摑《つか》んで持ち上げた瞬間に離して落とす。また摑む。また落とす。機械のように繰り返す。

細い首をかしげて、何の感情も浮かんでいない顔で。

おかしい。もっとおかしくなっている。いや――

壊れている。

頭に浮かんだ言葉をはっきり認識した瞬間、わたしは砂を蹴った。ドアへ向かって駆け出す。

視界の隅、砂煙の向こうでぎらりと二つの目が光った。

梓さんが包丁を摑んで立ち上がった。

※　※

尻《しり》ポケットに手を入れ、手鏡を摑んでいた。立ち止まりそうになるのを堪《こら》える。不自然な歩き方なのは分かっていたけれど、手鏡の存在を確かめていないと一歩も進めそうにない。

リビングにもダイニングにも、砂がそこかしこに撒かれていた。

比嘉さんは涼しい目で平岩と会話をしながら、大きな四角いダイニングテーブルの、上座の椅子に腰を下ろす。トートバッグを足元に置く。

「ええと、アシスタントさんもどうぞおかけください」

「す、すみません」

どうにか答えて比嘉さんの隣に座る。視線はテーブルの上。目を合わせるのは辛《つら》い。

脳を弄《いじ》られ操られている人間にどう接すればいいか、そこからして分からない。

視界の隅、カウンターキッチンに人影が見えた。手前に湯気が立ち上っている。小柄な女性――平岩梓が薬缶《やかん》からティーポットにお湯を注いでいた。口元に笑みが浮かんでいる。

「改めまして、平岩です」

平岩の声がして僕は我に返る。比嘉さんが彼と名刺を交換していた。どうしようと思ったところで、

「五十嵐は入りたてでして」

比嘉さんが最小限の言葉で説明する。僕は中腰になって「すみません。い、五十嵐です」と机を見ながら言った。「いえいえ、平岩です。よろしく」と頭上から声がする。

再び席に着くと、

「この家の砂は何ですか？」

比嘉さんがいきなり訊《たず》ねた。椅子から飛び上がりそうになって僕は彼女を見つめる。マスクをした横顔と視線からは心理がまるで読み取れない。

「え……」

平岩が苦笑するのが聞こえた。白い歯が見える。

「いや、そんな突然言われましても――砂は砂やとしか」

ははは、と取り繕うような笑い声を上げた。声が頭に響いて砂を鳴らす。僕は無言で

それに堪える。半開きのドアの隙間を見つめながら黙っている。

「なるほど」

比嘉さんはそう言うと、テーブルに右手の掌《てのひら》をそっと押し付けた。そのますーっと音を立てて四角い天板を撫《な》で、僕の目の前で止める。

掌を天井に向けて平岩にかざす。

「これをご覧になっても何とも思わない。そういうことですか？」

黒い手袋には茶色い砂粒がびっしり付いていた。

平岩は比嘉さんの掌に顔を近付け、まじまじと眺めてから、

「いや……はい。特に」

困った顔で首を捻《ひね》った。

精神科医の記述が頭をよぎった。数十分前、比嘉さんが説明していた「原典」だ。汚い家を汚いと思わない一家。ししりばと会話する子供。

「そうですか」

冷たい声で言うと、比嘉さんはパンパンと身体の横で手を払った。平岩が不審げな視線を彼女に向けている。

「お気を悪くされたら申し訳ありません。どなたにも最初に確認しているので」

比嘉さんはまた平然と嘘を吐いた。居住まいを正して平岩をまっすぐ見つめる。

彼は「はは」とまた笑い声を上げると、

「気になる人は気になるんでしょうなあ」

と言った。椅子にもたれると、

「そういや家内も最初は気にしてましたわ。まあすぐに普通になりましたけど。なあ？」

カウンター越しに声をかける。

「ふふ」

梓が可笑《おか》しそうに笑った。紅茶を入れたカップをお盆に載せて持ち上げる。

「最近流行《はや》ってんのか？　普通のことに敢《あ》えてツッコミ入れる、みたいな」

平岩は砕けた口調で梓に問いかける。比嘉さんに対する皮肉も感じられる。比嘉さんは黙って彼を観察している。

「さあ」

答えると、梓はゆっくりとカウンターを回り込んでダイニングに現れた。ほんの少しお腹が膨らんでいる。服も妊婦用のものだ。

梓は「どうぞ」と言いながらテーブルにカップを置いていく。

僕は黙ってその手元を見ていた。小さな手。左手の薬指には指輪の跡がある。右手の甲の真ん中は白くなっていた。火傷《やけど》だろうか。

「最初は何言うてるんやろ思たわ」

平岩は呆《あき》れながら、「こいつおかしなったんちゃうか？　って正直」

「うそお」

梓は驚きの声を上げると、

「そんなこと思てたんや、敏くん」

※　　※

「梓さん、止めて！」

わたしの声など耳に入らなかったかのように、梓さんが包丁を突き出した。走りながら身体を捻って、わたしは何とか切っ先をかわす。ドア枠を掴んで廊下に飛び出すと、敏くんが奥から跳びかかった。今度は避《よ》ける暇もなかった。

敏くんに体当たりされてわたしは廊下に倒れた。砂がクッションになって痛みは少ない。すぐに起き上がろうとしたけれど今度は砂で滑る。わたしは手足をバタバタさせて砂を撒《ま》き散らす。

呻《うめ》き声がした。腹ばいになった敏くんが両目を押さえて苦しんでいる。砂が目に入ったらしい。何とか四《よ》つん這《ば》いになって立ち上がって玄関に走ろうとした瞬間に足を摑まれる。視界がガクンと揺れる。咄嗟《とっさ》に振り上げた手が階段の手すりを掴んでいた。

何とか転ばずに済んだ。摑まれていない方の足で敏くんの顔を踏み付ける。蹴り飛ばす。敏くんがもう片方の手を振り回すのを避けて今度は摑んだ腕を踏み付ける。ミシッと木の板が軋《きし》むような音がして敏くんの手が離れた。苦悶《くもん》の表情を浮かべ、腕を押さえて敏くんは砂の上を転がる。

玄関、と思う前に梓さんが包丁を振り上げて突っ込んでくる。夢中で切っ先を避けると足がもつれ階段に尻餅《しりもち》をついてしまう。梓さんがまた包丁を振り上げる。わたしは尻餅をついたまま上に逃げる。踏み板に足をかけて立ち上がって砂で滑る階段を何とか上る。よりによって二階に逃げるなんてと思いながら二階に。

曲がり角に差し掛かったところで手すりを摑む手に激しい痛みが走った。

包丁の先が手の甲に突き刺さっていた。思わず立ち止まる。梓さんがすぐさま引き抜いてわたしに襲い掛かる。咄嗟に包丁を握る手を両手で摑《つか》んで後ずさると階段の壁に勢いよく背中を打ち付ける。鈍い痛みが全身を襲う。わたしの口から呻き声が漏れる。

梓さんの引きつった顔が目の前に迫る。荒い息が頬に当たる。包丁の切っ先が額をかすめた。

わたしは叫び声を上げて彼女に体当たりした。そのまま突き飛ばす。

梓さんの身体が後ろに飛んだ。後頭部を手すりに打ち付ける。ガツンと音がして彼女の顔が歪《ゆが》んだ。そのまま階段を落ちていく。砂の階段を転がり落ちて廊下に叩《たた》きつけられて止まる。うつ伏せになったまま動かない。

彼女の首の下に黒いものが広がっていく。血だ。流れ出た血が砂に染み込んでいる。

中腰の敏くんが呆然《ぼうぜん》と彼女を見ていた。ゆっくりと顔を上げる。虚《うつ》ろな表情でわたしを見上げている。彼と目を合わせながらわたしは必死で次の手を考える。身体が震えている。廊下に横たわる梓さんは動かない。

梓さんは死んだ。わたしが梓さんを殺した。あれは梓さんの死体だ。

二階には老婆の死体が。浴室には勇大の死体がある。この家には死体がたくさんある。砂と死体がたくさん。

右手の指が血で濡《ぬ》れているのが分かった。指先から滴った血が砂をぽたんぽたんと鳴らしている。それ以外は何も聞こえない。敏くんはわたしを見上げている。わたしは敏くんを見下ろしている。

さあああああ

遠くから聞こえるのが砂の音だと気付いた瞬間、敏くんが立ち上がった。足を引きずって階段を上がってくる。スラックスが血の染みで黒ずんでいた。

迷う前に身体が反応する。上に逃げようと考える前に動かした足が段差に躓《つまず》いて、わたしはあっけなく転んでしまう。段差が脇腹を直撃して息が詰まった。

敏くんがわたしに伸《の》し掛かる。彼の手がベルトにかかっていることに気付いて固まっていた感情が激しく動いた。嫌だ。止めて。なぜどうして。怖い。

「止めて!」

わたしは叫んでいた。夢中で敏くんの頭を殴りつけて脚を閉じる。

敏くんは無表情だった。殴っても殴っても何の反応も示さない。機械のように淡々とわたしの服に手をかける。カットソーを一気にめくり上げ顔と腕に掛ける。腕の自由を奪われ視界が遮られた途端に爆発しそうなほど恐怖が膨れ上がる。

「いや！」

悲鳴を上げると同時にジーンズが膝《ひざ》まで下ろされた。

さあああああああ

階下から砂の音がした。それに紛れて足音がする。階段を上っている。

カットソーを下ろすと吹き抜けが砂煙に包まれていた。敏くんがジーンズを引っ張っているのが分かったけれど抵抗できなかった。

光る目がわたしを睨《にら》み付けていた。見ているだけで頭の芯《しん》まで痺《しび》れて力が抜けていく。二階で見た時とはまるで違う。リビングで一瞬見えた時とも。

ジーンズが脱がされた。砂煙が顔にかかり砂粒が目と鼻と口に入り込む。

敏くんが襲い掛かってくることを予想する。予想しただけで身体は動かない。張り裂けそうなほど膨らんでいた恐怖もどんどん萎《しぼ》んでいく。心が落ち着いていく。

喉《のど》の奥にまで砂粒が流れ込む。痛みはまるでない。むしろ気持ちがいい。さらさらと身体の内側を撫《な》でている。

二つの目がわたしを見ている。敏くんは来ない。

砂が全身に回っていくのを感じる。胃にも肺にも手足にも。頭にも。

今日この家に来た理由をふと考える。指輪だ。わたしは指輪を、結婚指輪を探しにここに。あれがないと勇大が悲しむから。勇大。大好きな勇大。わたしの夫——

わたしの夫だった人。

視界は濃い砂煙で覆われていた。

頬に何かが触れている。これは指だとぼんやり認識する。細く長い指がわたしの頬を撫でている。ストリートビュー、蹄《ひづめ》の足跡。思い出しても少しも怖くなかった。何なのかも分からない。思い出せない。どうでもいい。

天井に光る二つの目もどうでもいい。身体に張り付いている砂も目の前の砂煙も。これは普通だ。当たり前のことだ。わたしたちの家に砂があるのは。

「敏くん……」

砂煙に目を凝らして、わたしは愛する夫の名前を呼んだ。

第六章　家内安全

聞き覚えのある声と訛《なま》りに僕は顔を上げた。

見覚えのある女性がお盆を抱えて微笑んでいる。

この家の前で会った人だ。雨の日。そして夜。銀とぶつかって謝った。少しだけ会話した記憶もある。

平岩家の人間ではない。友達だ。確かにそう言っていた。

だから平岩梓ではないはずなのに。

僕は女性の顔から目を離せなくなっていた。

女性は平岩の隣に座った。「よろしくどうぞ」と比嘉さんに笑いかける。彼女は「鈴木です」と軽く頭を下げた。

「風邪引いてはるんですか？」

梓であるはずのない女性が訊《き》いた。僕に視線を向けて、「お二人揃って」と付け足す。

「いいえ」比嘉さんはかぶりを振って、「そこはご心配なく。念のためです。お子さんに何かあってはいけませんので」と言った。

「そんな気ぃ遣《つこ》ていただかなくても」

申し訳なさそうな顔で女性はお腹に触れる。

「母子ともにめっちゃ健康やって、お医者さんも言うてはったし」

「であればなおさらです」

比嘉さんはバッグからノートとペンとレコーダーを取り出し、

「では早速取材の方を」

と机に置いた。気付いている様子はない。比嘉さんが気付くはずもないのだ。

「あの」

僕は覚悟を決めて呼びかけた。女性と平岩が同時に僕の方を向く。視線を彼女の顎《あご》に落として、

「お、奥さん――奥様、ですか」

「え?」

女性がきょとんとした顔で訊く。

「平岩さんの、奥さん、いやご夫人ですか。その……あなたは、あなた様は」

無茶苦茶だと思いながら僕は問いかけた。

「――はい。そうですけど」

彼女は曖昧《あいまい》な笑みを浮かべて答えた。とぼけている様子はない。比嘉さんの視線が横から突き刺さるのを感じながら、

「平岩梓さんですか？」

僕は訊いた。最初からそう訊いておけばよかったと後悔する。

女性と平岩は顔を見合わせた。目で何事か合図すると、

「はい」

彼女は機械のように答えた。

比嘉さんが僕の脚を軽く蹴《け》った。刺すような目で僕を睨み付けている。

「ち……違う」

頭の中でザリザリと砂が鳴るのを必死で聞き流して、

「比嘉さん。この人は、お、奥さん……梓さんじゃない」

比嘉さんの眉間《みけん》に深々と皺《しわ》が寄る。

「はは」平岩が苦笑しながら、「梓ですよ。僕の妻です。冗談言わんといてください」

「いややわあ」

女性が呆《あき》れ笑いを浮かべる。

「で、でも」

僕は乾いた口を懸命に動かして、

「前は、と、友達だって」

マスクをずらすと、「ほ、ほら前に、一年と少し前です。冬の終わりというか春先というか、犬とぶつかった時に、ちょっと話して、その時は奥さんじゃなくて、友達っ

て」

指で何度も自分の顔を示す。

女性は首を傾げて僕を見つめていたが、やがてパッと表情を明るくして、

「ああ、あの時のワンちゃんの」

と言った。

「ビックリしたけど、別に何ともなかったですよ。ご心配——」

「そこは別によくて」

僕は頭を掻《か》き毟《むし》ると、

「あの時は奥さんじゃないって、はっきり言ってましたよね」

「それがどないしたんですか？」

女性は平然と訊いた。

「あの時は違いましたけど、今は奥さんですよ」

語気にほんの少し苛立《いらだ》ちを滲《にじ》ませて続ける。

「で、でも梓、梓さんって名前は前から、表札に」

「せやから梓です。わたしが。この家の嫁やから」

もどかしそうに言う。当たり前のことのように話しているけれど、まるで理屈が通っていない。どう考えても変だ。

身体中の毛が一気に逆立っていた。身じろぎすることもできない。マスクをずらして

いるのに息が詰まる。

この家でまさに今おかしなことが起こっている。砂だけでなく、砂を気にしなくなっているだけでなく――

この二人はおかしくなっている。

「五十嵐くん」

低い声で比嘉さんが言った。横目でうかがうと、

「ありがとう。いろいろ見えてきた。今どういう状況かも。後始末の方法も」

さっきとは違う穏やかな視線を僕に向けて、

「守り神様が何をしているかも」

と囁《ささや》いた。

「何の話です？」平岩が訊く。目が笑っていない。明らかに怪しんでいる。僕たちを警戒している。女性は不思議そうに僕たちを見ている。

「ではおうかがいしましょう」

比嘉さんは二人の視線を真正面から受け止めると、

「前の梓さんは今どちらにいらっしゃいますか？」

と訊いた。

「亡くなりました」

平岩が即答する。「いろいろあって、それで」

「その前の梓さんは？」

「いませんよ、そんなん」

憤然とした顔で、「何を失礼なこと訊いてるんですか」と声を荒らげる。

「淑恵さんは？」比嘉さんはまるで気にせず、「お亡くなりになった後どうされました？　次のを補充されたんですか？」

「当たり前やないですか！」

テーブルを叩《たた》くと、平岩は、「せやないと一家揃わんでしょう」と僕たちを睨《にら》み付ける。

「二階にいらっしゃる？」

比嘉さんは天井に視線を向けて更に訊く。平岩はわざとらしく大きな溜息《ためいき》を吐くと、

「いえ。次のも亡くなったんで、今探し中です」

と、低い声で言った。

女性が不安そうに身を竦《すく》めている。比嘉さんは平岩をじっと見ていたが、やがてマスクを指で下ろすと、

「なるほど。それも普通だと思ってる——思わされてるのね」

とつぶやいた。

平岩は何も答えなかった。女性は僕たちから目を逸《そ》らしている。

「……ど、どういうこと？」

僕は小声で訊いた。話がまるで見えない。ただ二人がおかしいことだけは分かる。

「詳しい話は後にするけど」

比嘉さんは二人を見据えながら、

「家族の誰かが死ぬと、守り神様は欠員を補充するよう家族に指令を送るみたいね。足りなくなったら次を引っ張り込んで操る。そして当初と同じ形に戻す。増える分には問題ないらしい」

女性のお腹に目を向ける。

無理だと指摘しようとしてすぐ思い止《とど》まる。次を呼んだだけで家族が元に戻るわけがない。問題なく増えるわけがない。普通ならそうだ。だがこの家は違う。しりばは人の頭と心を操ることができる。

「家屋内の安全、家庭内の円満、家族の繁栄――守り神様はこの三つを管理する。家の中身が誰だろうと構わない。夫婦愛だろうと家族愛だろうと頭を弄《いじ》れば作り放題だしね。でもこのやり方には無理がある。機械的すぎる。どうしたって家の外と軋轢《あつれき》が生じる。今みたいに。ひょっとすると――」

手にしたボックスから煙草を引き抜くと、

「守り神様は誤作動を起こしてるのかもね。あるいは暴走。ひょっとして爆弾のせいかしら」

そう言って煙草を咥《くわ》えた。

僕は向かいに座る二人から視線を外せなくなっていた。抵抗も苦痛も感じなくなっていた。それどころではなくなっていた。

この二人は夫婦にしか見えない。仲睦《なかむつ》まじい夫婦にしか。けれど違う。夫婦だと、家族だと思い込まされているだけだ。ししりばが守るために、管理するために。

家を守るという目的を実行するために、この守り神は家族を作り上げるのだ。

順番が逆になっている。完全におかしい。まさに暴走だ。

「……さっきから何喋《しゃべ》ってるんですか」

平岩が血走った目で、

「帰ってもらえますか。取材は中止です。さもないと」

「殺す、ですか？」

比嘉さんは煙草に火を点《つ》けて、

「わたしたちをこの家から排除したい。そうお考えでしょう？　どんな手を使ってでも。奥様もそのはずです」

鼻から勢いよく煙を吐く。女性は険しい顔で比嘉さんを睨んでいる。漂う煙に鼻をひくひくさせている。

「ですが――」

比嘉さんは憐《あわ》れむような視線を二人に投げかけると、

「それはあなた方の意思ではない。守り神の指令です。きわめて強力ですが止められなくもない。こんな風に」

深々と煙草を吸い、二人めがけて勢いよく紫煙を吐きかけた。

平岩が立ち上がろうとして顔を歪《ゆが》めた。そのまま椅子から崩れ落ちる。女性が小さな叫び声を上げて白目を剝《む》いた。がくりと全身の力が抜け、顔からテーブルに倒れ込む。

僕はとっさに両手を伸ばして彼女の頭を摑《つか》んだ。天板の縁が腹を直撃して息が詰まる。呻《うめ》きながら彼女の顔を横向きにして、そっとテーブルに置く。

「どうもありがとう」

事務的な口調で比嘉さんが言った。煙草を咥えて立ち上がる。倒れた平岩の側にしゃがみ込むと、額に手を置いて目を閉じる。

痛む腹を押さえて椅子から腰を上げると、

「マスクを」

比嘉さんの鋭い声が飛んだ。立ち上がって今度は女性の頭に手を伸ばす。僕は顎《あご》のマスクを引き上げて口と鼻を隠した。日本酒のにおいが鼻腔《びこう》を突く。

「よかった」

比嘉さんがつぶやいた。

「な……何が」

「煙草が効いたから。溜《た》め撃ちは疲れるけど覿面《てきめん》ね。なんとか指令を遮断できた」

気を失っている二人を見下ろすと、彼女は、

「外に連れ出しましょう。こんな家、一刻も早く――」
そこで黙った。鋭い視線でドアの方を向く。
いつの間にかドアが開ききっていた。廊下が茶色く煙っている。その奥から、
さあああああああああああ
あの日聞いたのと同じ音が響いた。

頭の砂が激しく鳴った。無数の粒子が頭蓋骨《ずがいこつ》の内側をかき混ぜる。

「いい、い」

奇妙な音が自分の口から漏れていると気付く。僕は頭を抱えて呻いていた。

「大丈夫。すぐには来ない」

比嘉さんが言った。煙草を吹かしながら、

「わたしが止めてるから。今のところは、だけど」

廊下を睨みつけたまま続ける。

砂の流れる音、頭の砂の音が更に激しくなった。僕は歯を食い縛る。

「凄《すさ》まじい力ね」

比嘉さんは鼻を鳴らすと、「そこらの化け物や霊は恐れて近寄れないでしょうね。呪いだって弾き返す。まさに守り神」と感心したように言う。

「特定の行動に反応して、侵入者を攻撃するみたい。仕草か、それとも発言か――」

砂煙がゆっくりとリビングに流れ込んだ。比嘉さんがマスクを上げる。そのまま煙草を吸おうとして止め、ティーカップに突っ込んで火を消した。

緊張している。明らかに冷静ではなくなっている。ただでさえ小柄な比嘉さんが一層小さく見えた。

「……な、何かできることは」

僕は頭から手を離して訊《き》いた。砂煙が床を這《は》っている。音もなくこちらに近付いている。

「まずはこの二人を外に。なるべく遠くへお願い」

比嘉さんがテキパキと指示を出す。背後のカーテンを開くと、窓の向こうは二メートルほどの壁だった。向こうに隣家が見える。

「リビングの窓の方がいい。急いで。そう長くは食い止められない」

「う、うん」

「その次は――」

比嘉さんは途中で言葉を切った。気になって振り返ったところで、彼女は、

「二人を連れ出したら戻って来ないで」

そう言うと僕を向いた。

額が汗で光っていた。目はわずかに不安の色を湛《たた》えていた。

「次にすることは危険なの。上手《うま》く行くか分からない」

早口で言う。

「何をするの」

徐々に視界に広がる砂煙を眺めながら、僕は訊いた。比嘉さんは僕を見つめたまま、

「爆弾を使う。キャリーバッグに入ってる爆弾を」

静かに言った。

「新聞は見せたでしょう？　落ちてきた爆弾を防いだあいつは長いこと眠りについた。あの日わたしたちが侵入するまで。同じようにすれば倒せないまでも消耗させることはできるはず」

理屈は分かる。確実かはともかくやってみる価値はある。それでも僕は混乱していた。爆弾という非日常的な言葉に目眩《めまい》を覚えてもいた。

「それにほら、アメリカじゃホテルの幽霊を建物ごと爆破したでしょ？」

今度は不可解なことを言った。本当にそんなことがあったのか。それとも冗談なのか。黙っていると彼女は表情を引き締めた。

「問題はあいつが爆弾を防ぎ切れなかった場合ね」

砂煙に視線を向ける。

「……そんな」

僕は言った。足に力が入らない。かろうじて立てている。油断すると崩れ落ちてしま

いそうだ。

比嘉さんは死ぬ気でいる。

「ご近所には被害が出ないようにするわ」

「いやでも、比嘉さんは」

「わたしは大丈夫」

比嘉さんが内ポケットから黒いものを引っ張り出した。拳銃《けんじゅう》のグリップのような形。プラスチックらしい光沢。上にはボタンらしきものが付いている。

爆弾のスイッチだ。

「だから早く二人を」

比嘉さんが言った。

僕は首を振る。彼女の鋭い目を見つめながら、

「いや、駄目だよ――」

「聞こえなかったの？」

ぞっとするほど冷たい声で比嘉さんが言った。地の底から響くような重く低い声だった。僕はその場で固まってしまう。

「急いで」

比嘉さんがさっきまでの口調で言った。

さあああああああ

砂煙が天井まで立ち上り、羽を広げるように広がっていく。

僕はテーブルに突っ伏す女性に駆け寄ると、彼女の身体を抱きかかえた。すぐ側に迫る砂煙を横目にリビングを突っ切る。彼女を一旦《いったん》下ろすとカーテンを開けて鍵《かぎ》に手をかける。

「来てくれてありがとう」

比嘉さんの声がした。僕は振り返るのを堪《こら》えて鍵を開ける。

「おかげで助けられる。五十嵐くんもひらい――」

ぱこん、と気の抜けた音がした。僕はつい振り返ってしまう。

スイッチが床に転がっていた。比嘉さんが空の手を見つめている。黒手袋をした手がぶるぶる震え、五本の指がバラバラに動き出す。

比嘉さんが僕を見た。充血した目が見開かれている。マスク越しに荒い息が聞こえる。

砂煙が天井を流れていた。さらさらと砂粒が床に落ち、かすかな音を立てる。僕はようやく状況を理解した。

いい、ししりばの力だ。知らない間に比嘉さんの力を通り抜けていたのだ。そして――

比嘉さんを壊している。

「いい、いがらし、くん」

上ずった声で、奇妙な抑揚で僕を呼ぶと、

「ごめん、にげ、て」

比嘉さんはその場に崩れ落ちた。

砂煙が一気に僕たちに襲い掛かった。

視界が茶色く染まる。目に砂が入って激しい痛みが走り抜ける。瞼《まぶた》を固く閉じて耳を押さえる。今度は頭の中で砂が共鳴しじゃりじゃりじゃりじゃりと鳴り響く。襟から服の中に潜り込んだ砂が肌を不快に擦《こす》った。

僕は呻《うめ》きながらその場に尻餅《しりもち》をついた。足が何かに当たる。女性だ。この家に補充された名前も知らない女性。

「ぐ……ごほっ」

遠くから激しい咳《せき》の音がする。何度も何度も続く。比嘉さんだ。砂の中で咳《せ》き込んでいる。彼女の姿が頭に浮かぶ。砂に半分埋もれて苦しそうに身を捩《よじ》る彼女の姿が。

細目を開けて砂煙に目を凝らすと、ひどく細長い影が見えた。

影はゆっくりと動いていた。ざっ、ざっ、と砂を鳴らして歩いている。気付いて足元を見ると、砂が波のように床を流れていた。爪先《つまさき》が一瞬で埋もれる。

影はリビングの真ん中で立ち止まった。かすかに左右に揺れている。周囲を見回しているのか。

あの日二階で見た光景を思い出していた。

比嘉さんの目の前に立った、光る目をした影。

苦しげな咳の音はまだ続いている。

影の天辺《てっぺん》近くがぼうっと光った。二つの青白い光がテーブルのある辺りを見下ろしている。視線の先に小さな丸い影が見えた。小刻みに震えている。比嘉さんだ。

影が手を持ち上げた。ひどく緩慢な動作で長い指を比嘉さんに伸ばす。

僕は考えるより先に立ち上がって砂を蹴《け》っていた。光る目がこちらを向く。咄嗟《とっさ》に目を逸《そ》らして体勢を低くして影めがけて突進する。

ボロボロに皮の剝《は》がれた松の木のようなものが砂煙の向こうから現れた。これが胴体か。身体の表面なのか。そう思った瞬間、僕はテーブルに頭から突っ込んでいた。脳天に激痛が走る。目の前が一瞬真っ暗になる。体勢を崩して硬くて丸い何かの上にうつ伏せに倒れ込む。身体の下で「ううっ」と声が聞こえた。

比嘉さんが下敷きになっている。比嘉さんの上に乗っかっている。僕は砂に手を突いて身体を引いた。

砂煙が薄れていた。砂に埋まった比嘉さんが身体を丸くして咳き込んでいる。

さあああ
背後で砂の音がして振り返った。

砂煙が窓の前に固まっていた。水に垂らした絵の具のようにぐねぐねと蠢《うごめ》いている。

床の砂が激しく乱れていた。まっすぐこちらに向かっているのは僕の足跡だろう。そしてそこかしこにある大きな楕円《だえん》はおそらく。

僕を避《よ》けたのか。避けて窓際に逃げたのか。

頭に浮かんだ都合のいい解釈を振り払う。僕は砂煙を見据えたまま比嘉さんの背中に触れる。スーツ越しなのにひどく熱い。彼女がグホッと厭《いや》な音を立てて咳き込んだ。

さあああああ
砂煙が再び部屋に広がる。頭の砂が共鳴する。ざりざりじゃりじゃり激しい音が思考を遮る。僕は必死で次の手を考えた。

逃げるしかない。比嘉さんを連れて逃げるしか。僕は彼女の胴に手を回して持ち上げた。思ったより重い。引きずるようにしてドアへと向かう。

さあああああ
背後から砂の音が迫る。

廊下に出た途端に足を取られる。砂がリビングより高く積もっていた。比嘉さんを抱えたまま分厚い砂の層に突っ込んでしまう。マスクがずれて口の中に砂が入り込む。

さあああああ
頭上から音がしたのと同時に、こめかみに激痛が走った。反射的に比嘉さんから手を離し頭を押さえて身体を丸くする。痛みに悶《もだ》えながら口に溜《た》まった砂を吐き出す。

頬に砂粒が当たるのを感じた。いくつかは鼻に吸い込まれる。新たな頭痛の波が襲い掛かる。手で口を押さえると今度は掌《てのひら》の砂粒が口と鼻に潜り込む。

砂から逃げられない。砂に溺《おぼ》れている。

僕はパニックに陥っていた。上下さえ分からない。横向きなのか仰向《あおむ》けなのかうつ伏せなのか。呼吸もできない。頭痛はますます激しくなっている。頭の中の砂が脳をじゃりじゃりと削っていく。

不意に襟首を摑《つか》まれた。すぐさま引っ張られ砂から引きずり出される。すべすべした感触が首の後ろに伝わる。手袋――比嘉さんだ。比嘉さんが僕を引っ張っている。

比嘉さんはあっという間に廊下を突っ切ると洗面所に倒れ込んだ。僕は頭痛に耐えながら起き上がって引き戸を閉めた。バンと派手な音が浴室にまで反響して消える。

視界が真っ暗になった。廊下の光が引き戸とドア枠の隙間から漏れている。僕と比嘉さんの荒い呼吸だけが暗闇の中に響いている。

無駄かもしれない。絶望が胸に広がる。戸を閉めたところでどうにもならないかもしれない。きっとまた砂に襲われる。壊されて殺される。純のように功のように、僕も比嘉さんも。そう思ったところで、

ざあああっ

砂が引き戸を打ち鳴らした。ざああ、ざあああ、と何度も続く。入っては来られないらしい。砂を撒《ま》く音が規則的に繰り返される。

「……いがらし、くん」

比嘉さんの声がした。ぎくしゃくと上体を起こすと、

「だ、大丈夫……？」

ぜいぜいと苦しげな呼吸の合間を縫って訊《き》く。彼女のマスクは真っ赤に染まっていた。

僕は彼女の前にしゃがむと、

「比嘉さんこそ」

マスクを取ろうとして躊躇《ためら》う。

げほ、と大きく咳き込んで、比嘉さんはこめかみを押さえた。顔をしかめると、

「頭は大丈夫。何とか弾《はじ》いたから、こ、壊れてない。でも」

かすれた声で言ってマスクを外した。はあ、と大きく息を吐く。

鼻から下が血で赤く汚れていた。早くも乾いてこびり付いている。

「身体は全然」

また顔をしかめる。砂を撒く音は機械のように続いている。

「力が入らない。咳をしてからは特に。それに、す、砂が」

彼女はスカーフに手を掛けた。乱暴にほどく。

わずかな光の中に浮かび上がった首を見て、僕は息を呑《の》んだ。喉元《のどもと》に真っ赤な切り傷が真横に三本走っていた。血と透明な体液が滲《にじ》んでいる。傷口には砂粒がびっしり張り付いていた。

「仕事よ」

僕の視線に気付いたのだろう。比嘉さんはスカーフで傷を拭《ぬぐ》いながら、「去年の。五

十嵐くんの家に行く少し前」と囁《ささや》く。砂の音はまだ続いている。

「比嘉さん……」

「五十嵐くん」

比嘉さんがわずかに声を張った。充血した目で僕を見ると、

「わたしはこんなことになった」

顔と首を指で示す。何と返していいか分からずにいると、

「でも五十嵐くんはそこまでじゃない」

けほけほ、とまた咳をして、

「わたしが倒れてからは――無防備なはずなのに」

手の甲で口を拭う。

ついさっきまでの光景が頭に浮かんだ。自分の状況も思い返した。頭痛がした。砂に溺れそうになった。今もこめかみは疼《うず》いている。息が切れている。砂の味が舌に纏《まと》わり付いている。服の下の砂も不快だ。

でも比嘉さんのようなことにはなっていない。僕はリビングで頭から振り払った「都合のいい解釈」を思い出していた。

「あの日もそうよ」

彼女が囁く。「五十嵐くんは死なずに済んでる」

僕は無意識にうなずいていた。

「お、おかしくなったけど、純と功に比べたら」

「そう」

比嘉さんは顔を近付けると、

「これには何か理由がある。そこから打開策が見つかるかも」

うっ、と呻《うめ》いて喉を押さえた。歯を食い縛る。

「だ、だいじょう――」

「いいから考えて。お願い」

ふらふらとポニーテールの頭が揺れる。眉間《みけん》に深々と皺《しわ》を寄せて、

「頭が回らない。い、痛くて、身体が」

またもや咳き込《せ》む。合間に必死で空気を吸い、またしても咳《せき》。止まらない。頰が真っ赤になっていた。辛《つら》そうで見ていられない。

僕はいつの間にか比嘉さんを抱いて背中を撫《な》でていた。丸くなった彼女は僕の胸に頭を押し当てている。まだ咳は治まらないがリビングにいた時よりは軽くなっている。その様子を確かめながら僕は必死で頭を働かせていた。

どうして自分は何ともないのか。比嘉さんと僕の違いは何か。

あの日も純や功のようにはならなかった。あの後ずっと砂の音に悩まされているけれど、それでも二人とは程度が違いすぎる。

三人と僕とではどこが違う。家庭環境か。違う。全員がバラバラだ。血筋か。確かめ

ようがない。食生活、親の職業、家の立地。性格、言動。信仰。墓がある寺の宗派。思いつくままに列挙しても思い当たらない。

砂の音が続く。ざあああっ、ざああああっ

比嘉さんがすうはあと大きく息をしていた。治まったらしい。ゆっくりと顔をあげる。赤い目が潤んでいた。汗で濡《ぬ》れた髪が頬に張り付いていた。前髪に茶色い糸クズのようなものがくっ付いている。無意識に指で摘《つま》んだ瞬間、僕は気付いた。

犬の毛――銀の体毛だ。僕の服に付いていたものが、彼女の髪に引っかかったらしい。

途端に頭の中に閃光《せんこう》が走った。

純は犬を飼っていなかった。功も飼っていなかった。僕は当時リキを飼っていた。

この家に十五年以上住んでいた青柳家は、土佐犬を飼っていた。

「い、犬飼ってる？　今」

僕は訊いた。彼女はぼんやりと僕を見上げていた。その目がハッと見開かれた。彼女は大きく首を振ると、

「……狛犬《こまいぬ》」

と囁いた。僕はうなずく。最初に見せられた屏風絵《びょうぶえ》だ。砂の上で宴《うたげ》に興じる人、そしてのっぽの人影。その二つの異様さにばかり気を取られて、不自然な箇所を見過ごしていた。

門に置かれた狛犬が内側を向いている。家の中を睨《にら》み付けている。

最初はそうやって家に閉じ込めていたのかもしれない。今も敷地のどこかにあるのかもしれない。ひっそりと埋められているのかも。

犬を恐れる存在を、この家に繋《つな》ぎとめておくために。

いい、しりりばは犬が苦手なのだ。

犬そのものはおろか、毛すら恐れているらしい。においも苦手なのかもしれない。あるいは僕には感知できない犬の気配すらも。

そう考えれば辻褄《つじつま》が合う。僕のダメージが比較的小さいのもそれで説明がつく。だったら――

「銀を連れてくる」

僕は言った。

「少なくとも、い、今よりは絶対、か……その」

「勝ち目はあるかも」

比嘉さんが引き継いだ。目に力が宿っている。

「それに、ば、爆弾よりは」

「ローリスクね」

仏頂面に戻っている。

「わたしがあいつの攻撃を防ぐから、五十嵐くんはその隙に外に出て。五十嵐くんは死なないまでも無傷でいられるわけじゃない。わたしが止める。それか囮《おとり》になる。ここに残って」

言葉一つ一つを吟味する。作戦としては正しい。でも。

「比嘉さんが、あ、危ないよ」

僕は言った。僕が出ている間、生きていられる保証はどこにもない。

「一緒に出れば二人とも」

「正直言うとね」比嘉さんは僕の腕を摑《つか》むと、「動けないの」

「え？」

「痛くて歩けない。外に出るのも無理かも」

僕を見つめる。摑んだ手が震えていた。シャツの胸元が赤く染まっている。

「だから一人で行って」

比嘉さんはわずかに表情を和らげると、

「なるべく早く戻っ——」

そこで言葉を切った。僕も気付いて耳を澄ます。

規則正しく続いていた音が止んでいる。代わりに奇妙な音が聞こえている。

ずーっ、ずーっ、ずずず……

何かが砂を這《は》っている。引き戸のすぐ近くまで迫っている。そう思ったところでガラガラと勢いよく引き戸が開いた。眩《まぶ》しい光に一瞬目がくらむ。

平岩が砂の廊下に腹ばいになって、目いっぱい反り返ってドアの取っ手を摑んでいた。

砂まみれの顔には何の表情も浮かんでいない。口を真一文字に結び、目をまん丸に開いて僕たちを見つめている。頭に浮かんだのは蛇だった。

彼の頭上には砂煙が立ち込めていた。その奥で二つの目がぎらりと光った瞬間——

砂煙が勢いよく洗面所に流れ込んだ。


視界が茶色に煙る。比嘉さんがまた咳き込むのが聞こえた。苦しげに息を吸うと、

「来るな」

低い声で言った。途端に砂煙が弾《はじ》かれたように廊下へ戻る。

平岩が目を開いたまま、ばたんと廊下に倒れた。比嘉さんは洗面台を掴んでふらふら腰を浮かすと、

「行って。待ってるから」

ごほっ、とまたしても咳き込む。僕はドア枠を掴んで立ち上がった。平岩を跳び越えて廊下を走り、砂煙の中に突っ込んだ。

目に砂が入り焼け付くような痛みが襲う。口の中がじゃりじゃりと音を立てる。攻撃されている。守り神の攻撃が効いてはいる。でも比嘉さんほどではない。やはり犬だ。

確信を深めながらも不安に襲われる。視界は茶色い粒子で覆われ何も見えない。口の

中の砂は喉に流れ込もうとしている。唾《つば》を何度も吐いて僕は砂を蹴《け》りながら廊下を進む。砂煙の向こうに玄関が見えた。その手前に細長い影が見えた。みるみるうちに眼前に迫る。またあの木の皮のような身体が、と予測した瞬間、僕は足を止めた。漂う砂煙の中、影の手前に女性が立っていた。棒立ちでぼんやりと僕を見つめている。手には包丁が握られていた。

背後の影はただ突っ立っている。女性は包丁を両手で掴むと足を踏み出した。ざっ、と激しく砂が撒《ま》き散らされる。僕は思わず一歩後ずさる。

また踏み出そうとした女性が不意に両手を開いた。包丁が砂に突き刺さる。彼女は屈《かが》んで包丁を掴む。持ち上げてすぐに落とす。また屈んで持ち上げて、また落とす。機械のように同じ動作を繰り返している。

指令が混乱している。僕はそう理解した。

ししりばは子供を守るらしい。だから家族にも子供を守る指令を出している。そして今この瞬間は外敵──僕を攻撃する指令を出している。前者を実行するなら僕から離れるべきだ。それ以前に隠れるべきだ。後者なら僕に立ち向かうべきだ。激しく攻撃するべきだ。

二つの相反する指令を同時に実行しようとして、女性はあんな訳の分からない行動をしているのだ。結果としてどちらも実行できていない。僕が本当に外敵ならむしろ危険だ。こんな馬鹿みたいなヤツに純は、功は、そして僕は。この名前も知らない女性は。

悔しさと怒りで僕は涙を流していた。よほど大量に涙が出ているのか、目頭が痛みさえ覚えていた。怖い気持ちはほとんど消えていた。

女性がまたしても包丁を取り落とした隙を狙って、僕は彼女の側を一気に走り抜けた。

黒い影がまた僕の前から消える。行ける。外に出て銀を呼びに行ける。比嘉さんを助けられる——

玄関の光景を目の当たりにして僕は愕然《がくぜん》とした。玄関ドアはうずたかく積もった砂の山で完全に隠れていた。ちょっとやそっとでは崩せそうにない。

さあああああ

廊下で砂の音が響いた。比嘉さんの呻《うめ》き声がかすかに届く。

電話だ。僕はポケットからスマホを引っ張り出した。液晶画面は真っ暗でどこをどう押しても何も表示されない。砂が詰まって故障したらしい。

リビングだ。女性の側を通り抜けてリビングに飛び込んですぐに諦《あきら》める。二つの窓は同じように砂山で塞《ふさ》がれていた。

偶然か。それとももしりばの機転なのか。あるいは最初からそんな攻撃方法が設定されているのか。侵入者を袋の鼠にするための。

時間がない。どうすればいい。僕は必死で考えを巡らせる。ドアの向こう、廊下では女性がまだ包丁を落とし続けている。無表情で同じ動作を反復している。

雨の日のことが頭をよぎった。最初に彼女を見かけた日のことを。初めて平岩邸の前を散歩し、不安と恐怖のあまり立ち止まってしまった。そして吸い込まれるように家を見上げた。雨音。頬を濡《ぬ》らす雨。カーテンのかかった二階の窓——

僕はリビングを飛び出した。這いつくばる女性を跨《また》ぎ越えて階段に足を掛ける。一段飛ばしで駆け上がろうと右足に重心をかけたその時、鋭い痛みが右のふくらはぎを貫いた。「うあっ」

声を上げて階段に叩《たた》き付けられる。何が起こったか分からず足元を見て、僕は「ひっ」と小さく叫んだ。

女性が血の付いた包丁をふくらはぎに突き刺していた。乱暴に引き抜く。痛みに呻いていると彼女は大きく包丁を振り上げた。咄嗟《とっさ》に足を折り曲げて切っ先をかわす。女性は足だけを凝視してまた振り上げる。

攻撃の指令が先行している。

女性が僕の右足を摑んだ。そう思った瞬間にはまたふくらはぎを刺されていた。ザクッと厭《いや》な音が筋肉を直接伝って耳に響く。

考える前に振り回した左足の踵《かかと》が、彼女の側頭部を直撃した。声もなく倒れた彼女を尻目《しりめ》に僕は手と左足で階段を這い上った。手すりを摑んでなんとか立ち上がる。

手すりに重心を預け片足だけで砂の階段を上る。ちらりと背後をうかがうと女性は立ち上がれず壊れた人形のようにもがいている。撒き散らした砂が顔にかかり、僕は激しく咽《むせ》ながら二階へ向かう。

右足が痺《しび》れ始めていた。足先が生温《なまぬる》いのは血だろう。思ったより傷は深いらしい。右足のことばかり考えるな、と頭の中で自分を怒鳴りつける。やっとのことで二階へ辿《たど》り着くと手前のドアを開ける。

砂まみれの介護ベッドの向こうに窓があった。片足立ちでベッドに飛び乗りカーテンを開け、錠を回し窓を引き開ける。冷たい夜風が顔を撫《な》でる。

足先の温い感触が消えている。麻痺《まひ》しているのだ。太股《ふともも》まで痺れている。この足では飛び降りることもできない。着地できても家まで行くのは無理だ。時間がかかる。

できることは一つしかなかった。

窓枠に両手を掛けて身を乗り出すと、僕はマスクを下げ指を口に突っ込み勢いよく吹き鳴らした。

ピイィ――――、と指笛が夜の住宅街を貫いて消えた。二度三度と繰り返す。

「銀！」

僕は外に向かって叫んだ。もう一度呼んでまた指笛を鳴らす。

ざっ、と砂を踏む音がした。ドアが開けっ放しだった、と今更のように気付いて後悔とともに振り返る。

女性がドア枠に寄りかかって立っていた。左手でお腹を抱きながら、右手で血まみれの包丁を逆手に構えている。

「ち、違います！」

僕はそう叫んでいた。遅れて思考が頭に届く。

「敵じゃないです、な、何もしないから」

彼女に向き直ると降参の身振りをする。子供騙《だま》しだと自分で呆《あき》れながらも、

「すぐ、で、出て行きますから」

そこまで言って気付く。すぐには出て行けない。砂山のせいで出られない。ということは外からも入れない。すぐには。

女性はじっと僕を見つめていた。

背後のドアの向こうは暗い。砂の流れる音がかすかに聞こえる。それに紛れて別の音もする。何の音だ。比嘉さんの身に何が。無事なのか。気がかりになったその時。

彼方《かなた》で犬が吠《ほ》えた。

チッチッと聞こえるのは、アスファルトを掻《か》く爪の音だ。

また吠える。久しく耳にしていなかった吠え声に思わず笑みがこぼれる。

銀だ。指笛が聞こえたのだ。そしてここへ向かっている。

女性がくるりと振り向いた。廊下を見つめている。僕の視線につられたのだ。分かったのと同時に僕は彼女の右腕に飛びかかっていた。手首を摑《つか》んで夢中で捻《ひね》る。

女性の顔が苦痛に歪《ゆが》んだ。包丁を取り落とす。床に落ちた包丁を摑むと彼女に突きつけ、

「ご、ごめんなさい」

脅そうとして口から出たのは詫《わ》びの言葉だった。

「大人しくしてください、お願いします」

女性は怯《おび》えた顔で切っ先を見つめている。僕は足の痛みを堪《こら》えながらドアへと後ずさる。窓の向こうで銀が吠えた。すぐそこまで来ている。急がないと。急いで砂山を崩さないと。

そう思った時、女性がふらりと頭を揺らした。白目を剝《む》いて体勢を崩す。

僕は片足で跳んで彼女を抱きとめた。彼女は力なく喘《あえ》いでいたが、すぐに目を閉じてすうすうと寝息を立て始めた。指令が途絶えた、ということか。

ざざざ、と廊下から音が聞こえていた。

振り返ると床の砂がゆっくりと、川のように流れていた。階段へと向かっている。ドアから覗《のぞ》くと吹き抜けが砂埃《すなぼこり》で煙っていた。砂が階段を流れ落ちている。

銀の吠え声に反応している。そうとしか思えない。

流れ落ちる砂に足を取られないように、僕は手すりを抱えて階段を下りた。流砂に足を突っ込むことに不思議と抵抗はなかった。

この砂は逃げている。もう僕を襲わない。だから恐ろしくはない。不気味でも異様でもない。流れる砂を足先で感じながら、僕は一段ずつ下へと下りていった。

階段から流れ落ちた砂はリビングへと向かっていた。ドアの前では廊下の奥、玄関、そして階段からの流砂がぶつかり合い混じり合っていた。足を取られないようにして階段を回り込み、玄関へと向かう。

砂山はほとんどなくなっていた。カリカリと爪で擦《こす》る音がドアの向こうから聞こえる。

勢いよく開けると同時に銀が中へ入り込んだ。尻尾《しっぽ》を振って僕の足に纏《まと》わり付き、心配そうな目で僕を見上げる。

「銀」

彼の頭を一撫でずると、「手伝って」とリビングを指す。

銀は鼻に皺《しわ》を寄せると牙《きば》を剝いた。体勢を低くして唸《うな》り声を漏らす。爪を鳴らして廊下へ上がると大きく吠えた。

砂はますます勢いを増してリビングへと逃げて行った。僕は銀と並んでドアをくぐった。

廊下の砂がきれいさっぱりなくなると、僕は銀と並んでドアをくぐった。床には砂粒の一つも見当たらなかった。

カウンターキッチンにだけ砂煙が立ち込めていた。銀がリビングの真ん中で立ち止まる。全身の毛を逆立て鼻を床すれすれまで近づける。ゴロゴロと絡まるような唸り声を上げてキッチンを睨《にら》み付ける。

砂煙の中に細い影が見えた。長い手足を折り曲げてカウンターからこちらを覗き込んでいる。怯えているのか。警戒しているのか。かすかな砂のにおいを嗅《か》ぎながら、僕は砂煙の向こうに目を凝らす。黒い影は動かない。

暴走する霊的ホームセキュリティ。守るための家を後から作り出す馬鹿げた守り神。

人の脳を操り時に支配し、時に傷付ける化け物。友達を壊して殺し、僕を苦しめた存在。テーブルの上にティーカップが並んでいる。茶色い紅茶の底には砂粒が溜《た》まっていた。うち一つには吸殻が突っ込まれている。

比嘉さんは無事だろうか。途端に心配になった。古びた服を着ておかっぱ頭で、常に怯えている彼女のことを思い出す。橋口の後ろで本を読んでいる、おかっぱ頭で目が隠れた彼女を。

「比嘉さんも来る？」

僕は訊《き》いた。「まさか、怖いとか？」

夏空の下、比嘉さんはすがるような目で僕たちをうかがうと、

「ここは禁煙？」

と、灰皿に煙草をざああと突っ込んだ。包帯をした手で学生鞄《かばん》に教科書を突っ込みながら、「こういうことを言うから胡散臭《うさんくさ》いと思われるのにね」

国道沿いの歩道。車のライトがざあああ冷たい顔を照らす。

「見えてたのざああああ」

僕は茶菓子のざざざああああああお盆を見ながら問いかける。

比嘉さんは顔をざああああああスカーフで首をざあああああと拭《ぬぐ》いながら、

「五十嵐くん！」

頬を引っ叩《たた》かれて僕は我に返った。見知らぬ家のリビングに突っ立って、目の前には

背が低くて怖い顔の女性が――

「あっ」

間抜けな声を上げて僕はその場にへたり込んだ。自分に何が起こっていたか理解するとともに凄《すさ》まじい寒気が全身を襲う。

僕は壊されそうになっていたのだ。

キッチンの気配が耐え難いほど恐ろしく感じた。歯の根が合わない。足腰にまったく力が入らない。

「マスクを。それから鏡も」

頭上から厳しい声が飛ぶ。比嘉さんが無表情で僕を見下ろしていた。言葉の意味が遅れて頭に届く。顎《あご》のマスクを鼻まで上げ、ポケットから手鏡を取り出した。胸の前で握り締める。

銀が比嘉さんの背後から現れ、心配そうに僕の頬を舐《な》めた。

比嘉さんはキッチンを睨みつけて、

「出鱈目《でたらめ》に指令を送ってる。相当微弱だけど、五十嵐くんは頭の砂と共鳴するから」

と言った。

そっとキッチンをうかがうと、砂煙の中で青白い光が弱々しく瞬いていた。力なく動く手足が次第に見えなくなっていく。砂煙自体も徐々に薄れ、冷蔵庫や食器棚がその向こうから姿を現した。

消える。ししりばが姿を消そうとしている。

「に、逃げる……」

「いいえ」

比嘉さんが首を振った。

「眠るの。犬がいる時は活動を停止する。そこは確定ね――」

続けて何かを言おうとして黙る。険しい表情でキッチンを見つめている。

砂煙が完全に消え去った。広いカウンターキッチンが蛍光灯に照らされている。何の気配もしない。漂っていた砂のにおいもしなくなっている。

銀が僕から離れると、キッチンに向かって大きく一声鳴いた。

終章　事故物件

平岩邸での出来事は誰にも言っていない。言ったところで信じてもらえないだろう。お袋から何度も訊かれたけれど、僕は答えなかった。

お袋が心配するのも当然だ。ずっと引きこもりだった息子がある夜いきなり家を飛び出し、しばらく経って今度は犬が家を飛び出し、翌日一緒に帰って来た。おまけに息子は足に怪我をしていた。心配するなという方が無理だろう。息子と犬がいない夜は不安で仕方なかっただろう。その点に関しては繰り返し謝った。

ししりばが眠ってすぐ、比嘉さんは救急車を呼んだ。気絶している平岩夫妻、足を刺された僕は病院に運ばれ、比嘉さんは銀と家中を探し回った。ししりばが眠る場所を。

そして裏庭で死体を見つけた。

比嘉さんはここで警察を呼んだ。やって来た警官たちに彼女はこう要望したという。以降の捜査には警察犬を必ず連れて来い。さもないと命の保証はない――と。

「爆弾のせいで最初は相当怪しまれたけどね」

助手席で比嘉さんは言う。スーツ姿で煙草を吹かしながら、

「警察庁長官の名前を出したら信じてくれたけど」

彼女の話を聞きながら、僕は慎重にレンタカーを運転する。

発見された死体はぜんぶで三体。一体が男性で二体は女性だった。男性には頭部と手足がなかった。女性のうち一人は老人で、もう一人は妊娠していた。

最初に身元が分かったのは妊娠していた女性だった。平岩梓。平岩敏明の妻だ。

次に分かったのは老人。桑原《くわはら》シズ子《こ》。近所に一人で住んでいた、身寄りのない女性だった。一年半ほど前から行方が分からなくなっていたという。

男性は笹倉勇大という会社員だった。頭部と手足の行方は分かっていない。

彼は平岩邸にいた女性――果歩の夫だった。

「桑原さんは、つ、次の淑恵さん、ってこと？　新しい、お、お祖母《ばあ》ちゃんというか」

「多分ね」比嘉さんは前を見たまま、「介護ベッドに髪の毛が残っていた。『平岩家の祖母』をやらされていたみたい。もちろん本人に自覚はなかったでしょうけど」

「果歩さんの、旦那《だんな》さんはどうして」

「分からない」

不満そうに煙を吐くと、比嘉さんは、

「まだ思い出せないそうよ。二人とも」

と言った。首の傷はほとんど消えている。

平岩敏明と笹倉果歩は記憶喪失になっていた。平岩はあの家に越してから、果歩は数ヶ月前からの記憶がないという。果歩に至っては妊娠していることすら忘れており、気付いた時にはパニックに陥った。

あれから十年が経つから、もう子供は生まれているだろう。おそらくは平岩の子だ。確かめるつもりはなかった。何がどうしてそうなったのか、想像するだけで暗澹《あんたん》たる気持ちになった。ししりばの機械のようなやり口に寒気すらしていた。

「銀くんは元気?」

「うん」

僕は答える。足腰が弱って散歩はできなくなったけれど、お袋の話を聞く限りは病気もせず元気だという。実際、たまに帰ると尻尾《しっぽ》を振って突進して来たりもする。

比嘉さんの要望で警察は平岩邸の地下を掘削した。警察犬もちゃんと同行させたという。

まずは門柱の下。予想したとおり、二体の小さな狛犬《こまいぬ》が発見された。家屋の方を向いていたという。あの屏風絵《びょうぶえ》と同じだ。磨耗して毛並みも顔立ちもほとんど分からず、犬のような何か、にしか見えないほどだったらしい。

家の基礎の更に下から発見されたのは、三十センチ四方ほどの鉄の箱だった。真っ赤な錆《さび》が浮いていたが、どの面にも絵とも文字ともいえない、奇怪な模様が彫られていたという。蓋《ふた》は固く閉じられていたが、中央に小さな穴が開いていた。

中にししりばがいるのが分かった、と比嘉さんは言う。箱の中で眠っていると。

「初めて見たわ、あんなの。いつどこで作られたのかも分からない。ししりばでなければ学者先生に調べてもらったのに」

比嘉さんは警察、そして警察犬とともにほど近い多摩湖《たまこ》に出向き、湖畔で鉄の箱を爆破した。使ったのはあの時の爆弾だった。僕は家にいたが、頭がふっと軽くなった瞬間があった。そして誰と話しても、何を考えても、頭の中で砂の音がすることはなくなった。

遂《つい》に解放された。砂から。あの家から。そしてししりばから。

僕はすぐに働き始めた。小平《こだいら》にあるパン工場だ。まだ慣れたとは言えないけれど、最近やっと上司や先輩たちとまともに話せるようになって、少し気が楽になっていた。そして確信するようになっていた。

頭の中にもう砂はない。そして砂があろうとなかろうと、僕は人と話すのが得意でない。少なくとも今はまだ。

半年前から教習所に通い、先月なんとか免許を取った。同じ頃に家を出て、小平で一人暮らしを始めた。砂のない生活は快適だった。

平岩邸で死体が発見されたことは大きく報じられ、世間を騒がせた。報道があっさりと沈静化したのは捜査が進展せず、続報がほとんど出なかったからだ。平岩も果歩も何も覚えていない。

報道は大人しくなったが事件は風化しなかった。むしろますます有名になっている。

平岩邸のせいだ。

平岩邸は有名な事故物件として、今でも一部の人々の間で話題になっている。ネットでも、そして現実でも。平岩邸に忍び込む若者は後を絶たず、落書きは増え続けている。

事故物件の一言でまとめられ取り沙汰《ざた》されることに、違和感がなくはなかった。でも事実を伝えてどうなるものでもない。あの家には暴走した守り神がいて住人を操っていた。家族をコントロールして死体を庭に埋めさせた。事実の方が非現実的だ。

比嘉さんから連絡があったのは先月だった。

あの家のことで会って話がしたい、場所は指定する、と。

※　※

勇大の貯金は早々に尽きた。生命保険はまだ下りない。殺したのは敏くんでほとんど確定らしいけれど、わたしが関わっている可能性があるからだという。そんなことは有り得ない。わたしが勇大を、夫を殺すはずがない。でもはっきりとは否定できない。

上京してからの記憶が曖昧《あいまい》だからだ。勇大と距離ができていたこと、敏くんと再会したこと、彼の家に何度か遊びに行ったことは覚えている。けれど細かいところはおぼろげだ。敏くんの家がどんなだったか思い出せない。彼の奥さん——亡くなった梓さんという女性がどんな人だったかも分からない。桑原さんという老婆の記憶は全然ない。

だから敏くんが勇大を殺したらしいと知らされても何の感情も湧かなかった。敏くんの家の庭から死体が出たと聞かされても。記憶がないとただ戸惑うだけで、悲しみも怒りも憎しみも抱きようがない。

今のわたしはただ普通に生きることだけを考えている。

勇大の会社の人の紹介で、わたしは働くようになった。小さな映像制作会社の下請けとして、企業VPやイベント上映用の映像を作って報酬を得ている。たまにマルチ商法や霊感商法の広告映像も。

こういうところの仕事はスケジュールも注文も理不尽だけれど支払いはとてもいい。わたしがこんなに貰《もら》えるなら制作会社はどれほど儲《もう》かっているだろう、そんな勘繰りをしてしまうほどに。この調子ならフリーランスで充分やっていける。

一人で生きていける。

勇大のいない野方のアパートの一室、仕事場になった自分の部屋で、わたしは今日もパソコンに向かって映像を編集していた。

今手を付けているのは大手不動産会社のウェブ動画だ。地方の地主に向けて「余っている土地にアパートを建てましょう」「建設費だけお支払いいただければ後の管理は全て当方が承ります」「資金は数年で回収できるから後はボロ儲けできます」などと謳《うた》う動画。そう上手《うま》く行くのだろうか。わたしは半信半疑で手を動かす。

不動産会社にとって客は地主だ。アパートの住人ではない。建ててしまえば仕事は終わりで、入居者がいなかろうが地主が負債を抱えようが困りはしない。住む人のことなんか端《はな》からどうでもいいだろう。

家は人が住むところなのに。

わたしは雑念を追い払う。機械のように撮影素材を繋《つな》いで文字テロップの出具合をキーフレームで調整してエフェクトを付け、プレビューで動作を確認して書き出す。一分の動画ファイルが出来上がる。続いて五分の動画を編集して書き出す。次は十分の動画を。

受け渡し用の外付けハードディスクに動画をコピーしている間、わたしは着替えてメイクして出かける準備を整える。時刻は午前十一時。原宿《はらじゅく》の制作会社には正午に着けばいい。充分間に合う。

コピーが終わった。外付けハードディスクをパソコンから取り外していると、

……うええ、ええ、えええええ……

勇大の部屋からかすかな声がした。泣き声が。赤ん坊の泣く声が。

わたしは外付けハードディスクを持ち運び用ケースに入れ、バッグに突っ込む。勇大の部屋の前を通り過ぎ玄関で靴を履く。

泣き声は止まない。

……ふえぇ、えあああああ、ああああああ……

心は痛まなくなっていた。乳房も疼《うず》かなくなっていた。考えなくても身体は分かっているのだろう。この声は生きている赤ん坊の声ではないと。

知らないうちにできていた誰の子かも分からない赤ん坊は、勇大の部屋でとっくに動かなくなっていると。

異臭はしない。したらしたで消臭剤でも放り込めばいい。使わない部屋がどうなろうと構わないし、それ以前に部屋の中がどうなっているか想像する気にもなれない。これから先のことも考える気がしない。今を生きること以外は何も。先を考えるとしたら献立くらいだ。今日の昼食は何にしよう。

……ああああああ、ああああああ……

聞こえないはずの泣き声がするのは普通のことだ。この家では当たり前のことだ。

おかしなことなど何も起こっていない。

受け渡しが終われば早々に帰って野方駅前のスーパーで買い物をしよう。制作会社の人に誘われても今回は断った方がいい。煮物の残りは今日食べ切らないとまずい。野菜は何が残っているだろう。肉と魚がないことは分かっている。

冷蔵庫の中のことを考えながら、わたしは玄関ドアを開けた。

※　　※

比嘉さんに案内されて向かったのは、埼玉の入間《いるま》にある保育園だった。

午前十一時。がら空きのコインパーキングに止めると、彼女に導かれるまま正門を通り過ぎ、塀の外からピンク色の園舎と広い運動場を眺める。

体操服を着た園児たちが遊んでいる。赤、青、ピンク、オレンジの帽子が目にチカチカする。先生と戯れる子もいれば叱られている子もいる。

比嘉さんは何も言わずその様子を眺めていた。

「ええと……」

僕は沈黙に耐え切れず、「ここに誰かいるの？」と訊《き》いた。

「あそこの先生」

比嘉さんは背伸びをすると、黒手袋の指で運動場の真ん中あたりを示す。小柄でぽっちゃりした女の先生が、五人の園児に同時に抱きつかれていた。彼女は全員の頭を順繰りに撫《な》でながら「重いーっ」と笑っている。僕らより少し若く見える。二十五歳前後に。

「あの、抱きつかれてる人？」

「そう」

比嘉さんは差していた指を下ろしてまた黙る。

「し、知り合い？」

「あの人はね、五十嵐くん」

感情のこもっていない声で、彼女は、

「桜木《さくらぎ》亜佐美さんっていうの」

「そうなんだ」

「旧姓は橋口」

比嘉さんは運動場から視線を逸《そ》らした。強い風が後れ毛をなびかせる。

「……いや、まさか」

僕はやっと理解していた。と同時に疑問を抱いていた。比嘉さんの発言はおかしい。有り得ない。橋口亜佐美――橋口の妹は死んでいるのだ。もう二十年以上前に。

「事実よ。本人とも直接話して確認した。ご家族とは縁を切ったみたいね。お兄さん――橋口くんとも。どこで暮らしているのかも知らないって」

比嘉さんは風で乱れる髪を押さえながら、

「彼女は死んだことにされていたの」

と言った。

「お葬式の真似事もしたそうよ、あの和室で。それからは基本、彼女は存在しないことにされた。二階の倉庫に隔離されてね。保護された時は立ち上がることもできなかったって」

呆然《ぼうぜん》と比嘉さんの冷たい顔を眺めていた。運動場に視線を向ける。さっきの先生は園児を追いかけて、ぐるぐる小さな円を描いて走り回っている。

家での橋口のことを思い出していた。美人で優しい母親のことも。二階から聞こえた這《は》うような音も、ドアからのぞく影も。仏壇の前でのやり取りも。

「……どうして」

僕は訊いていた。

「理由なんかあるの？」

そっけなく比嘉さんが訊き返す。

「最初はあったとしても、あの時はもうただの日常だったでしょうね。クラスメイトに平気で嘘の説明ができるくらい、橋口家では当たり前のことになっていた」

塀にもたれると、彼女は煙草を取り出した。ライターをカチカチ鳴らす。

「……じゃあ」

僕は厭《いや》なことを考えていた。橋口家での記憶と平岩家での体験とを結び付けて、厭な仮説を立てていた。

「橋口が犬を飼ってなかったら」

「そうね」

比嘉さんはフンと鼻を鳴らして、火の点《つ》かなかった煙草をボックスに突っ込んだ。

「亜佐美さんは苦しまずに済んだかもしれない。ししりばに家を守らせるべきだとは全然思わないけど、それでも考えてしまうわ。あんな馬鹿げたお遊びに付き合わされずに、普通に一緒に遊べたかもって」

外で遊ぶ時間は終わったらしい。園児たちが教室に戻っていく。亜佐美は両手を園児たちと繫いで、こちらに背を向けて歩いていた。

「……声が聞こえたって、あの時」

僕は思い出していた。橋口家を出てすぐ、比嘉さんはそう言っていた。

「ええ」彼女はうなずくと、「今は絞って聞こえなくしてる。うるさいから」

当たり前のように言う。僕はもう少しも胡散臭《うさんくさ》いと思わなくなっていた。普通のことだと受け入れていた。

帰りの車中、僕はふと気になって訊いた。

「笹倉さんは大丈夫なのかな。旦那《だんな》さんが殺されてて、しかも子供が」

「落ち着いてた。退院する前に会った時はね。ししりばの影響も残ってなかった。でも」

比嘉さんはそこで言葉を切ると、

「気にはなってる。オバケがいようといまいと、おかしなことが当たり前になるケースはあるから。どこの家でも、誰にでも」

僕は前を向いたまま「だね」と答えた。彼女の言う意味はよく分かった。

比嘉さんはしばらく煙草を吹かしていたが、やがて、

「遠回りで申し訳ないけど——野方で下ろしてもらっていい？」

「い、いいよ。仕事？」

「笹倉さんを見てくる」彼女はそこで僕に視線を向けると、

「その後で妹に会う。歩いて行けるから」

決意のこもった声で言った。

「会って話してくる」

「……よかったね」

僕は自然とそう口にしていた。笑みさえ浮かべていた。事情は知らないが仲直りしたらしい。あるいはこれからするのかもしれない。どちらにしろいいことではある。

赤信号で止まっていると、比嘉さんがふーっと大きく紫煙を吐いた。

「緊張する」

比嘉さんはまったく表情を変えず、

「でも会わないと——それが普通になるから」

煙草の煙を見つめながら、

「あの家の砂みたいに」

と言った。信号が青に変わる。

僕は黙ってうなずくと、ゆっくりアクセルを踏んだ。

名もなき二十日鼠とその〝家族〟へ

〈参考・引用〉

・みやもとかずよし『こまいぬ不思議犬一六〇匹を散歩する』（アトリエM5）
・湯本豪一『日本の幻獣図譜大江戸不思議生物出現録』（東京美術）
・中村淳彦『ルポ中年童貞』（幻冬舎新書）
・北山川『無銭飲食第三号』（同人誌）
・日野日出志「はつかねずみ」（『ホラーコミック傑作選第1集HOLY』収録／角川ホラー文庫）
・三津田信三『どこの家にも怖いものはいる』（中央公論新社）
※中野貴雄さん、高山祐梨子さんに厚く御礼申し上げます。

解説

三津《みつ》田《だ》信《しん》三《ぞう》

二〇一五年の秋だったと思う。僕は角川書店の編集者から送られた第22回日本ホラー小説大賞の受賞作を読んでいた。澤村伊智《さわむらいち》『ぼぎわんが、来る』である。当の編集者が本書を送付してくれたのは、「受賞者は三津田作品の愛読者です」という理由にあった。僕は嬉《うれ》しい反面、ちょっと恥ずかしさも覚えていた。でも読みはじめると、そんな些細《ささい》な感情はすぐに消えた。お話の面白さに引き込まれたからだ。

ところが、ある箇所まで読み進めて、僕の目が点になった。まったく信じられないものを、その頁で目の当たりにしたのである。

それは僕自身が書いたとしか思えない一文だった。

当たり前だが僕の文章が、『ぼぎわんが、来る』に紛れ込んでいるわけがない。ここで早とちりして、澤村伊智が愛読している三津田作品の中から、自分のお気に入りの一文を盗用したのではないか、などと考えた読者がいるとしたら、それは大間違いですと言いたい。氏の名誉のためにも、そんなことは絶対にないと明言しておく。

では、その一文はいったい何なのか。

実はそれまでにも拙作の愛読者である、という噂を聞いた新人作家は何人かいた。でも、だからといって作品を読んで、まるで僕が書いたような文章だ……と感じた経験など皆無だった。

拙作を愛読するあまり文体が似てしまったのなら、もっと随所にそう思える文章が出てくるだろう。しかし、問題の一文だけしか該当しない。これは何を意味するのかと頭を捻《ひね》って、はっと僕は閃《ひらめ》いた。

二人の怪異に対するスタンスが、もしかすると極めて近しいのではないか。

だから、あるシーンを描いた彼の文章を目にして、一瞬とはいえ恰《あたか》も自分が書いたような……と、とっさに僕は錯覚したのだ。

実際『ぼぎわんが、来る』を読んでいると、あちらこちらで共感できた。恐怖表現、怪異設定、物語展開など、次々とツボに嵌《は》まってくる。しかも娯楽小説としての出来栄えは、拙作よりも上なのだから参った。「史上初　満場一致の大賞受賞作」という宣伝文句に嘘はなかった。その手の文言は誇大広告が多いのだが、この作品の場合は本当だろうと納得できた。新人作家のデビュー作で、ここまで楽しませてもらえる作品など、そうそうあるものではない。

二〇一八年の八月、僕と澤村氏は全日本大学ミステリ連合の合宿に呼んでいただき、対談することになった。その際にプライベートで話す機会があったのだが、彼から次のように言われた。

「三津田作品に対するオマージュは早いうちに試みて済ませ、そこから次のステップに移りたいと考えています」

この通りに氏が口にしたわけではないが、ほぼ意味は合っていると思う。あとで僕は知るのだが、どうやら澤村作品の読者の中に、拙作に似ている部分があると感じた方が、少しは存在するらしい。それは取りも直さず彼が、僕に言ったオマージュ云々《うんぬん》の言葉を、ちゃんと実践している証左だったのかもしれない。

さて拙作の中で、繰り返し取り上げているテーマに「幽霊屋敷」がある。長短篇を含めて、それなりの数を書いている。今後も新作で挑むと思う。

その幽霊屋敷に澤村伊智が真っ向から取り組んだのが、本書『ししりばの家』（二〇一七）になる。当たり前だが本テーマは僕の専売特許でも何でもなく、それこそゴシックホラーの昔から何人もの作家によって書かれ続けている。

ホレス・ウォルポール『オトラント城』（一七六四）を嚆矢《こうし》として、シェリダン・レ・ファニュ『墓地に建つ館』（一八六三）、ブラム・ストーカー『吸血鬼ドラキュラ』（一八九七）、ヘンリー・ジェイムズ『ねじの回転』（一八九八）、ウィリアム・ホープ・ホジスン『異次元を覗《のぞ》く家』（一九〇八）、シャーリイ・ジャクスン『丘の屋敷』（一九五九）、リチャード・マシスン『地獄の家』（一九七一）、ロバート・マラスコ『家』（一九七三）、ピーター・ストラウブ『ジュリアの館』（一九七五）、スティーヴン・キング『シャイニング』（一九七七）、スーザン・ヒル『黒衣の女』（一九八三）、チャールズ・

L・グラント『ティー・パーティ』（一九八五）、ジェームズ・ハーバート『魔界の家』（一九八六）、ジョイス・リアドン編『ローズレッド エレン・リンバウアーの日記』（二〇〇一）など、ざっと有名な海外の長篇を挙げるだけでも、ぞろぞろ出てくる。

このようにホラー小説または映画のテーマとして選ばれ易い反面、だからこそ難しいとも言える。凡庸な幽霊屋敷物が氾濫《はんらん》しているのが、何よりの証拠だろう。このテーマで新機軸を打ち出すためには、少なくとも以下の項目のどれかに新しいアイデアが必要になってくる。

一、舞台となる家そのものの設定に新味を出す。
二、その家で起こる怪異の現象に新味を出す。
三、なぜ怪異が発生するのか、その原因に新味を出す。
四、その家に関わる登場人物たちに新味を出す。彼らが怪異から如何《いか》なる影響を受けるか、また逆に怪異に対して如何に対処するかも含めて。
五、作品の構成に新味を出す。これは他のテーマにも当て嵌まる。

以上の観点から『ししりばの家』を見ると、ほとんどの項目に著者ができるだけ新味を出そうと努めていることが分かり、僕は驚いた。とはいえ詳細を述べると内容に触れざるを得ないため、ここでは暈《ぼか》して書いておく。

まずタイトルが素晴らしい。「この『ししりば』って何なんだ？」と読者に思わせた時点で、もう作者は半ば勝っている。これはデビュー作の「ぼぎわん」にも、第二作の

「ずうのめ」（『ずうのめ人形』二〇一六）にも、第一短篇集の「などらき」（『などらきの首』二〇一八）にも言える。この平仮名四文字が喚起する薄気味の悪さは見事としか言い様がない。怪異に対するセンスが、正にずば抜けている。それだけではない。そこには「謎の四文字の意味は何か」という知的好奇心を擽《くすぐ》る作用まであるのだから、まったく恐れ入る。

次は「砂」である。解説を先に読んでいる読者には意味不明だろうが、本書の怪異の主役は「砂」だと言っても良い。恐らく澤村は、安部公房《あべこうぼう》の『砂の女』（一九六二／新潮社）から本書のヒントを得たのだろう。だが『砂の女』の「砂」が物理的な脅威であると同時に、ある種のメタファーだったのに対して、本書の「砂」は娯楽作品らしく怪異の小道具に徹している。もちろん「砂」と家族の関係など、それなりの解釈を施すことは可能だろう。しかし僕はご免である。そんな無粋な真似はしたくない。何よりも作者が、この「砂」で遊んでいるのだから。

夢枕獏《ゆめまくらばく》が『カエルの死』（一九八四／光風社出版）で提唱したタイポグラフィクションを、澤村は本書に取り入れている。これは「活字そのもので遊ぶ」という趣向で、倉《くら》阪鬼一郎《さかきいちろう》などが一時期かなり熱心に書いていたが、これに凝り過ぎると肝心の小説が破《は》綻《たん》する危険が実はある。それが本書では、「階段の上り」と「下り」と「廊下の砂の上の一直線の溝」の三箇所の描写で、まったく無理なく試みられている。最初の二箇所は普通に読んでいると見過ごすかもしれないが、だからといって作品鑑賞に問題が出るわけではない。スルーしても一向に構わない。でも気づけた読者は間違いなく、にんまりできるだろう。

登場人物の人間関係と小説の構成には、特に目新しさは認められないが、決して工夫がないわけではない。お話のどの時点で、どの情報をどれだけ出すか。この計算が下手だと娯楽小説は台無しになるが、それを本書は巧みに捌《さば》いている。また単行本を加筆修正することで、この文庫版では構成の妙がより際立っている点も、忘れずに指摘しておきたい。

拙作に対する澤村作品のオマージュについて先に記した。だが実はデビュー作から既に、両者には大きく異なる要素が一つあった。あっちの方が売れているとか人気があるとかではないよ。念のため。

怪異とのバトル。

これが拙作にはなく澤村作品にある重要な差異だろう。拙作の登場人物は恐怖の対象を前にしても、大抵は何もできない。しかし澤村作品には比嘉《ひが》姉妹という言わばオカルト探偵が存在している。この差は大きい。より娯楽作品を書くうえで有利なのは、どう考えても澤村作品なのだ。

澤村伊智の初の長篇ミステリ『予言の島』（二〇一九／KADOKAWA）には、非常に興味深い登場人物の台詞《せりふ》がある。

島民の一人が、都会から訪れた者に対して、「あんた横溝《よこみぞ》好きやろ？　京極《きょうごく》なんちゃらとか、三津田なんちゃらいう作家好きやろ?」と言って莫迦《ばか》にする。

そして都会人は、「(前略)これもまた民俗土俗の形です。日本的でおどろおどろしい、土俗の息づく土地がこの霧《む》久《く》井《い》島なんです。僕はこんな場所に憧《あこが》れていた。まさに三津田、まさに京極、まさに横溝獄門島」と感動する。

三人の作家の名前を出したのは、もちろん著者のある計算が、そこに働いているからだ。しかし、そういう意図とは別に、先人に対するオマージュを済ませて、いよいよ澤村作品が次なる飛躍を遂げる、その宣告のようにも僕には感じられた。

デビュー作から今日まで、澤村伊智は傑作を書き続けている。だが作家として一皮も二皮も剝《む》けて更なる傑作を物するのは、間違いなくこれからである。

本書は、二〇一七年六月に小社より刊行された
単行本を加筆修正のうえ、文庫化したものです。

ししりばの家《いえ》
澤村《さわむら》伊智《いち》

角川ホラー文庫　22009

令和2年1月25日　初版発行
令和6年10月30日　21版発行

発行者――山下直久
発　行――株式会社KADOKAWA
〒102-8177　東京都千代田区富士見2-13-3
電話 0570-002-301（ナビダイヤル）
印刷所――株式会社KADOKAWA
製本所――株式会社KADOKAWA
装幀者――田島照久

●お問い合わせ
https://www.kadokawa.co.jp/（「お問い合わせ」へお進みください）
※内容によっては、お答えできない場合があります。
※サポートは日本国内のみとさせていただきます。
※Japanese text only

ISBN978-4-04-108543-1　C0193

◆◇◇

角川文庫発刊に際して

角川源義

第二次世界大戦の敗北は、軍事力の敗北であった以上に、私たちの若い文化力の敗退であった。私たちの文化が戦争に対して如何に無力であり、単なるあだ花に過ぎなかったかを、私たちは身を以て体験し痛感した。西洋近代文化の摂取にとって、明治以後八十年の歳月は決して短かすぎたとは言えない。にもかかわらず、近代文化の伝統を確立し、自由な批判と柔軟な良識に富む文化層として自らを形成することに私たちは失敗して来た。そしてこれは、各層への文化の普及滲透を任務とする出版人の責任でもあった。

一九四五年以来、私たちは再び振出しに戻り、第一歩から踏み出すことを余儀なくされた。これは大きな不幸ではあるが、反面、これまでの混沌・未熟・歪曲の中にあった我が国の文化に秩序と確たる基礎を齎らすためには絶好の機会でもある。角川書店は、このような祖国の文化的危機にあたり、微力をも顧みず再建の礎石たるべき抱負と決意とをもって出発したが、ここに創立以来の念願を果すべく角川文庫を発刊する。これまで刊行されたあらゆる全集叢書文庫類の長所と短所とを検討し、古今東西の不朽の典籍を、良心的編集のもとに、廉価に、そして書架にふさわしい美本として、多くのひとびとに提供しようとする。しかし私たちは徒らに百科全書的な知識のジレッタントを作ることを目的とせず、あくまで祖国の文化に秩序と再建への道を示し、この文庫を角川書店の栄ある事業として、今後永久に継続発展せしめ、学芸と教養との殿堂として大成せんことを期したい。多くの読書子の愛情ある忠言と支持とによって、この希望と抱負とを完遂せしめられんことを願う。

一九四九年五月三日

ぼぎわんが、来る

澤村伊智

空前絶後のノンストップ・ホラー！

“あれ”が来たら、絶対に答えたり、入れたりしてはいかん——。幸せな新婚生活を送る田原秀樹の会社に、とある来訪者があった。それ以降、秀樹の周囲で起こる部下の原因不明の怪我や不気味な電話などの怪異。一連の事象は亡き祖父が恐れた“ぼぎわん”という化け物の仕業なのか。愛する家族を守るため、秀樹は比嘉真琴という女性霊能者を頼るが……!?　全選考委員が大絶賛！　第22回日本ホラー小説大賞〈大賞〉受賞作。

角川ホラー文庫

ISBN 978-4-04-106429-0

ISBN 978-4-04-106768-0

などらきの首

澤村伊智

六つの怪異は、ホンモノなのか——。

「などらきさんに首取られんぞ」祖父母の住む地域に伝わる“などらき”という化け物。刎ね落とされたその首は洞窟の底に封印され、胴体は首を求めて未だに彷徨っているという。しかし不可能な状況で、首は忽然と消えた。僕は高校の同級生の野崎とともに首消失の謎に挑むが……。野崎はじめての事件を描いた表題作に加え、真琴と野崎の出会いや琴子の学生時代などファン必見のエピソード満載、比嘉姉妹シリーズ初の短編集！

角川ホラー文庫

ISBN 978-4-04-107322-3

迷い家

山吹静吽

人を喰う屋敷で少年が見たものは？

山のお屋敷は人さ、とるのだぞ——。昭和20年の夏、疎開先で妹の真那子《まなこ》が神隠しに遭った。一本気な軍国少年・冬野心造《とうのしんぞう》は、妹を捜し、蕗の原に佇む巨大な屋敷に足を踏み入れる。逆さに吊られた血の滴る猿、どこまでも追いかけてくる髪の長い女……。謎の犬「しっぺい太郎」に助けられ、怪異と戦う心造の胸に芽生えた紅蓮の野望と、屋敷が共鳴する時、“何か”が起こる！ 民間伝承を取り込んだ、精緻にして規格外のホラー。

角川ホラー文庫

ISBN 978-4-04-108394-9

禍家《まがや》

三津田信三

身の毛もよだつ最恐ホラー!!

12歳の少年・棟像貢太郎《むなかたこうたろう》は、両親を事故で失い、東京郊外の家に越してきた。しかし、初めて見るはずの町並みと家になぜか既視感を覚えると、怪異が次々と貢太郎を襲い始める。ひたひたと憑いて来る足音、人喰いが蠢く森、這い寄る首無しの化物。得体の知れない恐怖に苛まれながらも、貢太郎は友達の生川礼奈《おいかわれな》とともに、怪異の根源を探り始める。やがて貢太郎が見舞われる、忌まわしい惨劇とは!?　背筋が凍る、戦慄の怪異譚!!

のぞきめ

三津田信三

読んでは駄目。あれが覗きに来る——

辺鄙《へんぴ》な貸別荘地を訪れた成留《しげる》たち。謎の巡礼母娘に導かれるように彼らは禁じられた廃村に紛れ込み、恐るべき怪異に見舞われる。民俗学者・四十澤《あいざわ》が昭和初期に残したノートから、そこは〈弔い村〉の異名をもち〈のぞきめ〉という憑《つ》き物の伝承が残る、呪われた村だったことが明らかとなる。作家の「僕」が知った2つの怪異譚。その衝撃の関連と真相とは⁉　何かに覗かれている——そんな気がする時は、必ず一旦本書を閉じてください。

角川ホラー文庫

ISBN 978-4-04-102722-6

凶宅

三津田信三

山中に建つ家に潜む、怪異の真相は――。

山の中腹に建つ家に引っ越してきた、小学４年生の日《ひ》比《び》乃《の》翔《しょう》太《た》。周りの家がどれも未完成でうち棄てられていることに厭な感覚を抱くと、暮らし始めて数日後、幼い妹が妙なことを口にする。この山に棲んでいるモノが、部屋に来たというのだ。それ以降、翔太は家の中で真っ黒な影を目撃するようになる。怪異から逃れるため、過去になにが起きたかを調べ始めた翔太は、前の住人の残した忌まわしい日記を見つけ――。"最凶"の家ホラー。

角川ホラー文庫

ISBN 978-4-04-105611-0